香港生活粵語教程

（增訂版）

劉衛林　蘇德芬 —— 編著

商務印書館

香港生活粵語教程（增訂版）

編　　著：劉衞林　蘇德芬

責任編輯：鄒淑樺

封面設計：黃鑫浩

繪　　圖：Viaan Chan

出　　版：商務印書館（香港）有限公司
　　　　　香港筲箕灣耀興道 3 號東滙廣場 8 樓
　　　　　http://www.commercialpress.com.hk

發　　行：香港聯合書刊物流有限公司
　　　　　香港新界荃灣德士古道 220-248 號荃灣工業中心 16 樓

印　　刷：美雅印刷製本有限公司
　　　　　九龍觀塘榮業街 6 號海濱工業大廈 4 樓 A

版　　次：2023 年 11 月增訂版第 1 版第 1 次印刷
　　　　　© 2020 商務印書館（香港）有限公司
　　　　　ISBN 978 962 07 0569 4
　　　　　Printed in Hong Kong

增訂版前言

《香港生活粵語教程》自出版以來便深受讀者重視,雖然在社會經歷嚴重疫情影響之下,仍然得以瞬間先後多次重印。從 2020 年 7 月初版至今,三年之間已是第四度印刷。這正好說明出版一本能夠真正針對本地生活運用,及切合今日社會實際語言溝通習慣的粵語學習教材,對來港升學或工作的內地甚至海外人士來說,事實上是極有意義又迫切需要的事。

正如本書〈編寫說明〉內所提到,這本粵語教程的最大特色,是從教學內容到拼音系統選取都針對初學者需要而設計,除切合日常生活運用,取材於社會中生活化粵語外,更盡量採用最新詞彙及讀音等材料。然而在提供大量本地粵語對話與通行詞彙,真實而貼近生活日用的同時,這本粵語教材必須面對的是,為配合社會發展與變動而需要不斷的補充修訂。像在 2021 年 6 月西鐵線與馬鞍山線合併後,變為全線通車的屯馬線;香港公開大學在 2021 年 9 月,改名為香港都會大學,這些涉及本地交通及教育等社會轉變,都出現於本書初版之後,因密切關係到教材的學習內容,所以再版時便有增訂的必要。本書這次增訂主要是教學內容上因應社會發展的資料更新,希望以此落實生活化粵語學習,並體現語言學習須切合社會發展的理念,同時補充了發音上有關粵普對應問題的說明。

當然我們深刻明白到,要不斷補充修訂一本語言學習教材,在現實中所存在的局限。除牽涉到出版資源問題外,語言學習書的增訂同時涉及到大量的對話與詞彙的重新錄音,甚至一眾輔助圖表的修訂,其間工程的巨大與繁瑣,跟一般簡單文字更動的著述完全不可同日而語,這也是現時不容易找到一本能真正貼合社會生活步伐粵語教材的原因所在。以此之故在這增訂本印行之際,要深深感謝的既是出版社同人的熱誠支持與襄助,也要感謝出版以來海內外眾多讀者、院校老師和文化界同人一直的厚愛。唯其在這樣短暫期間,這本新近面世的粵語教材能受到如此廣泛的重視與推薦,才可以藉著多次重印而有機會增訂。

固然在實際課堂教學上的體會是,這本教程在內容上還可以進一步的擴展。諸如更多生活上相關詞彙的補充;或者對粵語發音特點與方法的多方面說明與練習;甚至可以為畢業後留港或再來港同學,提供切合本地職場需要的粵語學習等

等。對有心學好香港粵語的讀者來說，這些都是相當切身又廣受關注的課題，然而限於本書的篇幅及性質，上述有關內容只能期待與《香港生活粵語教程》同一系列的新著出版，在不久將來再與各位一一分享了。

何文匯教授序

在漢語方言中，粵語至少有兩個特點：

第一，粵音和我國中古音對應得相當好。中古音有四聲八「調」，粵音有四聲九調，其中陰入和中入兩調跟中古音清聲母入聲對應。中古音濁聲母上聲字有一部分在粵音成為陽去聲字，這叫「濁上作去」或「陽上作去」，是不少中國方言都有的現象。但陽上作去並沒有顛倒平仄，為「對應」帶來的負面影響比較輕微。所以粵音特別適合用來讀前人的詩和寫合乎格律的古、近體詩。這方面，只有三聲四調的普通話就辦不到了。就保存和弘揚我國古典詩歌文化而言，粵音有很大的價值。

第二，粵口語保存了不少上古和中古的字詞，對研究古漢語的音和義頗具啟發作用。《詩·鄭風·大叔于田》：「叔善射忌，又良御忌。抑磬控忌，抑縱送忌。」「忌」，陸德明《經典釋文》：「音『記』，辭也。」今粵口語助辭「嘅」從「記」音來。「嘅」的韻腹元音 ε/é 和「騎」、「青」、「病」、「錫」的口語音韻腹元音 ε/é 一樣，而這個助辭卻原來已經有二千多年歷史。王維詩：「寒梅著花未？」杜甫詩：「總戎楚蜀應全未？」鮑溶詩：「雷令劍龍知去未？」陸游詩：「此身合是詩人未？」劉克莊詩：「不知做得神仙未？」文天祥詩：「羅浮山下雪來未？」這個「未」字，說粵語的人「日用而不知」，卻原來這麼有來頭。其他如「睇」、「噍」、「褪後」、「狼戾」、「左近」等古漢語字詞，在北方方言中大概已經不存在，但在粵語中卻仍然活躍。喜新而不厭舊正是粵語的本色。

同時，因為百多年來香港人不斷移居海外，粵語於是成為海外華人常用來互相溝通的中國話。粵語有活潑生動的用詞和表達方法，這尤以受過英、美文化影響的香港式粵語為然。香港的粵語這麼有趣和有用，的確值得來香港生活的內地同胞學習。

可是，正因為粵語這樣生動活潑，要掌握粵語的精髓就毫不容易。坊間不乏教粵語的書，但寫得精確、生活化和有趣味的卻不多。讀者如果習用了不夠生活化的文句結構，在現實環境中還是不容易與人溝通的。

劉衞林博士和蘇德芬女士編撰的《香港生活粵語教程》，教的就是生活化的粵語。《教程》以香港社會為本位，所以例句的字詞都以當下的香港話為依歸。本書所介紹的詞彙十分豐富，令初學者有足夠的字詞表達意見和與人溝通。加以書中的重要例句都有粵普對照，所以尤其適合剛來香港、初學粵語的內地同胞學習。

　　衞林和德芬近年來餘事在大學教內地生粵語，實踐經驗相當豐富。更難得的是他們能以學者的眼光分析由普入粵的學習難題，編寫了這本《香港生活粵語教程》，讀者一定會覺得這本書特別有用。

何文匯
二零一九年十二月

單周堯教授序

香港城市大學劉衛林教授來訪，以其即將出版的《香港生活粵語教程》上下編，囑序於余。衛林兄在城市大學文化及傳意部教授香港生活粵語，歷有年所。這是非常重要的一項教學任務，原來每年都有數千大陸學生來港至城大唸書，需要學習粵語此一香港生活語言。

由於所學需在日常生活實際應用，因此，課程內容生活化非常重要，而這正是本書的特色。作者還考慮到學習者來港之初，需要的生活用語主要包括自我介紹、招呼問候、校園生活、電話聯絡、街上問路、交通工具、飲食購物等，所以上編的教程內容主要集中在這幾方面。下編則在上編的基礎上，幫助學生進一步理解香港話，使他們能掌握街市買餸、醫療求診、意外事故、求職面試等不同情況下的對話用語，並且為他們介紹本地節慶習俗、熱門景點、香港美食等，務求令學員可以更深入瞭解本地文化，通過香港話的學習，融入香港生活。

粵語與普通話，無論語音、詞彙、語法，差異都很大。語音方面，粵語比較接近唐宋音系統，普通話則受蒙元、滿清語音影響比較大。粵語有陰平、陽平、陰上、陽上、陰去、陽去、陰入甲、陰入乙、陽入九個聲調，普通話則只有陰平、陽平、上、去四個聲調。以普通話為主要日常用語者，要學習和掌握粵語九聲，實在頗不容易。本書主張從掌握粵音九聲的調值入手，若憑調值仍未能具體分辨九種聲調的差異，則可用天籟調聲法，將九個聲調的例字如「詩（陰平）、史（陰上）、試（陰去）、時（陽平）、市（陽上）、事（陽去）、色（陰入甲）、錫（陰入乙）、食（陽入）」反覆熟讀，持之以恆，便自能準確分辨。

粵語的入聲，為普通話所無。內地來港人士要掌握粵語入聲，肯定有不少困難。粵語的入聲有三種不同韻尾，分別收雙唇塞音、舌尖中塞音和舌根塞音，本書對三種韻尾的入聲逐一詳細舉例分析，同時鼓勵學生努力練習。熟能生巧，多聽多說，的確是掌握一種語言的不二法門。

粵語收雙唇鼻音 -m 韻尾的韻母，也是普通話所沒有的。內地來港初學粵語者，往往會把收 -m 韻尾的韻母誤讀成收 -n 韻尾。要解決此一問題，也必須多練習如何在收音時把雙唇合上。這樣，才不會把「音」讀成「恩」，把「嚴」讀成「賢」。

詞彙方面，粵語保留較多古漢語詞和單音詞，如：衫、褲、飲、食，又有不少方言詞（如：瞓、乜、搞掂、走鬼）和音譯外來詞（如：巴士、的士、波士、多士、士多、士多啤梨）。此外，香港粵語往往中英夾雜，例如嬰兒叫「BB仔」，有感覺說「有 feel」，懶散說「好 hea」，驚訝得合不攏嘴說「O 嘴」。這對內地來港初學粵語人士來說，的確不容易確切掌握。

本書在教程設計上，特意針對與課文相關的主題，盡量舉述本地生活常用的詞語及句子，讓初來港學習香港話的人，藉此可直接掌握生活用語，得以盡快在生活中應用，從而更好地融入本地生活。

請看下列「港式飲茶」的情境對話：

(1) 幾位坐啦，飲乜茶呀？

(2) 唔該畀壺普洱，要多壺滾水，仲有開多個位添吖。

(3) 等咁耐位鬼咁肚餓，有乜都等咗剔咗點心紙，嗌嘢食先至講。

(4) 港式點心款式真係多，南北點心之外，連西式嘅芒果布甸都有。

(5) 例牌揀蝦餃、燒賣、叉燒包同腸粉，加埋奶黃包同鳳爪好嘛？

(6) 呢度點心勝在熱辣辣上枱，用料新鮮，蝦肉爽夾彈牙，奶黃包咬落流沙。

(7) 難得嘆茶食到咁好味點心，食飽晒不如走咯。伙記，唔該埋單！

相信大家都會同意，這樣切合生活實際的情境對話，一定有助來港學習香港話的人愉快地融入本地生活。

二零一九年九月三日文農單周堯於勉齋

編寫説明

編撰緣起

在香港這個作為國際金融中心的現代化大都會中，雖然語言運用上一直標榜兩文三語，然而社會上普遍運用的語言實際上卻是以粵語為主。[①] 有別於星馬等多語言運用的亞洲大城市，粵語在香港成為了人際間日常溝通最主要的媒介。[②] 隨着時代的變遷與社會的不同發展，香港粵語與通行於廣州以至內地的粵語也漸見差異。一方面因為香港粵語較少受普通話影響，而保留大量舊有詞彙及語音；另一方面又因長期吸納外來詞，不斷注入新的詞彙；甚至將英語詞彙粵語化地表達，令香港粵語成為既保有舊日粵語特質，同時又大量吸納現代用語的一種充滿活力的特殊語言。從八十年代開始，語言學上就出現了「香港話」一詞，更有多種專為香港粵語而編寫的香港話字典辭書行世。

這種深具本土特色的粵語，對於初來港人士而言，從日常溝通需要到冀望融入社會生活，都有切實掌握的必要。這種對香港粵語的學習需求，在教育界當中尤其顯著。在大學從事語文教學三十多年來的體驗是，隨着每年數以萬計的學生來港升學，近十餘年來語文教學任務，逐漸變成了主要對來港升學研究生講授粵語課。在長期的粵語教學當中，設計及統籌課程時所面對的最大問題，是不易覓得適合用於課堂上的教材。坊間雖不乏粵語學習材料，然而一類是供本地人消閒閱讀，內容多流於淺俗，也非針對初學者而有；另一類是依據舊日粵語字典辭書，或者以往學習廣州話教材而編的材料，用於今日本地教學的話，便是從內容、用語到語音都太老舊，教材不但與時代脫節，更與本地社會脫節；也有逕以廣州話等同香港粵語的，以致在聲調發音甚至詞彙用語上都有一定的出入。這都是目前講授香港生活粵語時，在教學上所面對的最大難題。

[①] 根據香港政府統計處 2019 年 6 月發表統計報告，全港語言使用情況是，在 5,605,100 名 6 至 65 歲人士中所用母語，88.8% 為廣州話，3.9% 為普通話，3.3% 為其他中國方言，1.4% 為英語，餘下 2.6% 為其他語言。詳見香港政府統計處 2019 年 6 月發表〈主題性住戶統計調查第 66 號報告書〉，頁 81。

[②] 上述統計報告又指出，本地人在親友間的日常溝通語言，使用廣州話交談的介乎 90.6% 至 95.7% 之間。出處同上，頁 83。

對於內地來港有心學習香港粵語的初學者來説,一本真正針對本地生活運用,切合現時社會實際溝通習慣的粵語教材,事實上是極有用又迫切需要的學習材料——這正是決心編寫這本《香港生活粵語教程》的原因所在。

教程特色

這本粵語教程的最大特色,可以「親」、「真」和「新」三字概括。所謂「親」,是指教程專門針對內地來港初學者學習需要而設計;所謂「真」,指所講授範疇都屬通行於香港社會中生活化的粵語;所謂「新」,指的是教程內容上盡量採用本地最新的詞彙及讀音等有關材料。

針對學習需要

教程從教學內容的設計,到拼音系統的選取,以至學習上面對聲母、韻母與聲調的各種困難,都從教學實際經驗出發,為初學者解決問題,得以滿足學習上需要。

- **教學內容** 教程重點針對內地來港初學粵語人士之用,從最初適應本地生活的自我介紹、招呼問候等基本表達,到適應學習與電話聯絡,以至學習飲食購物用語,掌握本地交通、天氣、語言、節慶、醫療、治安及旅遊等社會情況,學會在求職面試時有效運用香港粵語,甚至進而瞭解本地文化,得以通過香港話的學習融入生活。
- **拼音系統** 為方便內地人士學習,本書特採用與漢語拼音方案較接近的廣州話拼音方案,依據饒秉才主編《廣州音字典》所編訂的廣州話拼音系統。[3] 教程內拼音系統例字,也改用較常見或較少異讀的字。香港粵語較

---

③ 饒秉才主編:《廣州音字典》(廣州:廣東人民出版社,1983 年),〈廣州話拼音方案〉,頁 479-481。

廣州粵語多出 éu、ém、én、éd 四個韻母，[④] 因使用數量有限，為減輕初學者學習負擔，故此不在拼音系統內開列，僅在內文提及時方標示。

- **聲調掌握**　普通話並無入聲，粵音更有九聲之多。內地初學者最大困難，是掌握九種聲調尤其是入聲的發音。教程特設粵讀解碼一項，除闡明粵音各聲母、韻母及聲調上特點外，更詳盡扼要地說明每一入聲的發音特色，及與普通話相應的發音。粵音九個聲調的區分和學習，教程引入香港粵語教學上用的「天籟調聲法」，令初學者能在最短時間內切實掌握粵音聲調。

- **發音難點**　教程語音學習部分，刻意針對內地初學者的粵語發音困難而設計。從粵語與普通話發音差異出發，重點說明粵普發音易於混淆地方，如 h 聲母與 ing 韻母等發音問題；及講解如何掌握如 ê、oi，以至 m 收音韻尾等，一系列普通話所無韻母的發音方法，具針對性地提供解決發音上各種最常見困難的學習方法。

切合社會生活

現時本地的香港話教材，多據舊日講授廣州粵語材料編寫，在內容以至語彙或發音方面，往往便和今日流通於本地的香港話有一定差距。教程以通行於香港社會中日用粵語寫成，盡量切合本地日常生活運用。

- **本地生活**　為切合本地生活溝通習慣，教程採用了繁體字之外，內容都以香港生活中事物為基礎。除港式茶餐廳、茶樓中蛋撻、絲襪奶茶、叉燒包等具特色風物外，從街市買餸、睇醫生、見工面試，到出街搭車或街邊檔講價，甚至天氣報告與交通鐵路系統等等，均屬香港生活中常見事物；對

---

④ 見鄭定歐《香港粵語詞典》（南京：江蘇教育出版社，1997 年）內〈引論〉部分說明。〈香港的語言和方言〉，頁 5, 7。

話場景設定，甚至說話語氣等也完全一依香港社會生活習慣，務求反映本地社會真實面貌。

- **本地用語** 以往說明香港粵語特點時，每以為香港話特色在多「懶音」（鼻音、圓唇音和 ng 聲母在社會上的消失）。但通過學術界提倡及教育當局的致力改善下，這情況在香港已逐漸改變。[⑤] 事實上香港話真正特色，除在用語和發音上與廣州話有出入外，更大量夾雜英語及將之粵語化。教程內除在讀音上盡量以香港慣用口語為標準外，更會採用通行的粵語化英語詞彙及句式，真實地呈現香港粵語使用情況。

- **本地讀音** 教程主要採用現時本地生活上廣泛使用的讀音，相對於廣州話而言，香港粵語讀音上有通行的習慣，例如「明年」的「年」字，本地口語習慣變調讀「nin^2」；表示一下省起某事時的「哦」字，現時本地一般讀作第五聲「o^5」等，教程內採用的便是這些實際流通於當下的本地讀音。

採納通行用語讀音

粵語通行既久，使用層面廣泛，故此多有異寫異讀。通行香港社會的粵語，從發音用語到寫法現時都有多種的表達方式。隨着時間推移，以往讀音或寫法在新一代中也都起了變化。在編寫這本教材的過程中，為此曾將現時通行的多個不同讀音和寫法的常用字詞，在兩年間讓本地數百個學生在大學課堂上選擇並讀出，藉

---

⑤ 近年在中小學粵語朗誦中，n 鼻音如「南」、「男」，圓唇音 gu 如「國」、「廣」，和 ng 聲母的「我」、「牛」等，個人所見絕大多數都能準確讀出，說明香港新一代已注意並改善「懶音」問題。

此調查現時本地粵語新一代的使用情況^⑥（部分結果見以下列表一及二）。教程內所採用的便是時下通行的這種讀音和用語，並採納社會上新一代溝通時的習慣寫法。

- **通行讀音用語**　教程主要採用當下香港新一代通行的用語和讀法。讀音方面除陰平聲字依本地習慣讀高平調外；其餘讀音也會盡量依本地通行讀法，如指示代詞「呢」字，現時新一代香港人讀「néi¹」的遠超於「ni¹」；其餘如「嚟」多讀作「lei⁴」。用語和讀音方面，現時讀作「依家」的，多於「而家」⑦；讀「琴日」的多於「噚日」等，均見以下表一所示。教程內採用的都是現時新一代香港人習用的這些讀音和用語。

香港新一代粵語使用情況表一 *

	選用	比例	選用	比例
呢	ni¹	21.4%	néi¹	78.6%
嚟	léi⁴	38.5%	lei⁴	61.5%
哦（省起某事）	o⁶	0%	o⁵	100%
而家／依家	而家 yi⁴ ga¹	44.4%	依家 yi¹ ga¹	55.6%
噚日／琴日	噚日 cem⁴ yed⁶	41.2%	琴日 kem⁴ yed⁶	58.8%

---

* 詳見注 ⑥ 內有關說明

⑥ 調查在 2017 年 9 月至 2019 年 9 月期間進行，將現時本地通行粵語中多個不同讀音和寫法的常用字詞（部分見香港新一代粵語使用情況表一及二），讓香港學生在大學課堂上即時選擇並讀出。涉及人數共 15 班約 360 多個學生。調查規模雖然不大，然而直面當下香港年青一輩口頭用語，對反映現時本地社會新一代所用粵語而言不但具真實代表性，對呈現香港生活粵語當下使用實況尤具典型意義。

⑦ 早前《明報》副刊內就有名為「E+ 校園」的漫畫專欄。「E+」即「依家」諧音，說明社會上近年已習用「依家」一詞。

- **通行寫法**　教程主要採用本地時下較通行寫法，如現時多見於粵語教材或粵音字書中的「噉」(噉樣)、「轀」(轀轆) 等，事實上在生活運用當中已少有人會如此寫。如下表二所示，本地通行的寫法是「咁樣」和「困轆」⑧，教程內便都採用香港人現時所習用的寫法。

香港新一代粵語使用情況表二＊

選用	比例	選用	比例
噉（樣）	0%	咁（樣）	100%
轀（轆）	0%	困（轆）	100%

對現時社會上流通不同寫法的粵語字詞，教程會選取現時在香港較通行的一種，例如：

異體字	用例	教程選用
琴、尋、噚	琴日	琴
咁、噉	咁樣	咁
困、轀	困轆	困
冇、無	有冇	冇
文、蚊	廿蚊	蚊
俾、畀	畀錢	畀

採納本地現時通行用語讀音及寫法，好處是讓有心學習香港粵語的學員，可以掌握時下流通於本地的溝通語言，而非限於學習書本上關乎語言學方面的知識，得以在生活上真正切實運用，有助日常溝通甚至融入本地社會。

---

⑧ 於 2019 年 12 月 23 日在報章《香港 01》中，便有題為「東九大困轆 半小時 40 宗困轆」的網上新聞。

編撰後識

在編撰這本針對內地來港人士學習粵語用的教程時，為更切合內地使用者需要，曾請香港城市大學中文及歷史學系碩士林劍穎女士幫忙，協助審校粵普對照中普通話用語；並請香港理工大學中國語文文學碩士課程研究生劉志謙先生協助審校書中部分粵語拼音，在此謹向兩位致以最深摯的感謝。在教程付梓之際，荷蒙本地粵音研究權威學者何文匯教授和單周堯教授兩位老師賜序，令小書一下暐燁生輝，對此實在是感荷無任。教程得以順利付梓，除要感謝商務印書館總經理葉佩珠女士，和總編輯毛永波先生的欣賞支持，更要感謝責任編輯鄒淑樺女士一直的熱心襄助。尤其衷心銘感的是，唯其藉着諸位學術界與文教界師友的熱誠投入支持，最終才能成就這本《香港生活粵語教程》的出版行世。

正如龍應台在〈如果我是香港人〉一文中所提出的：「粵語文化，有其深刻動人之處，是香港最珍貴的寶藏，不應被取代，更非英語所能涵蓋。粵語是香港人的資產，不是負資產，香港人應加以珍惜。」⑨ 應該說香港粵語不單是每個香港人，更是每一個有心學習香港生活粵語的人都應加以珍惜的。希望藉着這本教程的出版，讓更多人能輕鬆學習及切實掌握香港生活粵語，能為香港這最珍貴的寶藏添上一份光采，讓東方明珠的光亮映照八方。

---

⑨ 龍應台：〈如果我是香港人〉，載《文匯報》，2005 年 7 月 27 日人物版。

目　錄

上　編

第一課　香港生活粵語入門

第二課　融入生活

下　編

第一課　香港粵語

第二課　節慶習俗

第六課 求職面試

第七課 戶外活動

附　錄

上編

香港生活粵語入門

一 基本概念

香港人日常所用語言主要是粵語,初到香港要和本地人溝通的話,除英語和普通話之外,粵語是日常生活中應用最多的語言。粵語俗稱廣東話,是漢語七大方言中歷史悠久又包括範圍廣泛的一種方言。粵語以廣州話為中心,通行地區包括廣州、香港、深圳、珠海、澳門之外,也普遍通行於廣西省,以至東南亞及歐、美、澳等海外國家的華人地區。現時全世界超過一億人使用粵語。

粵語的特點

粵語是承傳久遠的方言,在語言系統上有以下特點:

- 語音方面以口語為主,不一定有對應的文字書寫。另有相對較多的聲調,以廣州話為中心,一般共有九個聲調。又普遍保留入聲。
- 語彙上保留較多古漢語詞語,故此也較多單音詞,如:衫、褲、飲、食、行、斟等。
- 用語方面有不少方言詞,如:蠱、仔、瞓、乜、餸、嘢、攞等。當中也吸納不少外來詞,如:巴士、的士、波、菲林等。

香港粵語的特點

香港粵語便是在香港所通行的粵語,俗稱香港話。香港所用粵語在語言系統上和廣州粵語基本一致,但生活上實際運用時卻不乏本身特點。除了個別詞彙和讀音因應生活上使用習慣而有別於廣州話外,香港粵語又有以下較明顯的特點:

- 用語中出現大量的方言詞,如:埋單、搞掂、靚仔、走鬼。也出現不少主要見於本地的外來詞,如:士多啤梨、士多、多士。
- 在生活表達上,往往習慣在句子中夾雜英語詞彙,甚至直接將英語語彙粵語化,如:你食咗 lunch 未?究竟 Claim 唔 Claim 到賠償?

二 粵語拼音系統 (廣州話拼音方案)

聲調

粵語拼音聲調共 9 個

調號	1	2	3	4	5	6
調類	陰平	陰上	陰去	陽平	陽上	陽去
例字	詩	史	試	時	市	事
拼音	xi^1	xi^2	xi^3	xi^4	xi^5	xi^6
調類	陰入		中入			陽入
例字	色		錫			食
拼音	xig^1		xig^3			xig^6

* 粵語聲調分為平上去入四種，平上去入各分陰陽，入聲又有中入，共有九種聲調。由於陰入、中入和陽入三聲的調值，分別和陰平、陰去和陽去聲相同，故此在標示調號時，僅有從 1 至 6 這六個聲調。

聲母

粵語拼音聲母 19 個

b	p	m	f
巴 (ba)	爬 (pa)	媽 (ma)	花 (fa)
d	t	n	l
打 (da)	他 (ta)	那 (na)	啦 (la)
z (j)	c(q)	s(x)	y
渣 (za)	叉 (ca)	沙 (sa)	也 (ya)
g	k	ng	h
加 (ga)	卡 (ka)	牙 (nga)	蝦 (ha)
gu	ku	w	
瓜 (gua)	誇 (kua)	蛙 (wa)	

z, c, s 和 j, q, x 兩組聲母讀音沒有區別，僅在拼寫不同韻母時分開使用。詳見第 22 頁粵音聲母特點內有關說明。

韻母

粵語拼音韻母 53 個

a	ai	ao	am	an	ang	ab	ad	ag
呀	挨	拗	（啱）	晏	罌	鴨	押	軛
	ei	eo	em	en	eng	eb	ed	eg
	矮	歐	庵	（恩）	鶯	（急）	（不）	（德）
é	éi				éng			ég
（奢）	（非）				（廳）			（尺）
i		iu	im	in	ing	ib	id	ig
衣		妖	淹	煙	英	葉	熱	益
o	oi	ou		on	ong		od	og
柯	哀	奧		安	（康）		（渴）	惡
u	ui			un	ung		ud	ug
烏	回			碗	甕		活	屋
ê		êu		ên	êng		êd	êg
（靴）		（居）		（春）	（香）		（出）	（腳）
ü				ün			üd	
於				冤			月	
			m		ng			
			唔		五			

* 加上括號的例字，表示須去除聲母才是韻母的讀音。

三 基本用語

常用代詞

香港粵語	拼音	普通話
我	ngo^5	我
你	néi^5	你
佢	kêu^5	他；她；它
我哋	ngo^5 déi^6	我們

續上表

香港粵語	拼音	普通話
你哋	néi⁵ déi⁶	你們
佢哋	kêu⁵ déi⁶	他們；她們；它們
人哋	yen⁴ déi⁶	人家

常用動詞

香港粵語	拼音	普通話
係	hei⁶	是
喺	hei²	在
嚟	lei⁴	來
讀	dug⁶	唸；讀書；修讀

四 擴充詞彙

親屬稱謂

爸爸	ba⁴ ba¹	媽媽	ma⁴ ma¹
爺爺	yé⁴ yé²	嫲嫲	ma⁴ ma⁴
公公	gung⁴ gung¹	婆婆	po⁴ po¹
哥哥	go⁴ go¹	姐姐	zé⁴ zé¹
弟弟	dei⁴ dei²	妹妹	mui⁴ mui²
大佬	dai⁶ lou²	家姐	ga¹ zé¹
細佬	sei³ lou²	細妹	sei³ mui²
仔仔	zei⁴ zei²	囡囡	nêu⁴ nêu²
亞／阿爺	a³ yé⁴	亞／阿嫲	a³ ma⁴
亞／阿公	a³ gung¹	亞／阿婆	a³ po⁴
亞／阿爸	a³ ba⁴	亞／阿媽	a³ ma¹
亞／阿哥	a³ go¹	亞／阿妹	a³ mui²
老竇	lou⁵ deo⁶	老母	lou⁵ mou²
老公	lou⁵ gung¹	老婆	lou⁵ po⁴
仔女	zei² nêu²	細路	sei³ lou⁶

五 常用詞句

自我介紹

常用自我介紹的內容,一般會涉及身份、籍貫和專業幾方面,可用以下用語組成句子:

香港粵語	拼音	普通話
我係	ngo⁵ hei⁶	我是
我嚟自	ngo⁵ lei⁴ ji⁶	我來自
我讀	ngo⁵ dug⁶	我修讀,我唸的專業

將以上用語組成句子便是:

我係陳小文。　　我是陳小文。

我嚟自上海。　　我來自上海。

我讀電子工程。　　我的專業是電子工程。

練習

◆ 試依以下句式講出你的名字

我　係＿＿＿＿＿＿＿＿＿＿＿＿＿＿＿＿＿＿＿

◆ 試依以下句式講出你來自哪一省市

我　嚟　自＿＿＿＿＿＿＿＿＿＿＿＿＿＿＿＿＿

◆ 試依以下句式講出你主修的學科

我　讀＿＿＿＿＿＿＿＿＿＿＿＿＿＿＿＿＿＿＿

家庭介紹

一般介紹自己家裏情況，會提到住在何處和家人的情況，可用以下用語組成句子：

香港粵語	拼音	普通話
我屋企喺	ngo^5 ug^1 kéi^2 hei^2	我家在
我屋企人有	ngo^5 ug^1 kéi^2 yen^4 yeo^5	我家裏的人有

以上用語組成的句子：

我屋企喺九龍塘。　　　　我家在九龍塘。

我屋企人有爸爸同媽媽。　我家裏的人有爸爸和媽媽。

練習

試依以下句式講出你家在哪裏

我屋企喺＿＿＿＿＿＿＿＿＿＿＿＿＿＿＿＿＿＿＿＿＿

試依以下句式講出你家中的成員

我屋企人有＿＿＿＿＿＿＿＿＿＿＿＿＿＿＿＿＿＿＿＿

六 粵讀解碼

初學粵語最大的困難，往往在於本地詞彙的運用、不同聲調的區分和入聲的掌握三方面。詞彙的運用有待長期的累積和學習，通過教程內擴充詞彙的學習，這部分可循序漸進地得以掌握。入聲會在以後課文中詳細討論學習，這裏先舉例說明聲調的區分問題。

聲調的區分

1. 係和喺

　　「係」和「喺」的聲母同樣是「h」，韻母也同樣是「ei」，兩者僅在聲調上有差別。讀作陽去聲的「係」（hei⁶），和讀作陰上聲的「喺」（hei²），分別解作「是」和「在」。兩者字形相似之外讀音也相近，意思卻截然不同，如果不小心區分聲調上差異，便會很容易在表達上引起誤會。

2. 細佬和細路

　　「細佬」（sei³ lou²）和「細路」（sei³ lou⁶），也是讀音很接近的兩個詞語，前者解作弟弟，後者解作小孩。兩者讀音差別只在第二個字的聲調之上，試想如果你告訴人家：「我有個細佬」，卻讀成「我有個細路」，肯定就引起莫大的誤會。

稱謂習慣

　　本地詞彙的運用連繫著香港的生活習慣，像日常稱謂在運用上便有不同的習慣。稱謂中有些是口頭上正式的講法，如：爸爸、媽媽、哥哥、姐姐；有些是通俗的講法，如：家姐、細佬、亞公、亞嫲、老公、老婆；有些更是習慣用於自己人之間的講法，例如「老母」一詞，一般用於與熟人甚至親友之間，在稱自己母親時才用，若用於稱呼人家母親便有不敬之嫌，這都是在本地詞彙運用上要特別注意的。

七 句子朗讀

1. ngo⁵ hei⁶ ju⁶ hei² néi⁵ gag³ léi⁴ gé³ cen⁴ tai² .

　　我　係　住　喺　你　隔　籬　嘅　陳　太　。

2. kêu⁵ hei⁶ ju⁶ hei² leo⁴ ha⁶ gé³ wong⁴ xin¹ sang¹ .

　　佢　係　住　喺　樓　下　嘅　黃　先　生　。

3. ngo⁵ ug¹ kéi² hei² beg¹ ging¹ .

　　我　屋　企　喺　北　京　。

4. ngo^5 ug^1 kéi^2 yen^4 yeo^5 ba^4 ba^1，ma^4 ma^1，lêng^5 go^3 ga^1 zé^1，yed^1 go^3 go^4 go^1.

　　我　屋　企　人　有　爸　爸、　媽　媽、　兩　個　家　姐、　一　個　哥　哥。

5. ngo^5 yeo^5 yed^1 go^3 sei^3 lou^2.

　　我　有　一　個　細　佬。

6. ngo^5 yeo^5 yed^1 go^3 sei^3 lou^6.

　　我　有　一　個　細　路。

7. ngo^5 ju^6 hei^2 dai^6 bou^3.

　　我　住　喺　大　埔　。

8. ngo^5 hei^2 hêng^1 gong^2 gé^3 dai^6 hog^6 dug^6 xu^1.

　　我　喺　香　港　嘅　大　學　讀　書。

11

融入生活

一 基本用語

香港粵語	拼音	普通話
早晨	zou^2 sen^4	早上好
點	dim^2	怎樣
呢	néi^1 /ni^1	這
好	hou^2	很 [副詞用，解作程度很高]
啱啱	ngam^1 ngam^1	剛剛
隔籬	gag^3 léi^4	隔壁
鄰舍	lên^4 sé^3	鄰居
識	xig^1	認識
等陣	deng^2 zen^6 /zen^2	等一會兒

二 情境對話

屋苑見面

1. zou^2 sen^4, céng^2 men^6 dim^2 qing^1 fu^1 néi^5 a^3 ?

　早 晨，請 問 點 稱 呼 你 呀？

2. ngo^5 xing^3 cen^4, céng^2 men^6 néi^5 déi^6 guei^3 xing^3 a^3 ?

　我 姓 陳，請 問 你 哋 貴 姓 呀？

3. zou^2 sen^4 a^3, cen^4 xiu^2 zé^2. ngo^5 xing^3 léi^5, néi^1 go^3 hei^6 ngo^5 tai^3 tai^2.

　早 晨 呀，陳 小 姐。我 姓 李，呢 個 係 我 太 太。

4. léi^5 sang^1, léi^5 tai^2, hou^2 gou^1 hing^3 xig^1 dou^2 néi^5 déi^6.

　李 生、李 太，好 高 興 識 到 你 哋。

5. ngo^5 déi^6 ngam^1 ngam^1 yeo^4 sêng^6 hoi^2 lei^4, ju^6 hei^2 néi^5 déi^6 gag^3 léi^4.

　我 哋 啱 啱 由 上 海 嚟，住 喺 你 哋 隔 籬。

6. yun^4 loi^4 dai^6 ga^1 gag^3 léi^4 lên^4 sé^3, yi^5 heo^6 céng^2 do^1 do^1 jiu^3 ying^3.

　原 來 大 家 隔 籬 鄰 舍，以 後 請 多 多 照 應。

普通話對譯

1. 早上好，請問你怎麼稱呼？

2. 我姓陳，請問你們貴姓？

3. 早上好，陳小姐，我姓李，這位是我太太。

4. 李先生、李太太，很高興能認識你們。

5. 我們剛剛從上海過來，住在你們隔壁。

6. 原來大家是鄰居，以後請多加照應。

同學介紹

1. Hi！ngo⁵ hei⁶ Simon，néi⁵ hei⁶ sen¹ lei⁴ gé³ tung⁴ hog⁶ a⁴？

   Hi！我 係 Simon，你 係 新 嚟 嘅 同 學 呀？

2. hei⁶ a³，ngo⁵ giu³ léi⁵ men⁵，lei⁴ ji⁶ beg¹ ging¹.

   係 呀，我 叫 李 敏，嚟 自 北 京。

3. céng² men⁶ go² wei² xiu² zé² hei⁶ bin¹ go³？

   請 問 嗰 位 小 姐 係 邊 個？

4. kêu⁵ hei⁶ yeo⁴ séi³ qun¹ lei⁴ gé³ tung⁴ hog⁶，deng² ngo⁵ gai³ xiu⁶ néi⁵ déi⁶ xig¹.

   佢 係 由 四 川 嚟 嘅 同 學，等 我 介 紹 你 哋 識。

5. néi¹ wei² hei⁶ zêng¹ jing⁶. kêu⁵ hei⁶ léi⁵ men⁵，tung⁴ ngo⁵ déi⁶ yed¹ ban¹.

   呢 位 係 張 靜。佢 係 李 敏，同 我 哋 一 班。

6. hou² hoi¹ sem¹ gin³ dou² dai⁶ ga¹，deng² zen⁶ gin³，Bye bye！

   好 開 心 見 到 大 家，等 陣 見，Byebye！

普通話對譯

1. Hi，我是 Simon，你是新來的同學嗎？

2. 是的，我叫李敏，來自北京。

3. 請問那位小姐是誰？

4. 她是從四川來的同學，讓我給你們介紹。

5. 這位是張靜。她是李敏，跟我們同一班。

6. 很開心跟大家見面，等一會見，Bye Bye!

三 擴充詞彙

打招呼及介紹

午安	ng⁵ on¹	邊個 / 位	bin¹ go³/wei²
晚安	man⁵ on¹	邊度 / 處	bin¹ dou⁶/qu³
早唞	zou² teo²	呢陣	néi¹ zen⁶/zen²
再見	zoi³ gin³	嗰陣	go² zen⁶/zen²
呢個 / 位	néi¹ go³/wei²	介紹	gai³ xiu⁶
呢度 / 處	néi¹ dou⁶/qu³	高興	gou¹ hing³
嗰個 / 位	go² go³/wei²	認識	ying⁶ xig¹
嗰度 / 處	go² dou⁶/qu³	照應	jiu³ ying³

常用稱謂及職稱

先生	xin¹ sang¹	經理	ging¹ léi⁵
女士	nêu⁵ xi⁶	秘書	béi³ xu¹
小姐	xiu² zé²	律師	lêd⁶ xi¹
太太	tai³ tai²	醫生	yi¹ seng¹
主席	ju² jig⁶	教授	gao³ seo⁶

常見姓氏

陳	cen⁴	徐	cêu⁴	吳	ng⁴
李	léi⁵	蘇	sou¹	胡	wu⁴
張	zêng¹	劉	leo⁴	雷	lêu⁴
黃	wong⁴	周	zeo¹	呂	lêu⁵
王	wong⁴	趙	jiu⁶	潘	pun¹
何	ho⁴	歐	eo¹	彭	pang⁴
林	lem⁴	楊	yêng⁴	蔡	coi³
梁	lêng⁴	朱	ju¹	余	yu⁴

主要省市

北京	beg¹ ging¹	吉林	ged¹ lem⁴
上海	sêng⁶ hoi²	遼寧	liu⁴ ning⁴
四川	séi³ qun¹	黑龍江	heg¹ lung⁴ gong¹
福建	fug¹ gin³	台灣	toi⁴ wan¹
江蘇	gong¹ sou¹	台北 / 中 / 南	toi⁴ beg¹/zung¹/nam⁴
湖南	wu⁴ nam⁴	天津	tin¹ zên¹
湖北	wu⁴ beg¹	南京	nam⁴ ging¹
河南	ho⁴ nam⁴	重慶	cung⁴ hing³
河北	ho⁴ beg¹	成都	xing⁴ dou¹
山東	san¹ dung¹	武漢	mou⁵ hon³
山西	san¹ sei¹	杭州	hong⁴ zeo¹
廣東	guong² dung¹	蘇州	sou¹ zeo¹
廣西	guong² sei¹	廈門	ha⁶ mun⁴
安徽	on¹ fei¹	西安	sei¹ on¹
江西	gong¹ sei¹	寧波	ning⁴ bo¹
陝西	xim² sei¹	青島	qing¹ dou²
浙江	jid³ gong¹	瀋陽	sem² yêng⁴
雲南	wen⁴ nam⁴	廣州	guong² zeo¹
貴州	guei³ zeo¹	深圳	sem¹ zen³

四 常用詞語

人稱代詞

單數 —— 我、你、佢

複數 —— 我哋、你哋、佢哋、人哋

單數人稱代詞只有「我」、「你」及「佢」，粵語沒有「您」一詞。也不會講「他」、「她」或「它」，而是一概用「佢」。人稱代詞在複數時候，詞尾不用「們」而用「哋」。此外「人哋」除了指「人們」之外，很多時是指「人家」或「別人」。

練習

✍ 請用所提供的不同配詞，把以下句子讀出。

(1) 我住喺＿＿＿＿＿隔籬。 你　佢　佢哋

(2) ＿＿＿＿＿點稱呼呢？ 你　佢　佢哋

(3) ＿＿＿＿＿都係由上海嚟嘅。 我哋　佢哋

(4) ＿＿＿＿＿係唔係同我一班嘅呢？ 你　你哋

(5) 我唔識＿＿＿＿＿。 佢　佢哋

「嚟」字的用法

「嚟」字在粵語中經常使用，有下列不同的用法。

(1) 趨向動詞用法：

佢啱啱由上海嚟。　　　　　他剛從上海來。

佢下晝嚟我屋企。　　　　　他下午到我家來。

(2) 趨向補語用法：

我係新嚟嘅同學。　　　　　我是新來的同學。

我啱啱入嚟班房。　　　　　我剛進來教室。

(3) 助詞用法：

呢啲係乜野嚟？　　　　　　這是甚麼東西呢？

今朝我搵過你嚟　　　　　　這早上我找過你呢

練習

✍ 試把下列詞組加上主語和時間，擴充成為完整句子。

例：由澳門嚟。 → 佢等陣由澳門嚟。

(1) 由武漢嚟

(2) 嚟香港

(3) 埋嚟

(4) 食乜嘢嚟

五 常用句子

「係」字句和「喺」字句

1.「係」字在粵語裏經常使用，有指稱、肯定、強調等意思。

(1) 指稱：我係交換生。　　　　　我是交換生。

　　　　 佢係邊位？　　　　　　他是誰？

(2) 肯定：係呀！我都住喺大圍。　是的！我也住在大圍。

(3) 強調：今日係要返學。　　　　今天是要上課的。

練習

請用至少三個「係」字句來簡單介紹自己，例如：

我係周小瑜，天津人。我係香港城市大學嘅學生，今次係第一次嚟香港。

_____

_____

2. 「**喺**」字句：「喺」字基本跟普通話的「在」字相同，也分動詞和介詞兩種
   用法。

(1) 動詞用法：

   佢住喺旺角。　　　　　　　　他住在旺角。

   我喺隔籬陳太屋企。　　　　　我在隔壁陳太太家裏。

(2) 介詞用法：

   我哋喺電梯撞到。　　　　　　我們在電梯碰上。

   等陣喺邊度食飯？　　　　　　一會兒在哪兒吃飯？

練習

✍ 請用至少三個「喺」字句來簡單介紹自己，例如：

   我喺香港城市大學讀英文系，我住喺紅磡，我係喺今年七月份嚟香港
   嘅。

_____

_____

打招呼常用句

　　香港生活上彼此打招呼，未相識的會從姓名和籍貫開始自我介紹，相熟的往往
會從時間上講早晨、午安等打開話題，或者從關心對方生活上表達問好之意。以
下練習中所舉出的，便是一些本地生活中常用的句子。

練習

✍ 試跟着拼音唸出以下句子，並説出每個句子的意思。

(1) gem³ zou² fan¹ gung¹ a³ ?

   咁　早　返　工　呀？

(2) gem³ ngan³ fan¹ hog⁶ gé² ?

咁 晏 返 學 嘅？

(3) xig⁶ zo² fan⁶ méi⁶ ?

食 咗 飯 未？

(4) gem³ yé⁶ seo¹ gung¹ a³ ?

咁 夜 收 工 呀？

(5) néi⁵ dab³ med¹ cé¹ a³ ?

你 搭 乜 車 呀？

試分別用以下所提供的配詞，依下列句式組成完整句子並讀出。

(1) 請　　問_____？

你貴姓　　點稱呼你　　你係邊位　　你叫乜嘢名

(2) 等我介紹你哋識，呢位係_____。

王先生　　林小姐　　徐經理　　周醫生

(3) _____！我姓_____呢個係我_____。

早晨 / 李 / 同學　　　午安 / 陳 / 先生
晚安 / 張 / 太太　　　Hi/ 吳 / 細路

六 粵讀解碼

粵音聲母特點

粵音聲母在發音上的特點，可簡單表列如下：

唇音	b	p	m	f
舌尖音	d	t	n	l
舌葉音	z (j)	c(q)	s(x)	
舌根音	g	k	ng	
圓唇舌根音	gu	ku		
喉音	h			
半元音	y	w		

在學習粵語聲母時，還需注意以下幾方面的特點：

(1) 送氣與不送氣——聲母 b 與 p，還有聲母 d 與 t，此外聲母 g 和 k；及聲母 gu 和 ku 等，在發音上都是送氣與不送氣的對應關係。

(2) 鼻音——m、n 和 ng 都是帶鼻音的聲母，l 是不帶鼻音的邊音聲母，發音時可以此將 n 和 l 聲母明確區分。

(3) 圓唇音——g、k、gu 和 ku，都是舌根音聲母，最大分別是 gu 和 ku 都是發音時要圓唇的聲母，而 g 和 k 則不是。

(4) 舌葉音——z、c、s 和 j、q、x 兩組聲母，讀音上沒有區別，分別在拼寫韻母時，j、q、x 會用於與 i 和 ü 開首的韻母。

書面語和口語讀音差異

粵語口頭讀音和傳統讀書音因為傳承不同，致令書面語和口語往往在讀音上有出入。例如「生」字有 seng¹ 和 sang¹ 兩種讀法，「學生」一詞中的「生」字，書面讀「seng¹」，口語則讀作「sang¹」；又如「請」字有 qing² 和 céng² 兩種讀法，在「請講」一詞中，「請」字書面讀作「qing²」，而口語則多讀作「céng²」。這情況在粵語生活運用上十分普遍，類似的例如「死」、「魚」等，在口語上都和書面有不同讀法。

但有些情況會因應習慣和詞義而有一定的讀法，如「醫生」的「生」，口語仍讀

作「seng[1]」，口頭講「申請表」的「請」仍讀作「qing[2]」，除了或因合成詞受書面讀法影響外，也取決於意義區分和口頭習慣讀法。

口頭省略

粵語口頭講法，在對話時經常會省略一些詞語，例如「李先生」、和「李太太」，會省略為「李生」和「李太」。又例如「等一陣」，講的時候常省略作「等陣」。這種運用上的省略，可令口頭表達得更明快。

古代漢語詞

粵語保存大量古代漢語詞彙，如現代漢語講的「認識」，粵語仍用古漢語的「識」。又例如粵語「隔籬」一詞，見於唐代杜甫詩內（〈客至〉「隔籬呼取盡餘杯」），都是生活粵語保存古漢語的明顯例子。

中英夾雜

香港粵語其中一大特色，便是經常夾雜大量英語在內。像對話內碰面打招呼時用的「Hi」，和自我稱呼時的「Simon」，還有分手時所講的「Bye bye」，都是直接將英語夾雜在粵語口語之中的香港話講法。除因香港曾受英國管治，一直華洋雜處，深受西方影響外，在以英語教學為主的大專院校中，尤其流行這種在口語內中英夾雜的表達方式。

七 句子朗讀

- ngo[5] hei[6] yed[1] go[3] hog[6] sang[1].
  我　係　一　個　學　生　。

- kêu[5] hei[6] bin[1] yed[1] gan[1] hog[6] hao[6] gé[3] hog[6] sang[1] ?
  佢　係　邊　一　間　學　校　嘅　學　生　？

- ngo[5] yiu[3] tei[2] yi[1] seng[1].
  我　要　睇　醫　生　。

4. néi⁵ tei² bin¹ yed¹ wei² yi¹ seng¹ ?

    你 睇 邊 一 位 醫 生 ？

5. ngo⁵ yiu³ tin⁴ sen¹ qing² biu² .

    我 要 填 申 請 表 。

6. néi⁵ tin⁴ bin¹ yed¹ fen⁶ sen¹ qing² biu² ?

    你 填 邊 一 份 申 請 表 ？

7. ngo⁵ céng² dai⁶ ga¹ xig⁶ fan⁶ .

    我 請 大 家 食 飯 。

8. néi⁵ céng² ngo⁵ déi⁶ hêu³ bin¹ dou⁶ xig⁶ fan⁶ ?

    你 請 我 哋 去 邊 度 食 飯 ？

第三課 **走進校園**

一 基本用語

香港粵語	拼音	普通話
唔該	m^4 goi^1	請；謝謝；打擾一下
行	$hang^4$	走
搵	wen^2	尋找
唔使	m^4 sei^2	不用
點解	dim^2 gai^2	怎麼
琴日	kem^4 yed^6	昨天
返學	fan^1 hog^6	上學
入咗嚟	yeb^6 zo^2 lei^4	走進了
課室	fo^3 sed^1	教室
上堂	$sêng^5$ $tong^4$	上課
呀	a^3	呢 [表示疑問]
嘅	$gé^3$	的
哦	o^5	對了 [表示省悟這事]
咗	zo^2	了 [助詞，完成動作]
啫	$zé^1$	吧；罷了 [表示不過這樣]
咁	gem^2	那麼 [置句子開首表示另帶出想法]
咯	lo^3	了

二 情境對話

校園問路

1. m^4 goi^1, $céng^2$ men^6 gao^3 hog^6 dai^6 leo^4 dim^2 $hêu^3$ a^3 ?
   唔 該 ， 請 問 教 學 大 樓 點 去 呀 ？

2. yeo^4 $néi^1$ dou^6 yed^1 jig^6 $hang^4$, dou^3 qin^4 min^6 din^6 tei^1 heo^2 jun^3 zo^2 zeo^6 hei^6.
   由 呢 度 一 直 行 ，到 前 面 電 梯 口 轉 左 就 係 。

3. gem^2 dim^2 wen^2 din^6 nou^5 $zung^1$ sem^1, $tung^4$ tou^4 xu^1 gun^2 $né^1$?
   咁 點 搵 電 腦 中 心 ，同 圖 書 館 呢 ？

4. tou⁴ xu¹ gun² hei² néi¹ ceng⁴，sên⁶ ju⁶ yeo⁶ seo² min⁶ tiu⁴ lou⁶，hang⁴ dou³ méi⁵ zeo⁶ hei⁶.

圖 書 館 喺 呢 層 ，順 住 右 手 面 條 路 ， 行 到 尾
就 係 。

5. din⁶ nou⁵ zung¹ sem¹ hei² déi⁶ ha²，yeo⁴ zeg¹ bin¹ leo⁴ tei¹ log⁶ yed¹ ceng⁴ zeo⁶ dou³.

電 腦 中 心 喺 地 下 ，由 側 邊 樓 梯 落 一 層 就 到 。

6. m⁴ goi¹ sai³！

唔 該 晒 ！

7. m⁴ sei² hag³ héi³.

唔 使 客 氣 。

普通話對譯

1. 打擾一下，請問到教學大樓要怎麼走？

2. 從這裏一直走，到前面電梯的路口往左拐便是。

3. 那麼，怎樣找到電腦中心和圖書館呢？

4. 圖書館在這一層，沿着右手邊這一條路走，走到盡頭便是。

5. 電腦中心在地下那一層，從旁邊的樓梯往下走一層便到。

6. 謝謝你！

7. 不用客氣。

課室上課

dim² gai² kem⁴ yed⁶ fan¹ hog⁶ m⁴ gin³ néi⁵ gé²？

點 解 琴 日 返 學 唔 見 你 嘅 ？

o⁵，ngo⁵ hêu³ zo² ban⁶ xun² seo¹ yud¹ yu⁶ fo³ seo² zug⁶ zé¹.

哦，我 去 咗 辦 選 修 粵 語 課 手 續 啫 。

ngo⁵ dug⁶ xi⁵ cêng⁴ gun² léi⁵ gé³，gem² néi⁵ déi⁶ yeo⁶ ju² seo¹ bin¹ fo¹ a³？

我 讀 市 場 管 理 嘅 ，咁 你 哋 又 主 修 邊 科 呀 ？

4. ngo⁵ ju² seo¹ qun⁴ léi⁵, kêu⁵ zeo⁶ lei⁴ néi¹ dou⁶ dug⁶ cong³ yi³ mui⁴ tei² ség⁶ xi⁶.

   我 主 修 傳 理， 佢 就 嚟 呢 度 讀 創 意 媒 體 碩 士。

5. yun⁴ loi⁴ Dr Ho yeb⁶ zo² lei⁴ fo³ sed¹, yeo⁶ sêng⁵ tong⁴ lo³.

   原 來 Dr Ho 入 咗 嚟 課 室， 又 上 堂 咯。

普通話對譯

1. 昨天上學怎麼不見你？
2. 哦，我去辦選修粵語課的手續了。
3. 我唸市場管理，那你們唸的專業是甚麼了？
4. 我的專業是傳理科，他來這裏唸創意媒體碩士。
5. 原來 Dr Ho 進了教室，又上課了。

三 擴充詞彙

學校及設施

學校	hog⁶ hao⁶	同學	tung⁴ hog⁶
大學	dai⁶ hog⁶	放學	fong³ hog⁶
研究院	yin⁴ geo³ yun²	落堂	log⁶ tong⁴
教授	gao³ seo⁶	補堂 / 課	bou² tong⁴/ fo³
老師	lou⁵ xi¹	缺堂 / 課	kud³ tong⁴/ fo³
先生	xin¹ sang¹	走堂 / 課	zeo² tong⁴/ fo³
學生	hog⁶ sang¹	校園	hao⁶ yun⁴
學院	hog⁶ yun²	教學樓	gao³ hog⁶ leo⁴
學系	hog⁶ hei⁶	校務處	hao⁶ mou⁶ qu³
課程	fo³ qing⁴	學生事務處	hog⁶ sang¹ xi⁶ mou⁶ qu³
本科生	bun² fo¹ seng¹	保健處	bou² gin⁶ qu³
研究生	yin⁴ geo³ seng¹	宿舍	sug¹ sé³
博士	bog³ xi⁶	飯堂	fan⁶ tong⁴
碩士	ség⁶ xi⁶	圖書館	tou⁴ xu¹ gun²

續上表

學士	hog⁶ xi⁶	實驗室	sed⁶ yim⁶ sed¹
副學士	fu³ hog⁶ xi⁶	電腦中心	din⁶ nou⁵ zung¹ sem¹

大專院校

香港大學	hêng¹ gong² dai⁶ hog⁶	香港都會大學	hêng¹ gong² dou¹ wui⁶ dai⁶ hog⁶
香港中文大學	hêng¹ gong² zung¹ men⁴ dai⁶ hog⁶	香港樹仁大學	hêng¹ gong² xu⁶ yen⁴ dai⁶ hog⁶
香港科技大學	hêng¹ gong² fo¹ géi⁶ dai⁶ hog⁶	香港恒生大學	hêng¹ gong² heng⁴ seng¹ dai⁶ hog⁶
香港城市大學	hêng¹ gong² xing⁴ xi⁵ dai⁶ hog⁶	香港珠海學院	hêng¹ gong² ju¹ hoi² hog⁶ yun²
香港理工大學	hêng¹ gong² léi⁵ gung¹ dai⁶ hog⁶	香港能仁專上學院	hêng¹ gong² neng⁴ yen² jun¹ sêng⁶ hog⁶ yun²
香港浸會大學	hêng¹ gong² zem³ wui² dai⁶ hog⁶	東華學院	dung¹ wa⁴ hog⁶ yun²
香港教育大學	hêng¹ gong² gao³ yug⁶ dai⁶ hog⁶	明愛專上學院	ming⁴ oi³ jun¹ sêng⁶ hog⁶ yun²
嶺南大學	ling⁵ nam⁴ dai⁶ hog⁶	香港演藝學院	hêng¹ gong² yin² ngei⁶ hog⁶ yun²

學院及學系

文學院	men⁴ hog⁶ yun²	中文系	zung¹ men⁴ hei⁶
理學院	léi⁵ hog⁶ yun²	英文系	ying¹ men⁴ hei⁶
社會科學院	sé⁵ wui² fo¹ hog⁶ yun²	生物系	seng¹ med⁶ hei⁶
商學院	sêng¹ hog⁶ yun²	化學系	fa³ hog⁶ hei⁶
醫學院	yi¹ hog⁶ yun²	翻譯系	fan¹ yig⁶ hei⁶
工商管理學院	gung¹ sêng¹ gun² léi⁵ hog⁶ yun²	會計系	wui⁶ gei³ hei⁶

續上表

法律學院	fad³ lêd⁶ hog⁶ yun²	市場營銷學系	xi⁵ cêng⁴ ying⁴ xiu¹ hog⁶ hei⁶
人文社會科學院	yen⁴ men⁴ sé⁵ wui² fo¹ hog⁶ yun²	管理學系	gun² léi⁵ hog⁶ hei⁶
科學及工程學院	fo¹ hog⁶ keb⁶ gung¹ qing⁴ hog⁶ yun²	經濟及金融學系	ging¹ zei³ keb⁶ gem¹ yung⁴ hog⁶ hei⁶
創意媒體學院	cong³ yi³ mui⁴ tei² hog⁶ yun²	資訊系統學系	ji¹ sên³ hei⁶ tung² hog⁶ hei'⁶
教育學院	gao³ yug⁶ hog⁶ yun²	電子工程學系	din⁶ ji² gung¹ qing⁴ hog⁶ hei'⁶

問路指示

前邊 / 面	qin⁴ bin¹/ min⁶	東邊 / 面	dung¹ bin¹/ min⁶
後邊 / 面	heo⁶ bin¹/ min⁶	南邊 / 面	nam⁴ bin¹/ min⁶
左邊 / 面	zo² bin¹/ min⁶	西邊 / 面	sei¹ bin¹/ min⁶
右邊 / 面	yeo² bin¹/ min⁶	北邊 / 面	beg¹ bin¹/ min⁶
上邊 / 面	sêng⁶ bin¹/ min⁶	街頭	gai¹ teo⁴
下邊 / 面	ha⁶ bin¹/ min⁶	街尾	gai¹ méi⁵
側邊 / 面	zeg¹ bin¹/ min⁶	直行	jig⁶ hang⁴
裏邊 / 面	lêu⁵ bin¹/ min⁶	轉彎	jun³ wan¹

四 常用詞語

動態助詞——咗、緊

1.　(動詞) +「咗」，表示動作或行為完成，例如：

　　我食咗飯。　　　　我吃過飯了。

　　佢入咗洗手間。　　他走進了洗手間。

　　我睇咗呢套戲嘞。　我看過這部電影了。

2. （動詞）+「緊」，表示動作或行為持續，例如：

我食緊飯。　　　　　　　我正吃著飯。

佢嚟緊。　　　　　　　　他在路上。

我上緊堂，唔講得電話。　我在上課，不能接電話。

練習

請用普通話寫出以下句子：

(1) 我食咗兩個麵包。

_____

(2) 你辦咗手續未？

_____

(3) 落緊好大雨。

_____

(4) 佢講緊電話。

_____

試從擴充詞彙的部份，為下列句子選出合適的詞語，並把句子讀出。

(1) 我讀緊_____大學。

(2) 我讀緊_____學院。

(3) 我讀緊_____學系。

(4) 我依家去咗_____，一陣會再去學生事務處。

(5) 圖書館喺校務處_____，校務處又喺保健處_____。

(6) 你向_____行，行到_____，就會見到飯堂。

五 常用句子

提問句子的用語：「點解」、「點去」和「點搵」

「點」是粵語常用的疑問詞，它可以單獨或跟動詞連用成為提問句子。

(1) 點——怎麼、怎樣

你想點？　　　　　　你想怎樣？

(2) 點解——為甚麼

點解唔返學？　　　　為甚麼不上課？

(3) 點去——怎麼去

點去電腦中心？　　　怎樣去電腦中心？

(4) 點搵——怎麼找

點搵洗手間？　　　　怎麼找洗手間？

練習

🥄 試用粵語説出以下的句子：

(1) 請問你怎麼稱呼？

(2) 昨天他為甚麼缺課？

(3) 怎樣去校務處呢？

(4) 怎麼找教學樓？

日常生活常用句

以下是日常生活中簡單而常用的對答，你能説出它們的意義嗎？

(1) 唔該！　　　　　　(2) 唔該，等埋！

(3) 食咗喇，唔該！　　(4) 唔需要，唔該！

(5) 唔緊要！　　　　　(6) 唔使客氣！

(7) 我都係！

練習

✔ 句子配對：試因應下列各種不同的情境，選取上述 (1) - (7) 項的句子作為回應，把相關的數字填在括號裏。

( ) A. 同學因為你的幫忙而向你道謝。

( ) B. 一個陌生人不小心碰到你而跟你說對不起。

( ) C. 電梯快要關門，你想請電梯裏的人等一下。

( ) D. 路上有人向你兜售一些你不想要的物品。

( ) E. 一位新相識的朋友。他表示很高興認識你。

( ) F. 朋友跟你打招呼，說：「吃飯了沒有？」

( ) G. 你想請前面擋路的人讓開。

六 粵讀解碼

粵音韻母特點

粵音韻母共 53 個，在發音上的特點可簡單表列如下：

單純韻母	a	é	i	o	u	ê	ü			
複合韻母	ai	ao	ei	eo	éi	iu	oi	ou	êu	ui
帶鼻音韻母	am	em	im							
	an	en	in	on	un	ên	ün			
	ang	eng	éng	ing	ong	ung	êng			
促音韻母	ab	eb	ib							
	ad	ed	id	od	ud	êd	üd			
	ag	eg	ég	ig	og	ug	êg			
自成音節鼻音韻母	m	ng								

當 ü 韻母前面沒有聲母，或與 j、q、x 聲母相拼，及與 ê 組成韻母時，ü 頭上兩點省去寫成 u。

內地人士在學習粵語韻母的發音時，須要注意以下幾方面的特點：

入聲韻母

促音韻母共有 17 個，包括 b、d、g 韻尾的所有韻母，都屬於入聲韻母，全是普通話所沒有的韻母。促音韻母的特點是發音短促，收束也急，所有粵語的入聲字都有這一特點。

雙唇音 m 韻尾韻母

帶鼻音韻母內，所有雙唇鼻音 m 韻尾的韻母，都是普通話所沒有的。這些包括了 am、em 和 im 韻尾的韻母，在普通話發音時大多屬於 n 韻尾的韻母，故此內地人在講粵音中 m 韻尾字詞時，只要留意與普通話這一對應關係，便較易掌握發音。

外來語影響下的香港粵音韻母

現時有語言學者因應香港粵語特色，而提出香港話較廣州話有更多韻母的說法。有學者便指出 éu、ém、én、éd 四個韻母只見於香港粵語，而不見於廣州粵語。

這些見於香港話中具上述特殊韻母的語詞，多屬於近年受外來語影響的新詞，如以下兩例：

ém　　占 zém¹（果占）

én　　軟 wén¹（小巴）

以上用 ém 韻的「果占」的「占」zém¹ 一詞，本來便是受果醬英語 jam 的影響，才在香港出現的新語詞。至於用 én 韻母的「軟」wén¹ 一詞，也是從小巴英語 van 一詞音譯而來的新詞。以此之故這些韻母會見於香港話，而不見於廣州話之中。雖然這些形成新語音的字詞數量有限，但因涉及香港話中較特別的韻母，故此在發音時尤其需要注意。

---

① 見鄭定歐《香港粵語詞典》（南京：江蘇教育出版社，1997 年）內〈引論〉中有關說明。〈香港的語言和方言〉，頁 7。

七 句子朗讀

1. m⁴ ji¹ yi¹ ga¹ ng⁵ dim² zung¹ méi⁶ né¹ ?
   唔 知 依 家 五 點 鐘 未 呢 ?

2. ngo⁵ co⁵ wén¹ zei² hêu³ bin⁶ léi⁶ dim³ mai⁵ guo² zém¹ .
   我 坐 軟 仔 去 便 利 店 買 果 占 。

3. néi¹ go³ gog³ log¹ teo² yeo⁶ yid⁶ yeo⁶ gug⁶ .
   呢 個 角 落 頭 又 熱 又 焗 。

4. yeo⁵ seb⁶ neb¹ tong² did³ zo² log⁶ lab⁶ sab³ tung² .
   有 十 粒 糖 跌 咗 落 垃 圾 桶 。

5. sed⁶ yim⁶ sed¹ lei⁵ bai³ yed⁶ m⁴ hoi¹ , lei⁵ bai³ yed¹ ji³ hoi¹ .
   實 驗 室 禮 拜 日 唔 開 ,禮 拜 一 至 開 。

6. ngo⁵ hou² mong⁴ , m⁴ pui⁴ néi⁵ hêu³ ngen⁴ hong⁴ tung⁴ yêg⁶ fong⁴ .
   我 好 忙 ,唔 陪 你 去 銀 行 同 藥 房 。

7. cég³ qu⁵ yeo⁵ zég³ séng⁴ cég³ cêng⁴ gé³ zêg³ zei² .
   赤 柱 有 隻 成 尺 長 嘅 雀 仔 。

8. ngo⁵ hêu³ ngeo⁴ teo⁴ gog³ tei² nga⁴ , yin⁴ heo⁶ hêu³ yeo⁴ ma⁴ déi² tei² ma⁴ ma⁴ .
   我 去 牛 頭 角 睇 牙 ,然 後 去 油 麻 地 睇 嫲 嫲 。

一 基本用語

香港粵語	拼音	普通話
冇	mou^5	沒有
打	da^2	撥打
幾多	$géi^2 do^1$	多少
禮拜日	$lei^5 bai^3 yed^6$	星期天
睇戲	$tei^2 héi^3$	看電影
喎	wo^3	呀 [表示強調語氣]
係咪	$hei^6 mei^6$	是不是
乜嘢	$med^1 yé^5$	甚麼
緊	gen^2	(正)……着
啲	di^1	一點
等陣	$deng^2 zen^6$	等會兒

二 情境對話

致電聯絡

1. $m^4 goi^1 zé^6 xiu^2 zé^2 a^1$.
   唔 該 謝 小 姐 吖。

2. $néi^1 dou^6 mou^5 xing^3 zé^6 gé^3 bo^3$, $céng^2 men^6 néi^5 da^2 géi^2 do^1 hou^6 din^6 wa^2$?
   呢 度 冇 姓 謝 嘅 嘴，請 問 你 打 幾 多 號 電 話？

3. $ngo^5 da^2$ 5121 2371 , $sêng^2 wen^2 zé^6 hung^4 xiu^2 zé^2$.
   我 打 5121 2371，想 搵 謝 紅 小 姐。

4. $néi^5 da^2 co^3 zo^2 din^6 wa^2 la^3$.
   你 打 錯 咗 電 話 啦。

5. $m^4 hou^2 yi^3 xi^1$, Sorry a^3 !
   唔 好 意 思，Sorry 呀！

普通話對譯

1. 請謝小姐聽電話。

2. 這裏沒有姓謝的，請問你打的電話是幾號？

3. 我打 5121 2371，想找謝紅小姐。

4. 你打錯電話了。

5. 不好意思，sorry 呀！

朋友約會

wei² , a³ jing⁶ a⁴ ? ngo⁵ hei⁶ Simon , sêng² yêg³ néi⁵ néi⁵ go³ lei⁵ bai³ yed⁶ hêu³
喂　，亞　靜　呀？　我　係 Simon，想　約　你　呢　個　禮　拜　日　去
tei² héi³ .
睇　戲　。

géi² dim² zung¹ , hêu³ bin¹ dou⁶ tei² med¹ yé⁵ héi³ ?
幾　點　鐘　，去　邊　度　睇　乜　野　戲　？

sêng² hêu³ sen¹ guong¹ héi³ yun² , tei² ced¹ dim² bun³ gé³ yud⁶ kég⁶ deg⁶ long⁵
想　去　新　光　戲　院　，睇　七　點　半　嘅　粵　劇　特　朗
pou² .
普　。

hou² wo³ , yêg³ néi⁵ ced¹ dim² sam¹ , hei² héi³ yun² dai⁶ tong⁴ deng² hou² ma³ ?
好　喎　，約　你　七　點　三　，喺　戲　院　大　堂　等　好　嘛　？

Ok , dou³ xi⁴ gin³ !
Ok，到　時　見　！

普通話對譯

喂，亞靜嗎？我是 Simon，想約你這個星期天去看電影。

幾點鐘？去哪兒看甚麼電影？

想到新光戲院去，看七點半的粵劇特朗普。

4. 不錯啊，跟你約七點十五分，在電影院的大堂等好嗎？

5. 好的，到時見！

查詢申請

1. wei² , céng² men⁶ hei⁶ mei⁶ yu⁵ men⁴ zung¹ sem¹ a³ ?
   喂 ， 請 問 係 咪 語 文 中 心 呀 ？

2. hei⁶ a³ , ngo⁵ hei⁶ Anna , yeo⁵ med¹ yé⁵ bong¹ dou² néi⁵ ?
   係 呀 ， 我 係 Anna ， 有 乜 嘢 幫 到 你 ？

3. ngo⁵ sêng² men⁶ yu⁴ guo² yud⁶ yu⁵ ban¹ diu⁶ zou² , yeo⁵ med¹ seo² zug⁶ ?
   我 想 問 如 果 粵 語 班 調 組 ， 有 乜 手 續 ？

4. néi⁵ bin¹ yed¹ zou² , sêng² diu⁶ hêu³ bin¹ zou² ?
   你 邊 一 組 ， 想 調 去 邊 組 ？

5. ngo⁵ sêng⁵ gen² T02 go² zou² , sêng² diu⁶ hêu³ T08 go² zou² .
   我 上 緊 T02 嗰組 ， 想 調 去 T08 嗰組 。

6. ho² yi⁵ gé² , néi⁵ fai³ di¹ lei⁴ zung¹ sem¹ tin⁴ biu² , ngo⁵ bong¹ néi⁵ on¹ pai⁴ .
   可 以 嘅 ， 你 快 啲 嚟 中 心 填 表 ， 我 幫 你 安 排 。

7. m⁴ goi¹ Anna , deng² zen⁶ gin³ .
   唔 該 Anna ， 等 陣 見 。

普通話對譯

1. 喂，請問是語文中心嗎？

2. 是的，我是 Anna，有甚麼能幫上忙的？

3. 我想問如果把粵語班改到別的組，有甚麼手續呢？

4. 你在哪一組？想改到甚麼組別？

5. 我現在在 T02 組上，希望改到 T08 那一組。

6. 可以的，你儘快到中心來填寫表格，我給你安排。

7. 謝謝 Anna，等一會見。

三 擴充詞彙

數目字

一	yed¹	六	lug⁶	零	ling⁴
二	yi⁶	七	ced¹	百	bag³
三	sam¹	八	bad³	千	qin¹
四	séi³	九	geo²	萬	man⁶
五	ng⁵	十	seb⁶	億	yig¹

二十一	yi⁶ seb⁶ yed¹	廿一	ya⁶ yed¹
三十一	sam¹ seb⁶ yed¹	卅一	sa¹ a⁶ yed¹

粵讀從四十一到九十一，也有與三十一相類的兩種讀法。

時間

鐘	zung¹	秒	miu⁵
點	dim²	字	ji⁶
時	xi⁴	踏正	dab⁶ zéng³ / jing³
分	fen¹	踏半	dab⁶ bun³

日期

年	nin⁴/nin²	月	yud⁶	日	yed⁶
前年	qin⁴ nin²/nin⁴	前個月	qin⁴ go³ yud⁶	前日	qin⁴ yed⁶
舊年	geo⁶ nin²/nin⁴	上個月	sêng⁶ go³ yud⁶	琴日	kem⁴ yed⁶
上年	sêng⁶ nin²/nin⁴	今個月	gem¹ go³ yud⁶	今日	gem¹ yed⁶
今年	gem¹ nin²/nin⁴	下個月	ha⁶ go³ yud⁶	聽日	ting¹ yed⁶
明年	ming⁴ nin²/nin⁴	呢個月	néi¹ go³ yud⁶	後日	heo⁶ yed⁶
出年	cêd¹ nin²/nin⁴	嗰個月	go² go³ yud⁶	邊日	bin¹ yed⁶
後年	heo⁶ nin²/nin⁴	邊個月	bin¹ go³ yud⁶	週末	zeo¹ mud⁶
邊年	bin¹ nin²/nin⁴	幾號	géi² hou⁶	週日	zeo¹ yed⁶

星期

星期一	xing¹ kéi⁴ yed¹	禮拜一	lei⁵ bai³ yed¹
星期二	xing¹ kéi⁴ yi⁶	禮拜二	lei⁵ bai³ yi⁶
星期三	xing¹ kéi⁴ sam¹	禮拜三	lei⁵ bai³ sam¹
星期四	xing¹ kéi⁴ séi³	禮拜四	lei⁵ bai³ séi³
星期五	xing¹ kéi⁴ ng⁵	禮拜五	lei⁵ bai³ ng⁵
星期六	xing¹ kéi⁴ lug⁶	禮拜六	lei⁵ bai³ lug⁶
星期日	xing¹ kéi⁴ yed⁶	禮拜日	lei⁵ bai³ yed⁶

四 常用詞語

數目、時間、日期和星期

粵語在日常生活運用當中，尤其在聯絡、約會或查詢時，經常會涉及到時間、日期和星期等資料，又全都和數字有關。以下練習中的用語，都是和數目、時間、日期和星期等日常用語有關的，熟習運用會有助生活溝通。

練習

試從擴充詞彙的部份，為下列句子選出合適的詞語，並把句子讀出。

🍶 數目

(1) 我住喺_____樓。

(2) 我買咗_____張飛，想約你去睇戲。

(3) 我打咗_____次電話畀你，都冇人聽。

(4) 你個電話係咪_____？

(5) 搞錯喇，我個電話係_____。

時間

(1) 依家係＿＿＿＿＿＿＿＿點＿＿＿＿＿＿＿＿個字。

(2) 電影係＿＿＿＿＿＿＿＿＿＿＿＿＿＿＿＿開場。

(3) 我約你＿＿＿＿＿＿＿＿＿＿＿＿＿＿＿喺戲院大堂等。

(4) 電影大約＿＿＿＿＿＿＿＿＿＿＿＿＿散場。

(5) 巴士半個鐘頭一班，開＿＿＿＿＿＿＿＿同＿＿＿＿＿＿＿＿。

日期和星期

(1) 你係＿＿＿＿＿＿＿＿大學畢業㗎？

(2) 你＿＿＿＿＿＿＿＿得閒？想約你食飯。

(3) 我係＿＿＿＿＿＿＿＿搬嚟呢度住嘅。

(4) 我想約佢＿＿＿＿＿＿＿＿去海洋公園，不過＿＿＿＿＿＿＿＿打電話搵唔到佢。

(5) 本來約＿＿＿＿＿＿＿＿食飯，因為佢出差，所以改約＿＿＿＿＿＿＿＿。

「係」字的用法

「係」字在粵語中大量使用，可說是生活上最基本的用語。「係」字是表示存在或肯定的動詞，相當於普通話中的「是」字，例如：

我係大學生。	我是大學生。
我哋係中國人。	我們是中國人。
係呀，佢係由杭州嚟嘅研究生。	對了，他是從杭州來的研究生。

「唔係」、「係唔係」和「係咪」

「唔」是表示否定的副詞，加在「係」字的前面，便是相當於「不是」的「唔係」。如果將「係」和「唔係」加起來，便是表示疑問的意思。三者的分別如下：

係	［表示肯定］	是
唔係	［表示否定］	不是
係唔係	［表示疑問］	是不是

使用上例如：

我係學生。　　　　　我是學生。

我唔係老師。　　　　我不是老師。

你係唔係香港人？　你是不是香港人？

而「係唔係」又常唸作「係咪」，這裏的「咪」是「係唔係」的合音。

五 常用句子

提問句子的用語：「幾」、「幾多」、「幾點」、「幾耐」、「邊度」、「邊個」、「乜」和「乜嘢」

　　除了第三課講到「點」及相關的疑問詞之外，下列詞彙也是一些提問句中的常見用語。

(1) 「幾」是「頗為」的意思，作疑問詞意思則是「甚麼」或「多少」。「幾」通常會連接後面的詞語，來表達數目或程度上的疑問。

幾	幾號？	甚麼號碼？
幾多	幾多人？	多少人？
幾點	幾點睇戲？	甚麼時間看電影？
幾耐	要幾耐？	要多久？

(2) 「邊」作疑問詞是「甚麼」的意思，常用以連接後面的詞語，來提問有關內容。

邊個	佢係邊個？	他是甚麼人？
邊度	喺邊度？	在甚麼地方？
邊組	調去邊組？	轉到哪一個組別？

(3) 疑問詞「乜」或「乜嘢」，同樣作「甚麼東西」、「甚麼」的意思。

乜	買乜？	買甚麼？
乜嘢	買乜嘢？	買甚麼東西？
乜嘢衫	買乜嘢衫？	你買甚麼衣服？

練習

✐　試用粵語説出以下句子。

(1) 你家裏有多少人？

(2) 你跟他認識了多久？

(3) 誰給我打電話？

(4) 明天在哪裏見面？

(5) 他喜歡甚麼電影？

打電話常用對答

練習

✐　以下 (A)、(B) 兩組是打電話常用的對答，試説出兩組裏每個句子的意思，並從 (B) 組選出最適當的回答，把英文字母寫在配對句子的括號裏。

(A)	(B)
(1) 唔該請何經理聽電話。 (　)	(a) 我都唔知，佢冇講低。
(2) 佢未返，請你晏啲再打嚟。 (　)	(b) 電話線講緊。
(3) 請問佢幾點返？ (　)	(c) 晏啲大約係幾點呢？
(4) 請等一陣。 (　)	(d) 我係喇，有乜野事呢？
(5) 點解內線 135 一直打都打唔通？。 (　)	(e) 唔使喇，唔該。
(6) 使唔使講低邊個搵佢？ (　)	(f) 李小姐，電話係 5432 1234
(7) 唔該想訂今晚八點一張三人枱。 (　)	(g) 冇問題。
(8) 留貴姓？幾多號電話？ (　)	(h) 唔該！

六 粵讀解碼

粵音聲母 h

在粵語聲母當中，h 聲母是十分常用，但又是以普通話為母語的人較難掌握發音的一個。在普通話和粵語語音系統中，同時都存在 h 這聲母，然而兩者發音部位其實不同。兩者間的區別如下：

h 聲母		
	普通話	舌根音
	粵語	喉音

正因粵語聲母 h 屬於喉音，故此較普通話舌根音的發音部位要更後一些。粵語生活上運用字詞屬於 h 聲母的頗多，常見的如：

係	hei^6	號	hou^6	戲	héi^3
喺	hei^2	紅	hung^4	後	heo^6
好	hou^2	去	hêu^3	可	ho^2
海	hoi^2	杭	hong^4	河	ho^4

以上例子大部分屬本課情境對話內出現的字詞，可見使用率之高。又如在電話聯絡中提到自己時會説：

ngo^5 hei^6 hei^2 sêng^6 hoi^2 lei^4 hêng^1 gong^2 gé^3 ho^4 hiu^2 hung^4

我　係　喺　上　海　嚟　香　港　嘅　何　曉　紅　。

以上一句內便有 7 個字屬於 h 聲母。若「上海」換作「河南」或「杭州」，仍會遇上這問題。

從 h 聲母屬喉音的這一特點，可以知道發音應在較後接近咽喉的部位，此外發音時可用較普通話發同一聲母更大的勁，將 h 聲母的字，如：「寒」、「杭」、「香」、「黑」、「下」等字時，試從喉頭使勁吐氣讀出，便能得到較準確的發音。

粵語的合音連讀

合音及連讀的習慣在漢語中一向存在，像「諸」字便是「之於」的合音。

1. 數目字

在數字中，以往會將「二十」內「二」和「十」的字形和字音都結合起來，變成「廿」字，而讀作「入」；將「三十」內「三」和「十」的字形和字音結合而讀作「颯」。

這種為方便書寫和快讀的合字合音，在粵語當中一直保存著。數目字中的合音便有「廿」和「卅」：

廿	ya^6	二十的意思，粵音是「二」和「十」的合音。
卅	sa^1	三十的意思，粵音是「三」和「十」的合音。

粵語口語中「卅」的實際讀音是把「sa^1 a^6」兩音一起連讀，這情況在後面加上數字，如口頭講「卅一」時，便常常會以合音連讀成「sa^1 a^6 yed^1」。除此之外四十、五十、六十、七十、八十到九十等數目，在後面再加數字時，也會合音連讀，如「五十六」便會讀成「ng^5 a^6 lug^6」。

2.「唔係」的合音

為了發音上的方便，粵語合音的現象還見於「唔係」一詞。在提問句中經常會講「係唔係？」但在日常生活中往往將「唔係」講成「咪」：

係唔係	hei^6 m^4 hei^6
係咪	hei^6 mei^6

從以上拼音標示便清楚見出，「咪 mei^6」便是個將「唔係」兩字的「m」和「ei^6」聲韻調組合而成的合音。

七 句子朗讀

- néi^5 ho^2 yi^5 leo^4 dei^1 heo^2 sên^3 béi^2 ho^4 xin^1 sang^1.

  你　可　以　留　低　口　信　畀　何　先　生　。

- hang^1 heo^2 zam^6 hei^6 mei^6 yeo^5 héi^3 yun^2 ?

  坑　口　站　係　咪　有　戲　院　？

3. di¹ ha¹ hei⁶ mei⁶ hou² ham⁴ ?

啲 蝦 係 咪 好 鹹 ?

4. néi¹ dêu³ hai⁴ hei⁶ mei⁶ hou² hou² hang⁴ ?

呢 對 鞋 係 咪 好 好 行 ?

5. ngo⁵ sêng² guo³ hoi² hêu³ hung⁴ hem³ mai⁵ hai⁴ .

我 想 過 海 去 紅 磡 買 鞋 。

6. dab³ ha⁶ yed¹ ban¹ cé¹ , fan¹ dou³ hêng¹ gong² dou¹ tin¹ heg¹ log³ .

搭 下 一 班 車 ， 返 到 香 港 都 天 黑 咯 。

7. yu⁶ hei⁶ dung³ gé³ tin¹ xi⁴ yu⁶ zou² tin¹ heg¹ .

愈 係 凍 嘅 天 時 愈 早 天 黑 。

8. kêu⁵ hêu³ yun⁴ hon⁴ guog³ , zoi³ hêu³ hong⁴ zeo¹ ji³ fan¹ hêng¹ gong² .

佢 去 完 韓 國 ， 再 去 杭 州 至 返 香 港 。

一 基本用語

香港粵語	拼音	普通話
去街	hêu³ gai¹	上街
到	dou²	得［用在動詞後表示動作結果］
坐	co⁵	乘坐
左近	zo² gen²	附近
順住	sên⁶ ju⁶	沿着
尾	méi⁵	盡頭；最後
街口	gai¹ heo²	路口
離	léi⁴	距離
零	léng⁴	左右
約莫	yêg³ mog⁶	大概
字	ji⁶	五分鐘
實	sed⁶	一定

二 情境對話

地區尋找

1. m⁴ goi¹, céng² men⁶ xi⁴ doi⁶ guong² cêng⁴ dim² hêu³ a³?
   唔該，請問時代廣場點去呀？

2. m⁴ hei² néi¹ kêu¹ go² bo³. néi¹ dou⁶ hei⁶ geo² lung⁴ kêu¹, xi⁴ doi⁶ guong² cêng⁴
   唔喺呢區嗰嘛。呢度係九龍區，時代廣場
   zeo⁶ hei² hêng¹ gong² dou².
   就喺香港島。

3. gem², céng² men⁶ yeo⁴ néi¹ dou⁶ dim² yêng⁶ hêu³ dou² a³?
   咁，請問由呢度點樣去到呀？

4. zêu³ fong¹ bin⁶ hei⁶ co⁵ déi⁶ tid³. yeo⁴ wong⁶ gog³ hêu³ gem¹ zung¹, jun³ gong² dou²
   最方便係坐地鐵。由旺角去金鐘，轉港島

xin³ hêu³ tung⁴ lo⁴ wan¹ zam⁶.

線　去　銅　鑼　灣　站　。

5. m⁴ goi¹ sai³ ! céng² men⁶ néi¹ zo² gen² bin¹ dou⁶ yeo⁵ déi⁶ tid³ zam⁶ ?

唔　該　晒　！　請　問　呢　左　近　邊　度　有　地　鐵　站　？

6. m⁴ sei² hag³ héi³. jig⁶ hang⁴ hêu³ qin⁴ min⁶ néi¹ dên¹ dou⁶ lou⁶ heo² , zeo⁶ hei⁶ wong⁶

唔　使　客　氣　。直　行　去　前　面　彌　敦　道　路　口　，就　係　旺

gog³ déi⁶ tid³ zam⁶.

角　地　鐵　站　。

普通話對譯

1. 打擾一下，請問到時代廣場要怎麼走？

2. 不在這個地區呢。這裏是九龍區，時代廣場在香港島。

3. 這樣的話，請問怎樣從這裏過去呢？

4. 最方便是坐地鐵。從旺角到金鐘，改乘港島線到銅鑼灣站。

5. 謝謝！請問附近有沒有地鐵站？

6. 不用客氣。往前一直走到彌敦道路口，便是旺角地鐵站。

街頭問路

. m⁴ hou² yi³ xi¹ , céng² men⁶ néi⁵ yeo⁴ néi¹ qu³ dim² hêu³ zung¹ yêng¹ tou⁴ xu¹ gun² ?

唔　好　意　思　，請　問　你　由　呢　處　點　去　中　央　圖　書　館　？

. qin⁴ min⁶ gai¹ heo² jun³ yeo⁶ , sên⁶ ju⁴ yi⁴ wo² gai¹ hang⁴ dou³ méi⁵ , zo² seo² min⁶

前　面　街　口　轉　右　，順　住　怡　和　街　行　到　尾　，左　手　面

jun³ yeb⁶ gou¹ xi⁶ wei¹ dou⁶ , zoi³ hang⁴ qin⁴ sam¹ go³ gai¹ heo² zeo⁶ hei⁶.

轉　入　高　士　威　道　，再　行　前　三　個　街　口　就　係　。

. m⁴ ji¹ léi⁴ néi¹ dou⁶ yeo⁵ géi² yun⁵ né¹ ?

唔　知　離　呢　度　有　幾　遠　呢　？

. mou⁵ géi² yun⁵ , hang⁴ seb⁶ léng⁴ fen¹ zung¹ , yêg³ mog⁶ sam¹ séi³ go³ ji⁶ zé¹.

有　幾　遠　，行　十　零　分　鐘　，約　莫　三　四　個　字　啫　。

5. yu⁴ guo² hêu³ wei⁴ do¹ léi⁶ a³ gung¹ yun² , m⁴ ji¹ yeo⁶ yiu³ dim² hang⁴ né¹ ?
    如 果 去 維 多 利 亞 公 園 ，唔知 又 要 點 行 呢 ?

6. wei⁴ yun² zeo⁶ hei² jing³ zung¹ tou⁴ dêu³ min⁶ , lou⁶ heo² hang⁴ cêd¹ di¹ néi⁵ zeo⁶
    維 園 就 喺 正 中 圖 對 面 ，路 口 行 出 啲 你 就
    sed⁶ wui⁵ gin³ dou² .
    實 會 見 到 。

普通話對譯

1. 不好意思，請問怎麼從這裏走到中央圖書館？
2. 前面路口右轉，沿着怡和街走到尾，往左轉高士威道，再向前走三個路口
    便到。
3. 不知距離這裏有多遠呢？
4. 不太遠，走十來分鐘，大概十五到二十分鐘便到。
5. 如果去維多利亞公園，不曉得又要怎麼走呢？
6. 維園就正在中圖的對面，在路口往外走一下，你一定會看到。

三 擴充詞彙

香港分區

香港島 / 港島	hêng¹ gong² dou²/ gong² dou²	新界	sen¹ gai³
九龍	geo² lung⁴	離島	léi⁴ dou²

香港島主要地區

中環	zung¹ wan⁴	上環	sêng⁶ wan⁴
金鐘	gem¹ zung¹	西營盤	sei¹ ying⁴ pun⁴
灣仔	wan¹ zei²	西環	sei¹ wan⁴
銅鑼灣	tung⁴ lo⁴ wan¹	堅尼地城	gin¹ néi⁴ déi⁶ xing⁴

續上表

天后	tin¹ heo⁶	山頂	san¹ déng²
炮台山	pao³ toi⁴ san¹	香港仔	hêng¹ gong² zei²
北角	beg¹ gog³	赤柱	cég³ qu⁵
鰂魚涌	zeg¹ yu⁴ cung¹	跑馬地	pao² ma⁵ déi²
筲箕灣	sao¹ géi¹ wan¹	鴨脷洲	ab³ léi⁶ zeo¹
柴灣	cai⁴ wan¹	淺水灣	qin² sêu² wan¹

九龍主要地區

九龍塘	geo² lung⁴ tong⁴	何文田	ho⁴ men⁴ tin⁴
旺角	wong⁶ gog³	黃大仙	wong⁴ dai⁶ xin¹
太子	tai³ ji²	九龍城	geo² lung⁴ xing⁴
紅磡	hung⁴ hem³	九龍灣	geo² lung⁴ wan¹
油麻地	yeo⁴ ma⁴ déi²	牛頭角	ngeo⁴ teo⁴ gog³
佐敦	zo² dên¹	觀塘	gun¹ tong⁴
尖沙咀	jim¹ sa¹ zêu²	藍田	lam⁴ tin⁴
石硤尾	ség⁶ gib³ méi⁵	將軍澳	zêng¹ guen¹ ou³
深水埗	sem¹ sêu² bou²	油塘	yeo⁴ tong⁴
長沙灣	cêng⁴ sa¹ wan⁴	鯉魚門	léi⁵ yu⁴ mun⁴
荔枝角	lei⁶ ji¹ gog³	土瓜灣	tou² gua¹ wan⁴

新界主要地區

沙田	sa¹ tin⁴	元朗	yun⁴ long⁵
馬鞍山	ma⁵ on¹ san¹	屯門	tün⁴ mun⁴
大埔	dai⁶ bou³	天水圍	tin¹ sêu² wei⁴
粉嶺	fen² léng⁵	西貢	sei¹ gung³
上水	sêng⁶ sêu²	落馬洲	log⁶ ma⁵ zeo¹
荃灣	qun⁴ wan¹	羅湖	lo⁴ wu⁴

離島主要地區

大嶼山	dai⁶ yu⁴ san¹		南丫島	nam⁴ a¹ dou²
東涌	dung¹ cung¹		長洲	cêng⁴ zeo¹
梅窩	mui⁴ wo¹		坪洲	ping⁴ zeo¹

四 常用詞語

詢問及回應用語

生活中經常會在問路或電話聯絡中，用上大量的詢問或回應用語。以下是香港常用的有關用語：

請問	céng² men⁶	唔該	m⁴ goi¹
請問聲	céng² men⁶ séng¹	唔該晒	m⁴ goi¹ sai³
請等一陣	céng² deng² yed¹ zen⁶	唔使客氣	m⁴ sei² hag³ héi³
多謝	do¹ zé⁶	唔使麻煩	m⁴ sei² ma⁴ fan⁴
點樣去 / 行 / 搵 / 搭	dim² yêng² hêu³/ hang⁴ /wen²/ dab³	唔好意思	m⁴ hou² yi³ xi¹
搵唔到	wen² m⁴ dou²	唔清楚	m⁴ qing¹ co²
掂唔掂	dim⁶ m⁴ dim⁶	唔識得	m⁴ xig¹ deg¹
搞掂	gao² dim⁶	唔知	m⁴ ji¹
冇問題	mou⁵ men⁶ tei⁴	唔明	m⁴ ming⁴
有 / 冇辦法	yeo⁵/ mou⁵ ban⁶ fad³	唔係呢度	m⁴ hei⁶ néi¹ dou⁶
打搞晒	da² gao² sai³	唔喺呢區	m⁴ hei² néi¹ kêu¹
對唔住	dêu³ m⁴ ju⁶	唔緊要	m⁴ gen² yiu³

1.「唔該」的不同用法

「唔該」在使用上有不同的用法，試看以下例子的分別：

(1) 唔該畀杯凍檸茶我。	麻煩您給我來一杯冰檸檬茶。	表示勞駕
(2) 認真唔該晒！	真的十分感謝！	表示謝謝
(3) 唔該！借一借。	請借光一下。	請注意一下

　　例 (1) 中的「唔該」，是麻煩或勞駕的意思；例 (2) 中的「唔該」，是表達感謝之意；例 (3) 中的「唔該」，則純屬用作引起人家注意的禮貌用語。

2.「唔該」和「多謝」的分別

　　「唔該」和「多謝」都有感謝的意思，但用法上有不同，試看以下例子：

(1) 你咁幫忙，真係唔該晒！

(2) 送咁厚禮，真係多謝晒！

　　同時都表示感謝，對人家的幫助可以用「唔該」，也可以用「多謝」；但若對送禮等有實質物件的道謝，便只會說「多謝」，而不會說「唔該」了。

指示代詞：「呢」和「嗰」

　　「呢」、「嗰」是粵語最基本的指示代詞，表示「這」和「那」，很多指示代詞通過連接「呢」和「嗰」而產生，就像在問路的情況，如本課課文即有以下例子：

| 呢區 | 這一區 | | 呢左近 | 這兒附近 |
| 呢度 | 這裏 | | 呢處 | 這地方 |

練習

如將「嗰」換「那」的話，粵語會怎麼說呢？

那一區　　→

那裏　　→

那兒附近　→

那地方　　→

指示代詞「呢」和「嗰」常用的指稱方式是：

「呢」/「嗰」+ 量詞 + 名詞，例如：

呢條連身裙	這條連衣裙
嗰件紫色冷衫	那件紫色毛衣
呢個枕頭	這個枕頭
嗰個碗	那個碗

趨向補語：「出」和「入」

在車廂或電梯裏，常會聽到「行出啲」、「企入啲」等說話，原來「出」有「往外」的意思，「入」則指「往裏面」，把「啲」加上，即表示「……一下／一些」。例如：

行出啲	往外走走
行入啲	往裏面走走
企出啲	往外站站
企入啲	往裏面站站

五 常用句子

問路的常用句

以下是一些問路的常用句式，可通過有關練習掌握如何運用。

練習 //

試從擴充詞彙中選出地區名稱填到橫線上，並把句子讀出。

(1) 請問＿＿＿＿＿＿＿＿＿＿點去呢？

(2) 請問由呢度點去＿＿＿＿＿＿＿＿＿＿呢？

(3) 請問點樣搭車去＿＿＿＿＿＿＿＿＿＿呢？

(4) 請問坐乜嘢車去＿＿＿＿＿＿＿＿＿＿最方便？

(5) 請問邊度有港鐵站去＿＿＿＿＿＿＿＿＿＿呢？

(6) 請問點樣搭車去＿＿＿＿＿＿＿＿＿＿呢？

(7) 請問＿＿＿＿＿＿＿＿＿＿離呢度有幾遠呢？

(8) 請問去＿＿＿＿＿＿＿＿＿＿點行呢？

六 粵讀解碼

粵音聲母 g、k、gu、ku

粵語聲母中舌根音聲母 g 和 k，分別有對應的圓唇聲母 gu 和 ku。要掌握這四個粵音聲母，須注意以下幾方面。

1. 粵音發音與普通話異同

粵音 g、k、gu、ku 這四個聲母，又見於普通話拼音系統中。簡單來說粵語 g 和 k 聲母發音與普通話相同，但 gu 和 ku 兩聲母雖然同樣是圓唇舌根音，不過粵音 gu 及 ku 中的半元音「u」較普通話短促，令這兩聲母讀來實際上有所不同。

2. 圓唇與不圓唇的分別

聲母 g 和 k 各有對應的圓唇聲母 gu 和 ku，四者間的關係如下：

	不圓唇	例字	圓唇	例字
不送氣	g	港 gong[2] 角 gog[3]	gu	廣 guong[2] 國 guog[3]
送氣	k	溪 kei[1] 勤 ken[4]	ku	規 kuei[1] 群 kuen[4]

上述字例中的「港」和「廣」，「角」和「國」，「溪」和「規」，「勤」和「群」，兩者間的韻母和聲調都相同，讀音差別僅在圓唇與否而已。故此倘若發音時不清楚區分，便會將「時代廣場」讀成「時代港場」，「廣州」讀成「港州」，「一群人」變成「一勤人」，「我去港島」變成「我去廣島」，「北角餐廳」變成「北國餐廳」，引起不必要的誤會。

「懶音」現象

香港近年流行又一直為人所詬病的所謂「懶音」，指的是年青一輩為方便快捷，發音時不認真區分讀音，往往把較費勁讀的粵音聲韻部分，如須圓唇讀出的 gu 和 ku 聲母，改成較容易讀出的不圓唇聲母 g 和 k。雖然有主張從眾的語言學家，從語音流變的角度去形容這一現象，但社會上文教界對此並未接受，不少教育工作者提倡「正音」，年青一輩也漸提高對粵音差異的相關認知。

聲母與韻母的區分

由於在廣州話拼音方案中，標示舌根圓唇音分別用「gu」和「ku」，組成聲母部分的「u」，同時又出現於複合韻母之中，如韻母「ui」、「un」、「ung」、「ud」和「ug」便是，其中的「u」緊接聲母「g」或「k」時，不應將其誤會作圓唇音「gu」或「ku」，例如：

古	gu^2	館	gun^2
劬	gui^6	公	gung^1

在上述例子中，聲母都是「g」，而非「gu」。但在以下例子中，「u」卻屬於聲母：

瓜	gua^1	果	guo^2

熟習廣州話拼音方案的話，便知粵音中並無「ua」和「uo」這兩個韻母，而知道「u」屬前面聲母的一部分，故此這是圓唇音聲母「gu」。但因普通話內有「ua」和「uo」韻母，遇上以上情況時尤其要小心區別。

七 句子朗讀

1. yiu^3 yeo^5 guog^3 zei^3 xi^6 yé^5，m^4 hou^2 jun^3 ngeo^4 gog^3 jim^1.

　要　有　國　際　視　野，唔　好　鑽　牛　角　尖。

2. kêu^5 kem^4 yed^6 yeo^4 guong^2 zeo^1 lei^4 hêng^1 gong^2.

　佢　琴　日　由　廣　州　嚟　香　港　。

3. ngo^5 hei^2 guong^2 zeo^1 yeo^5 yed^1 cêng^4 yin^2 gong^2.

　我　喺　廣　州　有　一　場　演　講　。

4.　zêu³ gen² yiu³ heb⁶ kuen⁴ tung⁴ seo² kuei¹ gêu² .

最　緊　要　合　群　同　守　規　矩　。

5.　mong¹ guo² hou² xig⁶ guo³ med⁶ gua¹ .

芒　果　好　食　過　蜜　瓜　。

6.　yung¹ gung¹ gun² hei⁶ hou² gu² lou⁵ gé³ gung¹ gun² .

翁　公　館　係　好　古　老　嘅　公　館　。

7.　sêu² kei¹ yeo⁵ guei¹ mou⁵ gei¹ , heng² deg¹ géi¹ yeo⁵ gei¹ mou⁵ guei¹ .

水　溪　有　龜　冇　雞　，　肯　德　基　有　雞　冇　龜　。

8.　go² go³ kuong⁴ yen⁴ hei² zung³ mug⁶ kuei⁴ kuei⁴ ji¹ ha⁶ tüd³ qing¹ guong¹ .

嗰　個　狂　人　喺　眾　目　睽　睽　之　下　脫　清　光　。

港飲港食

xiu¹ méi² fan⁶, ga¹ mai⁴ dib⁶ yeo⁴coi³,
燒味飯，加埋碟油菜，
zoi³ jing² do¹ bui¹ nai⁵ca⁴.
再整多杯奶茶。

一 基本用語

香港粵語	拼音	普通話
食晏	xig⁶ an³	吃午飯
唔止	m⁴ ji²	不僅
飲食	yem² xig⁶	吃喝
仲	zung⁶	還要
抵	dei²	划算
超	qiu¹	超級
走塑	zeo² sou³	不用塑料物品
依家	yi¹ ga¹	現在。也作而 (yi⁴) 家
興	hing¹	流行
拎返	ling¹ fan¹	拿回
通街	tung¹ gai¹	滿街
出餸	cêd¹ sung³	上菜
畀錢	béi² qin²	付錢
加一	ga¹ yed¹	加百分之十的服務費

二 情境對話

學校飯堂

1. xig⁶ an³ xi⁴ gan³, hêu³ Canteen xig⁶ fan⁶ zeo⁶ zêu³ fong¹ bin⁶.

   食晏時間，去 Canteen 食飯就最方便。

2. m⁴ ji² yeo⁵ zung¹ sei¹ xig¹ yem² xig⁶, lin⁴ hon⁴ yed⁶ coi³ xig¹ dou¹ yeo⁵, zung⁶ péng² guo³ gai¹ ngoi⁶ min⁶.

   唔止有中西式飲食，連韓日菜式都有，仲平過街外面。

3. zêu³ dei² xig⁶ hei⁶ lêng⁵ sung³ fan⁶, gan² lêng⁵ go³ sung³, lin⁴ mai⁴ lei⁶ tong¹ wag⁶

   最抵食係兩餸飯，揀兩個餸，連埋例湯或

zé² dung³ yem², dou¹ hei⁶ yi⁶ sam¹ seb⁶ men¹.

者　凍　飲，都　係　二　三　十　蚊。

4. ngo⁵ zêu³ zung¹ yi³ xiu¹ méi² fan⁶, ga¹ mai⁴ dib⁶ yeo⁴ coi³, jing² do¹ bui¹ zen¹ ju¹

　我　最　鍾　意　燒　味　飯，加　埋　碟　油　菜，整　多　杯　珍　珠

nai⁵ ca⁴, qiu¹ hou² méi⁶.

　奶　茶，超　好　味。

5. gen⁶ nin⁴ gong² wan⁴ bou², hao⁶ yun⁴ leo⁴ heng⁴ zeo² sou³, yem² tung⁴ tung⁴ gao¹

　近　年　講　環　保，校　園　流　行　走　塑，飲　筒　同　膠

geng¹ dou¹ xiu¹ sed¹ sai³.

　羹　都　消　失　晒。

6. yi¹ ga¹ hog⁶ hao⁶ fan⁶ tong⁴ hing¹ ji⁶ zo⁶, xig⁶ yun⁴ géi³ deg¹ zêng¹ tog³ pun² tung⁴

　依　家　學　校　飯　堂　興　自　助，食　完　記　得　將　托　盤　同

can¹ gêu⁶ ling¹ fan¹ wui⁴ seo¹ zam⁶.

　餐　具　拎　返　回　收　站。

普通話對譯

. 午飯時間，到飯堂吃飯是最方便的。

. 不光有中西的飲食，連韓國菜跟日本菜都有，還要比外面的便宜。

. 最划算是吃兩餸飯，挑兩個菜，加上例湯或冷飲，都只是二三十塊錢而已。

. 我最喜歡燒味飯，加上一碟油菜，再加一杯珍珠奶茶，特別美味。

. 近年講究環保，校園流行棄用塑料，吸管和塑膠勺子都不見了。

. 現在學校飯堂流行自助，記住飯後把托盤和餐具拿到回收站。

茶餐廳

. ca⁴ can¹ téng¹ yun⁴ ji⁶ hêng¹ gong², ho² yi⁵ wa⁶ hei⁶ néi¹ dou⁶ yem² xig⁶ men⁴ fa³

　茶　餐　廳　源　自　香　港，可　以　話　係　呢　度　飲　食　文　化

doi⁶ biu².

　代　表。

63

2. kêu⁵ xing³ zoi⁶ tung¹ gai¹ dou¹ yeo⁵, yeo⁴ zou² hoi¹ dou³ man⁵, yeo⁶ péng⁴ yeo⁶ do
佢　勝　在　通　街　都　有，　由　早　開　到　晚，　又　平　又　多
yé⁵ xig⁶, fong¹ bin⁶ gai¹ fong¹.
嘢　食，　方　便　街　坊。

3. zou² ng⁵ man⁵ can¹ ji¹ ngoi⁶, zung⁶ yeo⁵ sêng⁴ can¹, fai³ can¹, deg⁶ ga³ ha⁶ ng⁵
早　午　晚　餐　之　外，　仲　有　常　餐、　快　餐、　特　價　下　午
ca⁴, yeo⁵ di¹ zung⁶ yeo⁵ xiu¹ yé², hoi¹ dou³ tung¹ xiu¹ tim¹.
茶，　有　啲　仲　有　宵　夜，　開　到　通　宵　㗎。

4. hou² zoi⁶ do¹ xun² zag⁶, dib⁶ teo² fan⁶ tung⁴ cao² fen² min⁶ ji¹ ngoi⁶, min⁶ bao¹
好　在　多　選　擇，　碟　頭　飯　同　炒　粉　麵　之　外，　麵　包
sei¹ béng², ga³ fé¹ nai⁵ ca⁴ yêng⁶ yêng⁶ dou¹ yeo⁵.
西　餅，　咖　啡　奶　茶　樣　樣　都　有。

5. cêd¹ sung³ fai³, xig⁶ yun⁴ jig⁶ jib³ béi² qin², m⁴ seo¹ ga¹ yed¹, dou¹ hei⁶ kêu⁵ yeo¹ dim
出　餸　快，　食　完　直　接　畀　錢，　唔　收　加　一，　都　係　佢　優　點

普通話對譯

1. 茶餐廳來自香港，可以説是這裏飲食文化的代表。
2. 這好在滿街都有，從清早到晚上都開門，又便宜又多款式，方便了街坊。
3. 早午晚餐以外，還有常餐、快餐、特價下午茶，有的還有夜宵，通宵營業呢
4. 好處在選擇多，碟頭飯與炒粉麵之外，麵包、西餅、咖啡、奶茶，甚麼都有
5. 上菜快，吃完直接付錢，不收加一，都是它的優點。

三　擴充詞彙

飲食場所

學生飯堂	hog⁶ sang¹ fan⁶ tong⁴	快餐店	fai³ can¹ dim³
中餐廳	zung¹ can¹ téng¹	大牌檔	dai⁶ pai⁴ dong³

價上表

西餐廳	sei^1 can^1 téng^1	美心	méi^5 sem^1
咖啡室 / 店	ga^3 fé^1 sed^1/ dim^3	大家樂	dai^6 ga^1 log^6
茶 / 酒樓	ca^4/ zeo^2 leo^4	大快活	dai^6 fai^3 wud^6
海鮮酒家	hoi^2 xin^1 zeo^2 ga^1	麥當勞	meg^6 dong^1 lou^4
甜品舖	tim^4 ben^2 pou^2	家鄉雞	ga^1 hêng^1 gei^1

潮流食品

咖啡	ga^3 fé^1	揚州炒飯	yêng^4 zeo^1 cao^2 fan^6
奶茶	nai^5 ca^4	福建炒飯	fug^1 gin^3 cao^2 fan^6
麵包	min^6 bao^1	星洲炒米	xing^1 zeo^1 cao^2 mei^5
多士 / 西多士	do^1 xi^2/ sei^1 do^1 xi^2	乾炒牛河	gon^1 cao^2 ngeo^4 ho^2
三文治	sam^1 men^4 ji^6	肉絲炒麵	yug^6 xi^1 cao^2 min^6
香腸	hêng^1 cêng^2	洋蔥豬扒飯	yêng^4 cung^1 ju^1 pa^2 fan^6
通粉	tung^1 fen^2	咖哩牛腩飯	ga^3 léi^1 ngeo^4 nam^5 fan^6
奄列	em^1 lid^6	沙爹牛肉麵	sa^3 dé^1 ngeo^4 yug^6 min^6
蛋撻	dan^6 tad^1	叉燒飯	ca^1 xiu^1 fan^6
菠蘿包	bo^1 lo^4 bao^1	燒鵝瀨	xiu^1 ngo^2 lai^6
魚蛋	yu^4 dan^2	雲吞麵	wen^4 ten^1 min^6
雞蛋仔	gei^1 dan^6 zei^2	公仔麵	gung^1 zei^2 min^6
格仔餅	gag^3 zei^2 béng^2	牛肉粥	ngeo^4 yug^6 zug^1
碗仔翅	wun^2 zei^2 qi^3	鳳爪	fung^6 zao^2
牛雜	ngeo^4 zab^6	排骨	pai^4 gued^1
煎釀三寶	jin^1 yêng^6 sam^1 bou^2	腸粉	cêng^2 fen^2
糖水	tong^4 sêu^2	蝦餃	ha^1 gao^2
紅豆沙	hung^4 deo^2 sa^1	燒賣	xiu^1 mai^2
芝麻糊	ji^1 ma^4 wu^2	糯米糍	no^6 mei^5 qi^4

四 常用詞語

副詞：「好」和「唔」

「好」用於表示程度，相當於普通話裏的「很」；「唔」用以否定，相當於普通話裏的「不」。當「唔」、「好」連用，即表達了語氣較強的否定意思。例如：

好味	好味道	唔好味	不好味道
好食	好吃	唔好食	不好吃
好飲	好喝	唔好飲	不好喝
好攰	好累	唔係好攰	不太累

但「唔」連接動詞的話，相反義的表達則只須把「唔」字刪去，或換上「可以」或「要」。例如：

唔食	不吃	食	吃
唔飲	不喝	飲	喝
唔收	不收	收 / 可以收 / 要收	收 / 可以收 / 要收
唔畀錢	不付錢	要畀錢	要付錢

練習 //

✒ 分組練習：試以 3 人為一組，練習講出下列各組的對話。

＊第 (1) - (4) 題請從擴充詞彙中潮流食物的部份選出；第 (5) 題請用方框內提供詞語。

(1) 呢一杯＿＿＿＿＿好唔好飲？　　　好飲 / 唔好飲

(2) 呢一碗＿＿＿＿＿好唔好食？　　　好食 / 唔好食

(3) 呢一個＿＿＿＿＿好唔好味？　　　好味 / 唔好味

(4) 呢一碟＿＿＿＿＿好唔好食？　　　好食 / 唔好食

(5) 呢度收唔收＿＿＿＿＿呢？　　　收 / 唔收

(八達通　　/　支付寶　/　微信支付　/　信用卡)
bad³ dad⁶ tung¹ / ji¹ fu⁶ bou² / méi⁴ sên³ ji¹ fu⁶ / sên³ yung⁶ kad¹

詞語理解

1)「抵」、「抵食」

「抵」是值得、划算的意思。「抵」往往連接動詞使用，表示該動作行為十分值得。例如：

抵食	指食品價廉物美，物超所值
抵買	指買的東西價廉物美，物超所值
抵鬧	表示該受責備

2)「連埋」、「加埋」

「埋」字用在動詞的後面表示該動作的完成或擴展，例如：

連埋	連同，連在一起
加埋	加上，加在一起
食埋	一起吃掉

3)「勝在」、「好在」

粵語裏的「好在」和普通話用法相同，而同義詞「勝在」則只在粵語使用，例如：

勝在通街都有	好在隨處可見
勝在平	好在便宜
勝在唔收加一	好在不收加一

4) 跟普通話不一樣的常用動詞

粵語裏許多常用的動詞，跟普通話的不一樣，在本課課文中所出現的例子如下：

揀	選	鍾意	喜歡	整	製作
走	把……拿掉	畀	給；付	興	流行
拎	拿				

五 常用句子

比較句子的用語：「過」

在比較句子形式中，粵語用「過」而不用「比」，語序也跟普通話的不同。

粵語	普通話
A + 形容詞 + 過 + B	A + 比 + B + 形容詞
(1) 呢度平過街外面。	這裏比外面的便宜。
(2) 牛肉粥平過雲吞麵。	牛肉粥比雲吞麵便宜。
(3) 福建炒飯貴過乾炒牛河。	福建炒飯比乾炒牛河貴。

練習

✎ 試用粵語說出以下的句子：

(1) 兩餸飯比套餐便宜。

(2) 這裏的菠蘿包比格仔餅出名。

(3) 這裏的營業時間比那裏的長。

(4) 我喜歡吃飯比吃麵多。

「有」的複句

粵語常用「有」字把人物或事物羅列，在本課課文裏有如下的句式：

(1) 唔止有＿＿＿＿＿＿，連＿＿＿＿＿＿都有。

(2) ＿＿＿＿＿＿之外，仲有＿＿＿＿＿＿同＿＿＿＿＿＿。

(3) ＿＿＿＿＿＿、＿＿＿＿＿＿、＿＿＿＿＿＿樣樣都有。

練習

✎ 請參照擴充詞彙中潮流食物的部分，為上述句子填上合適的詞語，並把句[ ]
　 讀出。

六 粵讀解碼

粵音聲母 n 和 l

粵語聲母中的 n 和 l，由於兩者同屬舌尖音聲母，因為發音部位相似，故此在發音時容易混淆。要清晰地區分兩者在發音上差別，不但對於初學粵語的人是個難點，即令在以粵語為日常主要溝通語言的香港，年輕一輩也往往在發音時出現 n 和 l 聲母不分的情況。常見的是多將 n 聲母的字用 l 聲母讀出——這正是前面提到香港甚至粵方言區內，近年所出現的「懶音」現象其中的一個癥結。

聲母 n 和 l 雖然都是舌尖音，但兩者發音部位其實有很大差別，具體來說 n 是鼻音聲母，而 l 則是邊音聲母。發 l 聲母讀音時，氣流從口腔舌頭兩邊通過而發聲；而在發 n 聲母讀音時，氣流更通過鼻腔，須經鼻腔發聲。以下是説明兩個聲母的例子：

	舌尖音	例字		
邊音	l	籃 lam^4 旅 lêu^5	攔 lan^4 籠 lung^4	路 lou^6 樑 lêng^4
鼻音	n	男 nam^4 女 nêu^5	難 nan^4 農 nung^4	怒 nou^6 娘 nêng^4

在上述字例中可見，不少聲母 n 和 l 的字韻母和聲調都一致，差別僅在聲母而已，如果發音時不仔細區分聲母 n 和 l，便會出現以下的問題：

男裝 nam^4 zong^1 ⟶ 籃裝 lam^4 zong^1

女人 nêu^5 yen^4 ⟶ 旅人 lêu^5 yen^4

一路 yed^1 lou^6 ⟶ 一怒 yed^1 nou^6

農民 nung^4 men^4 ⟶ 籠民 lung^4 men^4

難度 nan^4 dou^6 ⟶ 攔道 lan^4 dou^6

新娘 sen^1 nêng^4 ⟶ 新樑 sen^1 lêng^4

課文中常見聲母 n 和 l 的字詞，以下列舉經常出現在生活中，而且發音相近的相關字，在講出時須仔細區分，避免出現所謂「懶音」的毛病。

聲母 n		聲母 l	
你	néi[5]	李	léi[5]
檸	ning[4]	零	ling[4]
泥	nei[4]	嚟	lei[4]
年	nin[4]	連	lin[4]
尼	néi[4]	離	léi[4]
努	nou[5]	老	lou[5]
鳥	niu[5]	了	liu[5]
南	nam[4]	藍	lam[4]

　　以上都是讀音十分接近的常見字，小心區分聲母 n 和 l，發音時倘能針對鼻音和邊音的不同方式發聲，便不會因出錯而令聽的人誤解意思。

七 句子朗讀

輕鬆急口令

　　香港快餐店麥當勞曾推出一項有趣的活動，就是在 6 秒鐘內讀出以下四句的急口令。你可以做得到嗎？

1. sêng[1] ceng[4] ngeo[4] yug[6] gêu[6] mou[4] ba[3]

　　雙　層　牛　肉　巨　無　霸

2. zêng[3] zeb[1] yêng[4] cung[1] gab[3] céng[1] gua[1]

　　醬　汁　洋　蔥　夾　青　瓜

3. ji[1] xi[2] sang[1] coi[3] ga[1] ji[1] ma[4]

　　芝士　生　菜　加芝麻

4. yen[4] yen[4] xig[6] guo[3] xiu[3] ha[1] ha[1]

　　人　人　食　過　笑　哈　哈

生活用品

一 基本用語

香港粵語	拼音	普通話
試下	xi³ ha⁵	試一下
款	fun²	款式
晒士	sai¹ xi²	尺碼［英語 size 的音譯詞］
喇	la³	表示強調或遺憾的句末語氣詞
啱身	ngam¹ sen¹	合身材
叫	giu³	呼喚；招呼
嘈	bo³	表示叮囑或勸告的語氣詞
生果	sang¹ guo²	水果
碌唸	lug¹ gib¹	行李箱［專指有輪子可拖動的］

二 情境對話

公司試衫

1. m⁴ goi¹，ngo⁵ sêng² xi³ ha⁵ bag⁶ xig¹ néi¹ tiu⁴ lin⁴ sen¹ kuen⁴.
    唔該，我 想 試下 白色 呢 條 連身 裙。

2. m⁴ hou² yi³ xi¹，néi¹ go³ fun² mou⁵ néi⁵ sai¹ xi² la³，Miss néi⁵ ho² neng⁴ yiu³ zêg
    唔 好 意思，呢 個 款 冇 你 晒士 喇，Miss 你 可 能 要 著
    sei³ ma⁵ ji³ ngam¹ sen¹.
    細 碼 至 啱 身。

3. gem² béi² zeg¹ bin¹ tiu⁴ fen² hung⁴ xig¹ bun³ jid⁶ kuen⁴，tung⁴ go² gin⁶ ji² xig¹ lang
    咁 畀 側 邊 條 粉 紅 色 半 截 裙，同 嗰 件 紫色 冷
    sam¹ ngo⁵ xi³ la¹.
    衫 我 試 啦。

xi³ sen¹ sed¹ hei² qin⁴ min⁶. zung⁶ yeo⁵ sen¹ fan¹ gé³ péi² leo¹, ho² yi⁵ yed¹ cei⁴

試　身　室　喺　前　面　。　仲　有　新　返　嘅　皮　樓　，　可　以　一　齊

xi³ ha⁵ wo³.

試　下　喎　。

nam⁴ zong¹ bou⁶ sei¹ zong¹ tung⁴ sêd¹ sam¹ sei¹ fu³ dou¹ gam² gen² ga³, ho² yi⁵ giu³

男　裝　部　西　裝　同　恤　衫　西　褲　都　減　緊　價　，　可　以　叫

néi⁵ nam⁴ yeo⁵ hêu³ tei² ha⁵ bo³.

你　男　友　去　睇　下　嘢　。

普通話對譯

你好，我想試一下這條白色的連衣裙。

不好意思，這個款式沒有你尺碼了，Miss 你可能要穿小碼才合身。

這樣，把旁邊粉紅色那條半身裙和那件紫色毛衣，給我試試吧。

試衣間在前面。還有新到的皮外套，可以一併試穿呢。

男裝部西服、襯衣、褲子都正在減價，可以叫你男朋友去看一下哦。

超市選購

ngo⁵ sêng² mai⁵ mou⁴ gen¹ ji¹ lêu⁶ yed⁶ yung⁶ ben², m⁴ ji¹ fo³ ga² hei² bin¹ dou⁶?

我　想　買　毛　巾　之　類　日　用　品　，唔　知　貨　架　喺　邊　度　？

gen⁶ ju⁶ mai⁶ zem² teo⁴ péi⁵ doi² go³ tan¹ wei² gé³ yeo⁶ min⁶ zeo⁶ hei⁶.

近　住　賣　枕　頭　被　袋　個　攤　位　嘅　右　面　就　係　。

gem² di¹ sang¹ guo² héi³ sêu² tung⁴ qu⁶ gêu⁶ yeo⁶ hei² bin¹?

咁　啲　生　果　汽　水　同　廚　具　又　喺　邊　？

sang¹ guo² tung⁴ héi³ sêu² yed¹ cei⁴ hei² qin⁴ min⁶.

生　果　同　汽　水　一　齊　喺　前　面　。

wun² dib⁶ fai³ ji² ji¹ lêu⁶ hei² leo⁴ sêng⁶ go² ceng⁴.

碗　碟　筷　子　之　類　喺　樓　上　嗰　層　。

6. m⁴ ji¹ néi⁵ déi⁶ yeo⁵ mou⁵ lug¹ gib¹ mai⁶ né¹ ?

　　唔 知 你 哋 有 冇 碌 喼 賣 呢 ?

7. m⁴ hou² yi³ xi¹ , ngo⁵ déi⁶ mou⁵ mai⁶ . néi⁵ ho² yi⁵ hêu³ dai⁶ gan¹ qiu¹ xi⁵ tei² ha⁵ .

　　唔 好 意 思 , 我 哋 冇 賣 。 你 可 以 去 大 間 超 市 睇 下 。

普通話對譯

1. 我想買毛巾之類的日用品,不曉得貨架在哪兒?
2. 接近賣枕頭、被套那攤位的右邊就是。
3. 那麼,水果、汽水和廚具又在哪兒?
4. 水果和汽水一起在前面。
5. 碗、碟、筷子之類,在樓上那一層。
6. 不曉得你們有沒有 (賣) 行李箱呢?
7. 不好意思,我們沒有賣。你可以到大型的超市去看一下。

三 擴充詞彙

衣物

衫	sam¹	長 / 短裙	cêng⁴/ dün² kuen⁴
褲	fu³	半截裙	bun³ jid⁶ kuen⁴
鞋	hai⁴	連身裙	lin⁴ sen¹ kuen⁴
襪	med⁶	吊帶裙	diu³ dai² kuen⁴
裙	kuen⁴	迷你裙	mei⁴ néi⁵ kuen⁴
褸	leo¹	大褸	dai⁶ leo¹
帽	mou²	皮褸	péi² leo¹
男裝	nam⁴ zong¹	外套	ngoi⁶ tou³
女裝	nêu⁵ zong¹	披肩	péi¹ gin¹
西裝	sei¹ zong¹	絲巾	xi¹ gen¹
長 / 短袖衫	cêng⁴/ dün² zeo⁶ sam¹	冷衫	lang¹ sam¹
恤衫	sêd¹ sam¹	頸巾	géng² gen¹
西褲	sei¹ fu³	羽絨	yu⁵ yung²

賣上表

領呔	léng⁵ tai¹	風樓	fung¹ leo¹
波衫	bo¹ sam¹	皮鞋	péi⁴ hai⁴
T恤	T sêd¹	高踭鞋	gou¹ zang¹ hai⁴
牛仔褲	ngeo⁴ zei² fu³	平底鞋	ping⁴ dei² hai⁴
牛仔樓	ngeo⁴ zei² leo¹	長 / 短靴	cêng⁴ / dün² hê¹
泳衣	wing⁶ yi¹	波鞋	bo¹ hai⁴
泳褲	wing⁶ fu³	拖鞋	to¹ hai²

日用品

毛巾	mou⁴ gen¹	戒指	gai³ ji²
牙膏	nga⁴ gou¹	頸鍊	géng² lin²
牙刷	nga⁴ cad³	唇膏	sên⁴ gou¹
番梘	fan¹ gan²	銀包	ngen⁴ bao¹
洗頭水	sei² teo⁴ sêu²	鎖匙	so² xi⁴
廁紙	qi³ ji²	手袋	seo² doi²
鬚刨	sou¹ pao²	背囊	bui³ nong⁴
風筒	fung¹ tung²	手機	seo² géi¹
梳	so¹	電腦	din⁶ nou⁵
鏡	géng³	叉電器	ca¹ din⁶ héi³
眼鏡	ngan⁵ géng²	耳筒	yi⁵ tung²
手錶	seo² biu¹	電芯	din⁶ sem¹
手鈪	seo² ag³	插頭	cab³ teo²

顏色尺碼

紅	hung⁴	黑	heg¹	淨色	jing⁶ xig¹
橙	cang²	白	bag⁶	碎花	sêu³ fa¹
黃	wong⁴	灰	fui¹	間條	gan³ tiu²
綠	lug⁶	褐	hod³	大碼	dai⁶ ma⁵
青	qing¹ / céng¹	米	mei⁵	中碼	zung¹ ma⁵

續上表

藍	lam⁴	粉紅	fen² hung⁴	細碼	sei³ ma⁵
紫	ji²	格仔	gag³ zei²	加大 / 細碼	ga¹ dai⁶/ sei³ ma⁵

餐具

杯	bui¹	刀	dou¹
碗	wun²	叉	ca¹
碟	dib⁶	筷子	fai³ ji²
盤	pun⁴	匙羹	qi⁴ geng¹

四 常用詞語

量詞

粵語有不少量詞和普通話頗為不同，例如：

一架車　　一輛車

一餐飯　　一頓飯

一煲飯　　一鍋飯

一啖飯　　一口飯

一度門　　一扇門

粵普量詞的這些差別，在生活運用上需要特別注意。除上面列出的，以下是生活中香港粵語較常見的量詞：

一個	go³	人、電話、手袋、鬚刨、盤、橙	一隻	zég³	杯、錶、叉、窗、光碟
一位	wei²	嘉賓、先生、小姐	一碗	wun²	飯、湯
一本	bun²	書	一碟	dib⁶	餸
一枝	ji¹	筆、牙刷、唇膏、煙、酒	一杯	bui¹	茶

續上表

一張	zêng[1]	紙、刀、毡、被、椅、牀	一雙	sêng[1]	筷子
一件	gin[6]	衫、褸、事	一罐	gun[3]	汽水
一條	tiu[4]	褲、裙、領呔、毛巾、絲巾、頸鍊、繩、樓梯	一樽	zên[1]	酒
一套	tou[3]	西裝、戲	一味	méi[6]	餸
一對	dêu[3]	鞋、襪、筷子	一籠	lung[4]	點心
一頂	déng[2]	帽	一壺	wu[4]	茶、水
一塊	fai[3]	鏡、板	一包	bao[1]	煙、紙巾
一度	dou[6]	牆、門	一斤	gen[1]	菜
一把	ba[2]	遮、梳	一堂	tong[4]	課、樓梯
一筆	bed[1]	錢、數	一層	ceng[4]	樓、皮
一份	fen[6]	報告、工	一間	gan[1]	屋、房
一部	bou[6]	電視、電腦、車	一串	qun[3]	鎖匙
一幅	fug[1]	畫、地	一棚	pang[4]	牙、骨

粵語還有些流行於俗語中，與普通話差異較大的量詞：

一條友	yed[1] tiu[4] yeo[2]	一個人
一兜友	yed[1] deo[1] yeo[2]	一個人
一枝公	yed[1] ji[1] gung[1]	一個男的
一棚人	yed[1] pang[4] yen[4]	一班人
一啤人	yed[1] pé[1] yen[4]	兩個人。「啤」是英語 pair 的音譯

代詞：「啲」

「啲」意思是「一些」或「一點兒」，但用作起首語的時候，就表示「這」或「那」，例如：

啲生果喺邊	那些水果在哪裏
啲人唔見咗	那些人不見了
食多啲	多吃一些
瞓多啲	多睡一點

英語音譯詞

香港粵語有大量音譯的英語借詞，以下是日常生活中常見的例子：

粵語	拼音	英語	普通話
晒士	sai¹ xi²	size	尺碼
巴士	ba¹ xi²	bus	公共汽車
芝士	ji¹ xi²	cheese	奶酪
忌廉	géi⁶ lim¹	cream	奶油
（蛋）撻	(dan⁶) tad¹	(egg) tart	西式蛋餅
（雞）批	(gei¹) pei¹	(chicken) pie	雞肉餡餅
暢（錢）	cêng³ (qin²)	change	兌款
甫士	pou¹ xi²	pose	姿勢

練習 //

🥢 請讀出以下句子，並說明全句的意思。

(1) 呢件牛仔褸仲有冇我晒士？

(2) 畀嗰個芝士撻我試下啦。

(3) 啲人最鍾意喺嗰架巴士前面擺甫士。

(4) 記住暢多啲錢去超市買忌廉雞批。

(5) 要去啲茶餐廳食多啲蛋撻。

//

五 常用句子

購物常用句（一）

以下是一些購物的常用句式，請把句子讀出。

(1) 請問呢條<u>頸巾</u>有冇<u>白色</u>呢？

(2) 唔該，呢個款<u>畀件中碼</u>我。

(3) 呢一款<u>拖鞋</u>有乜嘢顏色呢？

(4) 唔該，我想試嗰件<u>外套</u>嘅<u>黑色</u>、<u>細碼</u>。

(5) 我買呢條<u>褲</u>、呢件 <u>T 恤</u>同嗰對<u>平底鞋</u>。

練習

請從擴充詞彙中選出詞語，替換上述句子中橫線上的用詞，然後讀出來。

購物常用句（二）

以下是一些購物的常用句式，請把句子讀出。

(1) 我想買<u>鞋</u>，請問去邊層樓呢？

(2) 唔知邊層有<u>女洗手間</u>呢？

(3) 唔知買<u>手錶</u>要去邊一層呢？

(4) 請問點樣去<u>嬰兒部</u>呢？

(5) 請問邊度有<u>升降機</u>呢？

(6) 我買<u>生果</u>、<u>汽水</u>應該去幾多樓呢？

(7) 呢度啲<u>化妝品</u>睇唔啱，請問邊一層仲有呢？

練習 //

🥄 分組練習：試以兩人為一組，一人從上述句子中選一句提問，另一人根據下圖
所示回答。問句橫線中的用詞可以改動。

ⓘ 禮賓處	🧍🚹♿	宴會廳	**21/F**
	🧍🚹♿	活動廳	**16/F**
🚹 男洗手間	🧍	美妍中心	**15/F**
	🧍	美妍中心	**14/F**
🚺 女洗手間	🧍🚹♿	生活品味　家電及影音	**13/F**
	🧍♿	家居精品-高級餐具	**12/F**
🚼 嬰兒護理室	🧍☕	書店　眼鏡　球拍　餐飲	**11/F**
	🧍ⓘ	生活品味　電器及廚具	**10/F**
♿ 暢通易達洗手間	🧍🚹♿	寢具及浴室用品 旅遊　保健用具	**9/F**
🛗 扶手電梯	🧍🚼	童嬰用品	**7/F**
	🧍	鞋履配飾	**6/F**
🛗 升降機	🧍♿	男士服飾	**5/F**
🪜 樓梯	🧍🚹	運動服飾　餐飲	**4/F**
	🧍🚹	時尚輕便服飾　美妝	**3/F**
☕ 咖啡店	🧍♿	女士服飾	**2/F**
	🧍🚹	國際精品	**1/F**
$ 收銀處	ⓘ	國際精品　美妝	**G/F**
✳ 港鐵	✳	腕錶及珠寶首飾　美妝	**B1/F**
	🧍🚹	超市　餐飲	**B2/F**

六 粵讀解碼

粵音聲母 ng 和零聲母

粵語有些字沒有聲母，發音時是直接將韻母讀出的，例如：「呀 a^3」、「晏 an^3」、「歐 eo^1」等便是，一般稱之為「零聲母」。此外粵語又有另一聲母 ng，屬於舌根鼻音聲母，例如：「我 ngo^5」、「牛 ngeo^4」、「外 ngoi^6」等字都是。

普通話沒有粵語中 ng 這個舌根鼻音聲母，故此外地來港初學粵語的同學須對比好好掌握。要發 ng 聲母這一舌根鼻音的話，發音時先將舌根抵住軟顎，讓氣流經鼻腔出來。與同是鼻音聲母 n 不同的是，ng 聲母的發音部位更後。

香港年青一輩不少人，在粵語對話中往往將 ng 聲母讀成零聲母，語言學者認是因要發 ng 這個舌根鼻音聲母，相對於零聲母發音更加費勁；也有些從沒有這聲母地區來的外地人，為了方便講得流暢，便都將 ng 聲母變成零聲母讀出，於是成為流通於香港其中一種的「懶音」。以下是 ng 聲母和相近讀音零聲母的字例舉述：

零聲母		ng 聲母	
哦	o^5	我	ngo^5
亞	a^3	牙	nga^4
歐	eo^1	鈎	ngeo^1
嘔	eo^2	牛	ngeo^4
哀	oi^1	礙	ngoi^6
愛	oi^3	外	ngoi^6
晏	an^3	眼	ngan^5
澳	ou^3	傲	ngou^6
翳	ei^3	藝	ngei^6

以上舉例都是常見彼此讀音較接近的字，可以供初學者加以對照，藉此見出其間分別。對於一向習慣講普通話，又要學好粵語者而言，明白零聲母和 ng 聲母的差別，和進一步掌握 ng 這個舌根鼻音聲母的發音特點，便是有助學習粵語準確發音的重要一步。

七 短文朗讀

　　喺香港嚟講，招牌寫住「藥房」嘅，唔一定可以賣「處方藥」。所謂「處方藥」係指西醫藥單上面所開嘅藥。

　　香港嘅藥房，通常賣下好似止痛藥、止咳水、暗瘡膏呢啲普通嘅成藥，亦會賣洗頭水、沖涼液、牙膏之類嘅日用品，有啲仲有中醫駐場，賣埋中藥。但係就一定要有藥劑師喺度先至可以賣處方藥，俗稱「有牌」。佢哋嘅招牌亦會加上呢一個標誌。

一 基本用語

香港粵語	拼音	普通話
買嘢	mai⁵ yé⁵	購物
著數	zêg⁶ sou³	好處
人氣	yen⁴ héi³	受歡迎
劈價	pég³ ga³	大幅降價
勁減	ging⁶ gam²	大幅減價
畀現金	béi² yin⁶ gem¹	付現鈔
碌卡	lug¹ kad¹	刷卡
狗仔	geo² zei²	小狗
得意	deg¹ yi³	可愛
老細	lou⁵ sei³	老闆
靚女	léng³ nêu²	美女
皮	péi⁴	元的通俗說法
鬼	guei²	表示程度很高的語助詞
話晒	wa⁶ sai³	算起來
DIY 貨	DIY fo³	自製貨品〔英語 Do It Yourself 的縮寫〕
益	yig¹	便宜
搏	bog³	期望
幫襯	bong¹ cen³	光顧
蝕本	xid⁶ bun²	虧本

二 情境對話

大公司優惠

1. néi⁵ déi⁶ gung¹ xi¹ yed¹ lin⁴ géi² yed⁶ han⁶ ding⁶ yeo¹ wei⁶, m⁴ ji¹ mai⁵ yé⁵ yeo⁵ med
   你 哋 公 司 一 連 幾 日 限 定 優 惠,唔 知 買 嘢 有 乜
   zêg⁶ sou³?
   著 數?

2. eo¹ zeo¹ ming⁴ pai⁴ seo² doi² gam² dou³ lug⁶ jid³ , hon⁴ hei⁶ yen⁴ héi³ fa³ zong¹ ben²

   歐　洲　名　牌　手　袋　減　到　六　折，韓　系　人　氣　化　妝　品

   pég³ ga³ dou³ sam¹ jid³ .

   劈　價　到　三　折。

3. yi³ dai⁶ léi⁶ xi⁴ zong¹ , fad³ guog³ gou¹ zang¹ hai⁴ qun⁴ bou⁶ ging⁶ gam² .

   意　大　利　時　裝　、法　國　高　踭　鞋　全　部　勁　減。

4. béi² yin⁶ gem¹ ding⁶ lug¹ kad¹ péng⁴ di¹ ? bin¹ zég³ sên³ yung⁶ kad¹ yeo⁵ jun¹ hêng²

   畀　現　金　定　碌　卡　平　啲？邊　隻　信　用　卡　有　專　享

   yeo¹ wei⁶ ?

   優　惠？

5. lug¹ kad¹ zoi³ geo² jid³ , qun⁴ bou⁶ yeo⁵ yeo¹ wei⁶ , bao¹ kud³ ngen⁴ lün⁴ , méi⁴ sên³

   碌　卡　再　九　折，全　部　有　優　惠，包　括　銀　聯　、微　信

   tung⁴ ji¹ fu⁶ bou² .

   同　支　付　寶。

6. tin⁴ biu² zou⁶ wui² yun⁴ , zung⁶ sung³ yin⁶ gem¹ lei⁵ gün³ tim¹ .

   填　表　做　會　員，仲　送　現　金　禮　券　添。

普通話對譯

1. 你們公司一連幾天的限定優惠，不知道買東西有甚麼好處呢？

2. 歐洲名牌手袋減價到六折，韓國系列大受歡迎的化妝品降價到三折。

3. 意大利時裝、法國高跟鞋，全都大減價。

4. 付現還是刷卡划算一點？哪一張信用卡有專享優惠？

5. 刷卡再有九折，全都有優惠，包括銀聯、微信和支付寶。

6. 填表做會員，還送你現金禮券呢。

街邊檔講價 ▦

1. go³ geo² zei² xi⁴ keo³ zen¹ hei⁶ hou² deg¹ yi³, mai⁶ géi² qin² a³ lou⁵ sei³ ?
   個　狗　仔　匙　扣　真　係　好　得　意，賣　幾　錢　呀　老　細？

2. gin³ néi⁵ gem³ léng¹ nêu², gei³ péng⁴ di¹ zeo⁶ seo¹ néi⁵ ng⁵ a⁶ péi⁴ la¹.
   見　你　咁　靚　女，計　平　啲　就　收　你　五　十　皮　啦。

3. m⁴ hei⁶ ma⁵, med¹ gem³ guei² guei³ ga³ ! wa⁶ sai³ gai¹ fong¹, péng⁴ di¹ la¹.
   唔　係　嘛，乜　咁　鬼　貴　㗎！話　晒　街　坊，平　啲　啦。

4. ngo⁵ di¹ hei⁶ DIY fo³ lei⁴ ga³. yig¹ néi⁵ lag³, mai⁵ lêng⁵ go³ gei³ bad³ seb⁶ men¹.
   我　啲　係　DIY貨　嚟　㗎。益　你　嘞，買　兩　個　計　八　十　蚊。

5. tung⁴ néi⁵ mai⁵ do¹ tiu⁴ seo² lin², da² do¹ go³ bad³ jid³ béi² ngo⁵.
   同　你　買　多　條　手　鏈，打　多　個　八　折　畀　我。

6. bog³ néi⁵ fan¹ lei⁴ bong¹ cen³, zeo⁶ xid⁶ bun² ga³ seo¹ lêng⁵ bag³ men¹ la¹.
   搏　你　返　嚟　幫　襯，就　蝕　本　價　收　兩　百　蚊　啦。

普通話對譯

1. 這個小狗匙扣真的好可愛，要多少錢呢？老闆！
2. 見你這麼漂亮，算你便宜一點，就收你五十塊錢吧。
3. 不是吧，怎麼這麼貴呢？說到底是街坊，便宜一點吧。
4. 我的是自製貨品呢，優待你，買兩個算八十塊。
5. 跟你多買一條手鍊，給我多打個八折。
6. 為了好讓你回來再光顧，就用虧本價收兩百塊好了。

三 擴充詞彙

購物用語一 ▦

大型商場	dai⁶ ying⁴ sêng¹ cêng⁴	特價	deg⁶ ga³

續上表

購物中心	keo³ med⁶ zung¹ sem¹	大出血	dai⁶ cêd¹ hüd³
百貨公司	bag³ fo³ gung¹ xi¹	開倉價	hoi¹ cong¹ ga³
名店	ming⁴ dim³	激安價	gig¹ on¹ ga³
舖頭	pou³ teo²	感謝祭	gem² zé⁶ zei³
專賣店	jun¹ mai⁶ dim³	蝕本價	xid⁶ bun² ga³
連鎖店	lin⁴ so² dim³	會員專享	wui² yun⁴ jun¹ hêng²
便利店	bin⁶ léi⁶ dim³	折頭 / 扣	jid³ teo⁴/ keo³
特賣場	deg⁶ mai⁶ cêng⁴	回贈	wui⁴ zeng⁶
街邊檔	gai¹ bin¹ dong³	禮物	lei⁵ med⁶
攤位	tan¹ wei²	平嘢	péng⁴ yé⁵
檔口	dong³ heo²	靚嘢	léng³ yé⁵
幫襯	bong¹ cen³	正嘢	zéng³ yé⁵
行貨	hong² fo³	熱賣	yid⁶ mai⁶
水貨	sêu² fo³	好 / 唔抵	hou²/ m⁴ dei²
清貨	qing¹ fo³	好 / 超平	hou²/ qiu¹ péng⁴
搶手貨	cêng² seo² fo³	好 / 超貴	hou²/ qiu¹ guei³

購物用語二

港幣	gong² bei⁶	港紙	gong² ji²
人民幣	yen⁴ men⁴ bei⁶	散紙 / 銀	san² ji²/ ngen²
美金	méi⁵ gem¹	紙幣	ji² bei⁶
新台幣	sen¹ toi⁴ bei⁶	硬幣	ngang⁶ bei⁶
兌換價 / 率	dêu³ wun⁶ ga³/ lêd⁶	蚊 / 文	men¹
信用卡	sên³ yung⁶ kad¹	廿蚊紙	ya⁶ men¹ ji²
簽卡	qim¹ kad¹	大銀	dai⁶ ngen²
碌卡	lug¹ kad¹	銀仔	ngen² zei²
拍卡	pag³ kad¹	兩蚊銀	lêng⁵ men¹ ngen²
過數	guo³ sou³	一蚊雞	yed¹ men¹ gei²
八達通	bad³ dad⁶ tung¹	毫子	hou⁴ ji²
找 / 暢錢	zao²/ cêng³ qin²	個半	go³ bun³

購物商場及店舖

置地廣場	ji³ déi⁶ guong² cêng⁴	崇光	sung⁴ guong¹
太古廣場	tai³ gu² guong² cêng⁴	先施	xin¹ xi¹
海港城	hoi² gong² xing⁴	永安	wing⁵ on¹
國際金融中心	guog³ zei³ gem¹ yung⁴ zung¹ sem¹	連卡佛	lin⁴ ka¹ fed⁶
時代廣場	xi⁴ doi⁶ guong² cêng⁴	馬莎	ma⁵ sa¹
新城市廣場	sen¹ xing⁴ xi⁵ guong² cêng⁴	一田	yed¹ tin⁴
又一城	yeo⁶ yed¹ xing⁴	宜家	yi⁴ ga¹
新世紀廣場	sen¹ sei³ géi² guong² cêng⁴	實惠	sed⁶ wei⁶
朗豪坊	long⁵ hou⁴ fong¹	日本城	yed⁶ bun² xing⁴
荷里活廣場	ho⁴ léi⁵ wud⁶ guong² cêng⁴	千色店	qin¹ xig¹ dim³
金鐘廊	gem¹ zung¹ long⁴	裕華	yu⁶ wa²
西九龍中心	sei¹ geo² lung⁴ zung¹ sem¹	中藝	zung¹ ngei⁶
青衣城	qing¹ yi¹ xing⁴	莎莎	sa¹ sa¹
上水廣場	sêng⁶ sêu² guong² cêng⁴	屈臣氏	wed¹ sen⁴ xi²
屯門市廣場	tün⁴ mun⁴ xi⁵ guong² cêng⁴	萬寧	man⁶ ning⁴

四 常用詞語

提問詞：「定」、「定係」

粵語裏會以「定」或「定係」來表達「還是」的意思：

畀現金定碌卡	付現金還是刷卡
要咖啡定奶茶	要咖啡還是奶茶
買一個定係兩個	買一個還是兩個
去又一城定係朗豪坊	去又一城還是朗豪坊

以「定」或「定係」作提問詞的句式同樣常用。

疑問代詞：「乜」、「乜嘢」、「乜咁」

粵語的「乜」相當於普通話的「甚麼」。「乜」多與「嘢」連用，「嘢」是「東西」的意思，用法如下：

有乜著數　　有甚麼好處

你講乜話　　你説甚麼

食乜嘢　　　吃甚麼

乜嘢事　　　甚麼事

「乜」也會與「咁」連用，表示「為甚麼這麼」的意思，例如：

乜咁貴　　　怎麼這麼貴

乜咁開心　　怎麼這麼開心

乜咁啱呀　　怎麼這麼巧呀

指示代詞：「咁」

「咁」用以表示程度，相當於「這麼」、「那麼」的意思。「咁」字在粵語使得十分普遍，帶有強調的意味。

咁遠　　　　這麼遠

飛咁快　　　飛也似的那麼快

咁肥嘅　　　這麼胖的呢

練習

✍ 請用普通話寫出以下句子：

(1) 你鍾意行先施定永安？

_____

(2) 太古廣場定係置地廣場有戲院呢？

_____

(3) 你揀乜顏色？

_____

(4) 特賣場賣乜嘢呢？

_____

(6) 乜咁多人排隊嘅？

_____

(7) 個手袋咁靚都係一千蚊咋！

_____

五 常用句子

在香港百貨公司或連鎖店購物，都沒有議價的可能，但到一些小店或街頭攤檔
買東西，議價卻非常普遍。議價用粵語說是「講價」。以下是一些講價所用的語句，
你明白它們的意思嗎？

(1) 唔該計平啲啦！

(2) 唔該畀個折啦！

(3) 買兩件，有冇得平呀？

(4) 畀現金，會唔會平啲？

(5) 收齊頭啦！

練習

請從課文中找出 3 個議價或跟議價相關的句子：

(1) _____

(2) _____

(3) _____

六 粵讀解碼

粵音聲調的辨析和入聲的發音，是外地來港初學粵語者所遇上的最大困難，以下會分別從比較粵語與普通話聲音系統特點上説明這兩個問題。

粵音聲調的辨析

普通話僅有陰平、陽平、上和去四個聲調，而粵語則多達九個聲調。由於讀音高低升降的變化——也就是字的聲調，用作區分字義和詞性，故此掌握粵音相對複雜的聲調，可説是學習粵語的重要入手工夫。

粵語聲調一共分為平、上、去、入四類，又各分陰陽，八個聲調之外，入聲又有中入，合共有九個聲調。和普通話比較，粵音聲調的不同如下：

	普通話聲調	粵語聲調
元音及鼻音韻	陰平聲、陽平聲	陰平聲、陽平聲
	上聲	陰上聲、陽上聲
	去聲	陰去聲、陽去聲
促音韻		陰入聲、中入聲、陽入聲

可見粵語和普通話比較，聲調上多出三個入聲調之外，上聲和去聲又各多出兩個聲調。初學粵語的最大困難，往往不在於不曉得一個字怎樣讀，而多在於讀錯聲調。試看以下的例子：

信封	sên³ fung¹	順風	sên⁶ fung¹
細路	sei³ lou⁶	細佬	sei³ lou²
想人	sêng² yen⁴	商人	sêng¹ yen⁴
勞工	lou⁴ gung¹	老公	lou⁵ gung¹
山水	san¹ sêu²	散水	san³ sêu²
好客	hou³ hag³	豪客	hou⁴ hag³
心水	sem¹ sêu²	滲水	sem³ sêu²
收工	seo¹ gung¹	手工	seo² gung¹

以上各例足見粵音聲調變化，對詞義區分的重要。試想如果你跟人説「我有唔少勞工」，卻講成「我有唔少老公」的話，對方將會有怎樣的反應？

從調值分辨聲調

要區分粵音各種聲調，可從掌握粵音九聲的調值入手。各個聲調的調值如下：

調號	1	2	3	4	5	6
調類	陰平	陰上	陰去	陽平	陽上	陽去
調值	˥53/˥55	˦35	˧33	˩11	˩˧13	˨22
例字	詩	史	試	時	市	事
調類	陰入		中入			陽入
調值	˥55		˧33			˨22
例字	色		錫			食

調值以五度標記，表示聲調相對的高低升降，也表示發音時的聲調變化。例如陰平是高而平的聲調，調值「53/55」表示有兩種發音，香港話習慣讀高平的「55」調，廣州話則習慣讀高降的「53」調。

天籟調聲法

如果憑調值仍未能具體分辨九種聲調差異的話，建議可取上表中例字反覆的讀，並將例字分為三遍讀出：

第一遍	陰平 詩 xi¹	陰上 史 xi²	陰去 試 xi³
第二遍	陽平 時 xi⁴	陽上 市 xi⁵	陽去 事 xi⁶
第三遍	陰入 色 xig¹	中入 錫 xig³	陽入 食 xig⁶

　　將九個例字分三遍依次讀出，即是「詩史試，時市事，色錫食」[①]。注意各字聲調都不會相同，尤其入聲字若讀不準確，便易與平聲或去聲同音。小心讀準確這九個字聲調後，將任何字依這三個例句的聲調變化讀出，如「因」字，按上例聲調變化讀出便是：

　　因　忍　印，人　引　孕，一　□ (yed³)　日

　　反覆熟習這方法，任何字便都可以依次讀出各個聲調[②]。這種調聲方法本地語言學家稱之為「天籟調聲法」。這方法簡便易行，也十分準確，除可以讀出一個字的各個聲調之外；也可反過來將有拼音標示的字，準確地讀出所屬的聲調。

粵語與普通話聲調的對應

　　雖然除了入聲之外，普通話聲調基本上和粵語相互對應，但因普通話與粵語聲調值大部分都不同[③]，依對應聲調讀出反而更易受影響而讀錯。以下是兩者聲調對應上須注意的地方：

- 普通話除陰平聲與香港粵語同讀高平調 ˥ 55 之外，其餘聲調的高低升降長短等變化，粵普兩者幾乎完全不同。
- 普通話陽平聲調值是升高調的 ˧˥ 35，粵語卻讀低平調的 ˩ 11，普通話沒有這樣低的聲調，故是最易讀錯的聲調。

七　短文朗讀

　　香港有一條女人街，呢個名喺街道圖上面搵唔到，但係問人就個個都知道。佢其實係旺角嘅通菜街，喺登打士街到亞皆老街嗰段。

　　女人街係七十年代設立嘅「小販認可區」，專賣女裝同女人嘢，所以俗稱女人街。由於價錢平，吸引咗唔少遊客，後嚟逐漸賣多好多嘢，好似電子產品、玩具、

[①]「詩史試，時市事」六個字的韻尾都非鼻音，故與「色錫食」三個入聲字無直接關係。此處為方便舉述，故沿用以往字例。

[②] 非鼻音韻尾字沒有入聲。

[③] 有關普通話與粵語聲調的調值差異，詳見書後附錄《香港粵語與普通話調值對照表》。

有香港標誌嘅紀念品等等，成為遊客嚟香港必到嘅熱點。

女人街附近仲有條波鞋街，「波鞋」即係運動鞋，波鞋街喺登打士街到亞皆老街嘅一段花園街。原來有好多賣體育用品嘅舖頭喺度開舖，佢地將波鞋擺喺舖頭當眼位，睇落好似成條街都賣緊波鞋。呢啲舖頭有唔少係大牌子嘅連鎖店，所以就唔似女人街啲攤檔咁可以講價嘞。

交通往來

一 基本用語

香港粵語	拼音	普通話
咁啱	gem³ ngam¹	這麼巧
坐	co⁵	乘坐
先至	xin¹ ji³	才可以
好多	hou² do¹	很多
係呢	hei⁶ né¹	對了
放工	fong³ gung¹	下班
咩	mé¹	嗎［提問語氣詞］
㗎	ga³	的嗎［提問語氣詞］
嘞	bo³	這樣的［表示肯定語氣詞］
嘞	lag³	了［置句末表示肯定語氣詞］
轉車	jun³ cé¹	倒車 / 換車
紅隧口	hung⁴ sêu⁶ heo²	紅磡隧道入口
落車	log⁶ cé¹	下車
一係	yed¹ hei⁶	要麼；或者
埋站	mai⁴ zam⁶	靠站
撳鐘	gem⁶ zung¹	按鈴

二 情境對話

港鐵換線

1. gem³ ngam¹ gé², zêng¹ sang¹ néi⁵ co⁵ déi⁶ tid³ hêu³ bin¹ a³ ?

   咁 啱 嘅，張 生 你 坐 地 鐵 去 邊 呀 ?

2. ngo⁵ fan¹ guong² zeo¹, wui⁵ tai³ ji² zam⁶ jun³ gun¹ tong⁴ xin³, geo² lung⁴ tong⁴ co⁵

   我 返 廣 州，會 太 子 站 轉 觀 塘 線，九 龍 塘 坐

   fo² cé¹ ging¹ lo⁴ wu⁴ guo³ guan¹.

   火 車 經 羅 湖 過 關 。

néi¹ dou⁶ qun⁴ wan¹ xin³, néi⁵ yiu³ jun³ gun¹ tong⁴ xin³ xin¹ ji³ dab³ dou² dung¹ tid³.

呢　度　荃　灣　線，你　要　轉　觀　塘　線　先　至　搭　到　東　鐵。

dim² gai² m⁴ hêu¹ hung⁴ hem³ dab³ jig⁶ tung¹ cé¹, yed¹ hei⁶ hêu³ sei¹ geo² lung⁴ zam⁶

點　解　唔　去　紅　磡　搭　直　通　車，一　係　去　西　九　龍　站

dab³ gou¹ tid³ né¹?

搭　高　鐵　呢？

fo² cé¹ ban¹ qi³ med⁶, fong¹ bin⁶ hou² do¹. hei⁶ né¹, néi⁵ fong³ gung¹ fan¹ ug¹ kéi⁵

火　車　班　次　密，方　便　好　多。係　呢，你　放　工　返　屋　企

mé¹?

咩？

hei⁶ a³, ngo⁵ ju⁶ wan¹ zei², yed¹ zen² yiu³ jun³ cé¹, wun⁶ gong² dou² xin³ ji³ fan¹

係　呀，我　住　灣　仔，一　陣　要　轉　車，換　港　島　線　至　返

dou².

到　。

普通話對譯

這麼巧，張先生你坐地鐵到哪裏去呢？

我回廣州，會到太子站改乘觀塘線，到九龍塘坐火車，經羅湖過關。

這裏是荃灣線，你要改乘觀塘線才可坐東鐵。

為甚麼不到紅磡坐直通車？要麼往西九龍站坐高鐵呢？

火車班次頻密，方便多了。對了，你下班回家嗎？

是呀，我住在灣仔，一會兒要換車，換港島線才能回去。

巴士轉車

céng² men⁶ néi¹ ga³ ba¹ xi² hei⁶ mei⁶ hang⁴ sei¹ sêu⁶ ging¹ gem¹ zung¹ lam⁶ cé¹ zam⁶

請　問　呢　架　巴　士　係　咪　行　西　隧　經　金　鐘　纜　車　站

ga³?

㗎？

2. m⁴ hei⁶ bo³, néi¹ ga³ 117 hang⁴ hung⁴ sêu⁶, hei⁶ hêu³ pao² ma⁵ déi² gé³.

   唔 係 嚹， 呢 架 117 行 紅 隧， 係 去 跑 馬 地 嘅。

3. gem² ngo⁵ dab³ co³ zo² cé¹ lag³, m⁴ ji¹ dim² jun³ cé¹ hêu³ san¹ déng² né¹?

   咁 我 搭 錯 咗 車 嘞， 唔 知 點 轉 車 去 山 頂 呢?

4. ho² yi⁵ hei² hung⁴ sêu⁶ heo² log⁶ cé¹, jun³ 104 hou⁶ sêu⁶ ba¹, zung¹ ngen² dai⁶ ha⁶

   可 以 喺 紅 隧 口 落 車， 轉 104 號 隧 巴， 中 銀 大 廈

   log⁶ cé¹ hang⁴ hêu³.

   落 車 行 去。

5. yed¹ hei⁶ hang⁴ guo³ din⁶ cé¹ lou⁶, dai⁶ wui⁶ tong⁴ qin⁴ min⁶ co⁵ 15 hou⁶ sen¹ ba¹

   一 係 行 過 電 車 路， 大 會 堂 前 面 坐 15 號 新 巴

   sêng⁵ san¹ déng².

   上 山 頂。

6. wui⁴ qing⁴ ho² yi⁵ co⁵ 1 hou⁶ lug⁶ Van hêu³ gong² ngoi⁶ xin³ ma⁵ teo⁴, co⁵ sen¹ dou⁶

   回 程 可 以 坐 1 號 綠 Van 去 港 外 線 碼 頭， 坐 新 渡

   lên⁴ hêu³ léi⁴ dou² wan².

   輪 去 離 島 玩。

7. m⁴ goi¹ sai³! ga³ cé¹ mai⁴ gen² zam⁶, yiu³ gem⁶ zung¹ log⁶ cé¹ lag³.

   唔 該 晒! 架 車 埋 緊 站， 要 撳 鐘 落 車 嘞。

普通話對譯

1. 請問這輛公交車是否從西隧經過金鐘纜車站的呢?

2. 不是呀，這輛 117 路的車走紅隧，是往跑馬地的。

3. 這樣我上錯車了，不知道怎樣換車到山頂去呢?

4. 可以在紅隧的入口下車，改坐 104 路隧巴，到中銀大廈下車走過去。

5. 要麼走過電車路，到大會堂前面坐 15 路新巴到山頂去。

6. 回程可以坐一號綠色小巴去港外線碼頭，坐新渡輪往離島去遊玩。

7. 十分感謝!現在這車靠站了，要按鈴下車了。

三 擴充詞彙

乘搭用語

坐車	co⁵ cé¹	入閘	yeb⁶ zab⁶
搭車	dab³ cé¹	出閘	cêd¹ zab⁶
上車	sêng⁵ cé¹	買飛	mai⁵ féi¹
落車	log⁶ cé¹	補飛	bou² féi¹
轉車	jun³ cé¹	增值	zeng¹ jig⁶
趕車	gon² cé¹	八達通	bad³ dad⁶ tung¹
追車	zêu¹ cé¹	全日 / 月通	qun⁴ yed⁶/ yud⁶ tung¹
截車	jid⁶ cé¹	拍咭	pag³ kad¹
塞車	seg¹ cé¹	頭等	teo⁴ deng²

交通工具

火車	fo² cé¹	港鐵	gong² tid³
電車	din⁶ cé¹	地鐵	déi⁶ tid³
纜車	lam⁶ cé¹	輕鐵	hing¹ tid³
巴士	ba¹ xi²	小輪	xiu² lên⁴
隧巴	sêu⁶ ba¹	渡輪	dou⁶ lên⁴
小巴 / 軚仔	xiu² ba¹/ wén¹ zei²	飛機	féi¹ géi¹
的士	dig¹ xi²	直升機	jig⁶ xing¹ géi¹
客貨車 / 軚	hag³ fo³ cé¹/ wén¹	私家車	xi¹ ga¹ cé¹
電單車	din⁶ dan¹ cé¹	吊車	diu³ cé¹
單車	dan¹ cé¹	人力車	yen⁴ lig⁶ cé¹

交通設施

火車站	fo² cé¹ zam⁶	碼頭	ma⁵ teo⁴
地鐵站	déi⁶ tid³ zam⁶	隧道	sêu⁶ dou⁶
電車站	din⁶ cé¹ zam⁶	天橋	tin¹ kiu⁴

續上表

巴士站	ba¹ xi² zam⁶	停車場	ting⁴ cé¹ cêng⁴
小巴站	xiu² ba¹ zam⁶	月台	yud⁶ toi⁴
的士站	dig¹ xi² zam⁶	閘口	zab⁶ heo²
纜車站	lam⁶ cé¹ zam⁶	登機處	deng¹ géi¹ qu³
機場	géi¹ cêng⁴	客務中心	hag³ mou⁶ zung¹ sem¹

港鐵路線

香港鐵路 / 港鐵	hêng¹ gong² tid³ lou⁶/ gong² tid³	港島線	gong² dou² xin³
東鐵線 / 東鐵	dung¹ tid³ xin³/ dung¹ tid³	南港島線	nam⁴ gong² dou² xin³
觀塘線	gun¹ tong⁴ xin³	東涌線	dung¹ cung¹ xin³
荃灣線	qun⁴ wan¹ xin³	迪士尼線	dig⁶ xi⁶ néi⁴ xin³
屯馬線	tün⁴ ma⁵ xin³	輕鐵	hing¹ tid³
將軍澳線	zêng¹ guen¹ ou³ xin³	高鐵	gou¹ tid³
機場快線 / 機鐵	géi¹ cêng⁴ fai³ xin³/ géi¹ tid³	直通車	jig⁶ tung¹ cé¹

東鐵線各站

金鐘	gem¹ zung¹	馬場	ma⁵ cêng⁴
會展	wui⁶ jin²	大學	dai⁶ hog⁶
紅磡	hung⁴ hem³	大埔墟	dai⁶ bou³ hêu¹
旺角東	wong⁶ gog³ dung¹	太和	tai³ wo⁴
九龍塘	geo² lung⁴ tong⁴	粉嶺	fen² léng⁵
大圍	dai⁶ wei⁴	上水	sêng⁶ sêu²
沙田	sa¹ tin⁴	羅湖	lo⁴ wu⁴
火炭	fo² tan³	落馬洲	log⁶ ma⁵ zeo¹

屯馬線各站

屯門	tün⁴ mun⁴	宋皇臺	sung³ wong⁴ toi⁴
兆康	xiu⁶ hong¹	啟德	kei² deg¹
天水圍	tin¹ sêu² wei⁴	鑽石山	jun³ ség⁶ san¹
朗屏	long⁵ ping⁴	顯徑	hin² ging³
元朗	yun⁴ long⁵	大圍	dai⁶ wei⁴
錦上路	gem² sêng⁶ lou⁶	車公廟	cé¹ gung¹ miu²
荃灣西	qun⁴ wan¹ sei¹	沙田圍	sa¹ tin⁴ wei⁴
美孚	méi⁵ fu¹	第一城	dei⁶ yed¹ xing⁴
南昌	nam⁴ cêng¹	石門	ség⁶ mun⁴
柯士甸	o¹ xi⁶ din¹	大水坑	dai⁶ sêu² hang¹
尖東	jim¹ dung¹	恒安	heng⁴ on¹
紅磡	hung⁴ hem³	馬鞍山	ma⁵ on¹ san¹
何文田	ho⁴ men⁴ tin⁴	烏溪沙	wu¹ kei¹ sa¹
土瓜灣	tou² gua¹ wan⁴		

觀塘線各站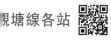

藍田	lam⁴ tin⁴	九龍塘	geo² lung⁴ tong⁴
觀塘	gun¹ tong⁴	石硤尾	ség⁶ gib³ méi⁵
牛頭角	ngeo⁴ teo⁴ gog³	太子	tai³ ji²
九龍灣	geo² lung⁴ wan¹	旺角	wong⁶ gog³
彩虹	coi² hung⁴	油麻地	yeo⁴ ma⁴ déi²
鑽石山	jun³ ség⁶ san¹	何文田	ho⁴ men⁴ tin⁴
黃大仙	wong⁴ dai⁶ xin¹	黃埔	wong⁴ bou³
樂富	log⁶ fu³		

荃灣線各站

荃灣	qun⁴ wan¹	長沙灣	cêng⁴ sa¹ wan⁴
大窩口	dai⁶ wo¹ heo²	深水埗	sem¹ sêu² bou²
葵興	kuei⁴ hing¹	太子	tai³ ji²
葵芳	kuei⁴ fong¹	旺角	wong⁶ gog³
荔景	lei⁶ ging²	油麻地	yeo⁴ ma⁴ déi²
美孚	méi⁵ fu¹	佐敦	zo² dên¹
荔枝角	lei⁶ ji¹ gog³	尖沙咀	jim¹ sa¹ zêu²

港島線各站

堅尼地城	gin¹ néi⁴ déi⁶ xing⁴	炮台山	pao³ toi⁴ san¹
香港大學	hêng¹ gong² dai⁶ hog⁶	北角	beg¹ gog³
西營盤	sei¹ ying⁴ pun⁴	鰂魚涌	zeg¹ yu⁴ cung¹
上環	sêng⁶ wan⁴	太古	tai³ gu²
中環	zung¹ wan⁴	西灣河	sei¹ wan¹ ho²
金鐘	gem¹ zung¹	筲箕灣	sao¹ géi¹ wan¹
灣仔	wan¹ zei²	杏花邨	heng⁶ fa¹ qun¹
銅鑼灣	tung⁴ lo⁴ wan¹	柴灣	cai⁴ wan¹
天后	tin¹ heo⁶		

南港島線各站

金鐘	gem¹ zung¹	利東	léi⁶ dung¹
海洋公園	hoi² yêng⁴ gung¹ yun²	海怡半島	hoi² yi⁴ bun³ dou²
黃竹坑	wong⁴ zug¹ hang¹		

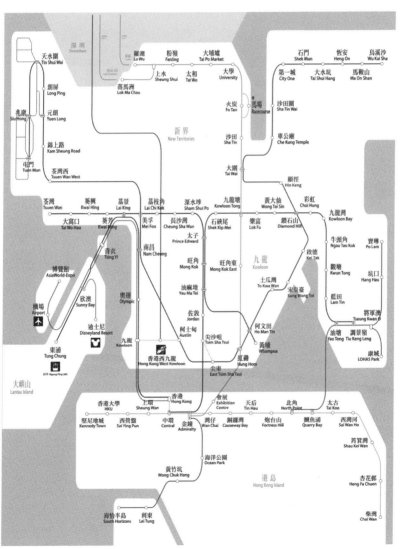

將軍澳線各站

康城	hong[1] xing[4]	將軍澳	zêng[1] guen[1] ou[3]
寶琳	bou[2] lem[4]	調景嶺	tiu[4] ging[2] léng[5]
坑口	hang[1] heo[2]	油塘	yeo[4] tong[4]

東涌及迪士尼線各站

香港	hêng[1] gong[2]	青衣	qing[1] yi[1]
九龍	geo[2] lung[4]	欣澳	yen[1] ou[3]
奧運	ou[3] wen[6]	迪士尼	dig[6] xi[6] néi[4]
南昌	nam[4] cêng[1]	東涌	dung[1] cung[1]
荔景	lei[6] ging[2]		

四 常用詞語

香港交通用語

　　香港粵語中有不少用語有別於內地，在交通方面這些日常用語差別尤大，以下是較具代表性的詞語：

香港粵語	拼音	普通話
巴士	ba[1] xi[2]	公交車
的士	dig[1] xi[2]	出租車
軟仔 / 小巴	wén[1] zei[2]/ xiu[2] ba[1]	公共小巴
單車	dan[1] cé[1]	自行車
電單車	din[6] dan[1] cé[1]	摩托車
十字車	seb[6] ji[6] cé[1]	救護車
司機	xi[1] géi[1]	師傅
揸車	za[1] cé[1]	開車
搭的	dab[3] dig[1]	打的

讀上表

香港粵語	拼音	普通話
泊車	pag³ cé¹	停車
車卡	cé¹ ka¹	車廂
車呔	cé¹ tai¹	輪胎
車飛	cé¹ féi¹	車票
扒頭	pa⁴ teo⁴	超車
行人路	heng⁴ yen⁴ lou⁶	人行道

　　香港粵語這些交通用語，與普通話甚至廣州話的巨大差異，一方面固然基於社會習慣不同，但主要又因香港話深受英語影響，如：巴士 (bus)、的士 (taxi)、軨 (van) 仔、車飛 (fare)、泊 (park) 車、車卡 (car)、車呔 (tyre) 等，便多是受英語影響下所產生的詞語，故此跟普通話甚至廣州話都頗有出入。

「搭的」和「打的」

　　香港話一般將坐出租車講作「搭的」，普通話口頭講則作「打的」。「的」是「的士」的簡稱，「的士」一詞是早期香港人將英語 taxi 粵語化的新詞，「搭的」一詞在香港沿用已久，內地習慣講「打的」，相信是受到香港粵語「搭的」的影響。由於普通話沒有入聲，故此將入聲的「搭」(dab³) 字塞音韻尾取消，變成讀作「打」(dǎ)，於是便與香港有不同的講法。

「轉車」、「轉線」

　　要換乘交通工具或改換車行路線，香港粵語習稱為「轉車」、「轉線」，試看以下的句式，並用不同的配詞把句子讀出。

(1) 搭完地鐵轉車，搭＿＿＿＿＿＿＿＿。

巴士	小巴	輕鐵

(2) 呢度去＿＿＿＿＿＿＿＿，一定要轉車。

美孚	元朗	沙田

(3) 要到金鐘站，轉＿＿＿＿＿＿＿＿線。

荃灣	港島	南港島

「上」、「落」

粵語動詞「上」、「落」與普通話「上」、「下」用法相近：

上車 / 落車　　　　　上車 / 下車

上樓 / 落樓　　　　　上樓 / 下樓

落雨　　　　　　　　下雨

但粵語對「落」這動作較偏重從高到低的意思，所以有時會出現語意不清的情況。例如相同於「落車」的道理，從船下來叫「落船」，但「落船」同樣又用於「上船」的叫法；「上街」在粵語則稱做「落街」。這思維就是由於船比岸頭的位置低，街道又比大廈樓層為低的緣故了。

乘車常用詞彙

(1) 「撳鐘」：「鐘」就是「鈴」，所以「門鈴」就叫「門鐘」，「撳」是「按」的意思，「按電梯」粵語叫「撳電梯」或「撳較」。

(2) 「埋站」：「埋」的意思是「靠近」，「企埋一邊」就是「靠邊站」，「埋站」是指車靠站了。

(3) 「買飛」：「飛」是由英語「fare」而來，所以「買飛」就是「買票」的意思。

「先至」一詞用法

粵語以「先至」表示事情一先一後的兩種情況，與普通話「才」的用法相近：

要有位坐先至上車　　　　要有座位才上車

要減價先至買嘢　　　　　要減價才買東西

上述情況只一個「先」也是可以的，「先」和「先至」的使用都同樣普遍。

五 常用句子

「去」字句式

粵語用「去」字通常直接連接目的地詞彙，不同於普通話要加上介詞「到」

「到……去」的句式：

去杏花邨　　　　　到杏花邨去

去海怡半島　　　　到海怡半島去

乘坐交通工具常會用到「去」字句式，例子如下：

(1)　點轉車去<u>山頂</u>呢？

(2)　我想坐火車去<u>大埔</u>。

(3)　我想去<u>屯門</u>搭<u>輕鐵</u>返屋企。

(4)　<u>九龍塘</u>去<u>紅磡</u>有兩個站。

(5)　你坐<u>的士</u>去邊呢？

練習

✎ 試從擴充詞彙中選取合適的詞語，為上述句子更換橫線上的部份，然後把句子讀出來。

乘坐交通工具其他常用句式

(1)　請問去<u>海洋公園</u>，應該點搭車呢？

(2)　請問去<u>青衣</u>，應該搭幾多號巴士呢？

(3)　請問轉<u>荃灣線</u>，要去幾多號月台呢？

(4)　唔該，呢架車經唔經<u>中央圖書館</u>㗎？

(5)　請問出咗閘有冇<u>洗手間</u>㗎？

(6)　請問<u>票務站</u>喺邊度呢？

(7)　張飛出唔到閘，唔該幫我<u>睇睇</u>。

(8)　唔該幫我增值<u>兩百蚊</u>喇。

練習

🥄 試用粵語讀出上述句子，並說明其中意思。

六 粵讀解碼

由於普通話並沒有入聲，加上入聲佔了粵音九聲中三分之一的比例，故此對方初學者來說，如何掌握粵語入聲肯定是個學習上的重大課題。

粵音入聲字的掌握

粵語入聲屬於促音韻母，入聲韻的字都有塞音韻尾，粵音三種入聲廣州話拼音標示韻尾分別為「b」、「d」和「g」。三種入聲韻的特點如下：

1. 粵語入聲韻都屬於促音韻母，所有的入聲字在發音時，都有短促急收的特色。入聲字之所以難讀，就在於發音極短促，一發出聲音立即便收束，對於習慣說普通話的人來說，必須努力練習才能掌握這一特點。

2. 「b」、「d」和「g」三種韻尾發音的差異，在於有不同的塞音韻尾，三者的發音方式和部位有所不同，現分類表示如下：

發音部位	雙唇塞音	舌尖塞音	舌根塞音
韻尾	b	d	g

3. 「b」、「d」和「g」三種韻尾入聲的分別，和不同發音方式可說明如下：

雙唇塞音 b

塞音是發音時氣流通路閉塞，令口腔中氣流不進入鼻腔。入聲的雙唇塞音 b 是由上下唇做成發音阻礙的塞音。發 b 韻尾入聲時，先發元音，氣流從口腔中吐出後，上下兩唇隨即合起，便可準確讀出這種韻尾的入聲字。以下是屬於雙唇塞音入聲字的例子：

入	yeb[6]	習	zab[6]	立	leb[6]
十	seb[6]	踏	dab[6]	納	nab[6]
合	heb[6]	甲	gab[3]	狹	hab[6]

舌尖塞音 d

　　要發入聲的舌尖塞音 d，同樣是發音時氣流通路閉塞，讓口腔中氣流不進入鼻腔，不同的是由舌尖和上齒齦做成阻礙發音。發 d 韻尾入聲時，先發出元音，舌尖隨即頂住上齒齦，上下兩唇打開，讓氣流從口腔中吐出。以下是屬於舌尖塞音入聲字的例子：

質	zed[1]	七	ced[1]	日	yed[6]
突	ded[6]	骨	gued[1]	絕	jud[6]
失	sed[1]	不	bed[1]	月	yud[6]

舌根塞音 g

　　發入聲的舌根塞音 g，也是發音時令氣流通路閉塞，讓口腔中氣流不進入鼻腔，與前兩種塞音發音方法不同的是，由舌根與軟顎做成阻礙發音。發舌根塞音 g 韻尾入聲時，先發元音，並以舌面後部頂住軟顎，咀巴張開，讓氣流從肺部經咽喉吐出而發聲。以下是屬於舌根塞音入聲字的例子：

黑	heg[1]	百	bag[3]	腳	gêg[3]
北	beg[1]	屋	ug[1]	卓	cêg[3]
熟	sug[6]	讀	dug[6]	雀	zêg[3]

　　生活中經常運用的數字，大部分都屬入聲字，以下列出屬入聲字的數字：

一	yed[1]	八	bad[3]	億	yig[1]
六	lug[6]	十	seb[6]		
七	ced[1]	百	bag[3]		

　　入聲字屬於普通話所沒有的聲調，在粵語九個聲調中又佔了較大比例，在粵語學習尤其聲調的辨析當中，對外地來港初學粵語者來說，掌握入聲發音是學習上的

一大難點。以上詳述粵語入聲字聲音上特點及發音方法，初學者配合字例小心發音，相信便可對此逐漸掌握。

七 短文朗讀

香港嘅公共小巴，俗稱 van 仔，或者小巴。小巴分綠 van 同紅 van 兩種，呢啲名係跟佢哋車頂嘅顏色嚟叫嘅。

綠 van 其實係專線小巴，有固定行走時間同收費，亦有固定路線同車站，唔可以隨便改。紅 van 嘅服務時間、收費同總站都固定咗，但係路線就可以就住交通情況改變，例如塞車可以改路。正因為咁樣，紅 van 冇實要停車嘅站，只要唔係禁區就可以上落客，所以佢亦有落車鐘，落車就要大聲同司機講，佢聽到先至會停落嚟㗎。

tin¹men⁴ toi⁴ wa⁶ zeo⁶ lei⁴ goi² gua³ bad³ hou⁶ fung¹ keo⁴,

天文台話就嚟改掛八號風球,

zung⁶ m⁴ fai³ di¹ seo¹ gung¹ fan¹ ug¹ kéi²?

仲唔快啲收工返屋企?

一 基本用語

香港粵語	拼音	普通話
香港地	hêng¹ gong² déi²	香港這地方
回南天	wui⁴ nam⁴ tin¹	黃梅天
翳焗	ei³ gug⁶	悶熱
日頭	yed⁶ teo²	白天
打風	da² fung¹	颱風
落雨	log⁶ yu⁵	下雨
初頭	co¹ teo⁴	起初
冷氣	lang⁵ héi³	空調
天時	tin¹ xi⁴	天氣
濕熱	seb¹ yid⁶	潮濕悶熱
好天	hou² tin¹	天晴
冇話	mou⁵ wa⁶	沒有
凍	dung³	寒冷
就嚟	zeo⁶ lei⁴	快要
收工	seo¹ gung¹	下班
家陣	ga¹ zen²/zen⁶	現在
行雷	hang⁴ lêu⁴	打雷
閃電	xim² din⁶	打閃
個天	go³ tin¹	這天氣
個風	go³ fung¹	這颱風
熱頭	yid⁶ teo²	太陽
波	bo¹	風球
經已	ging¹ yi⁵	已經
執嘢	zeb¹ yé⁵	收拾東西

二　情境對話

香港天氣

1. néi⁵ lei⁴ gem³ noi⁶，xig¹ ying³ zo² hêng¹ gong² déi² tin¹ héi³ méi⁶ né¹？
你　嚟　咁　耐，適　應　咗　香　港　地　天氣　未　呢？

2. néi¹ dou⁶ cên¹ guei³ gem³ qiu⁴ seb¹，wui⁴ nam⁴ tin¹ seb¹ dou⁶ séng⁴ bag³ fen⁶ ji¹ bad³
呢　度　春　季　咁　潮　濕，回　南　天　濕　度　成　百　分　之　八
seb⁶ géi²，seb¹ dou³ cêng⁴ dou¹ fad³ mou¹；
十　幾，濕　到　牆　都　發　毛；

3. ha⁶ tin¹ yeo⁶ yid⁶ yeo⁶ ei³ gug⁶，yed⁶ teo² wen¹ dou⁶ séng⁴ sa¹ᵃ⁶ géi² dou⁶，yeo⁵ xi⁴
夏　天　又　熱　又　翳　焗，日　頭　溫　度　成　卅　幾　度，有　時
zung⁶ da² fung¹ log⁶ yu⁵，co¹ teo⁴ dou¹ hou² m⁴ guan³.
仲　打　風　落　雨，初　頭　都　好　唔　慣。

4. hou² zoi⁶ sed¹ noi⁶ yeo⁵ lang⁵ héi³，zeo⁶ xun³ tin¹ xi⁴ géi² seb¹ yid⁶ dou¹ mou⁵ men⁶ tei⁴.
好　在　室　內　有　冷　氣，就　算　天　時　幾　濕　熱　都　冇　問　題。

5. ceo¹ tin¹ hou² gon¹ song²，dung¹ tin¹ zeo⁶ hou² lêng⁴ fai³，do¹ sou³ yed⁶ ji² dou¹
秋　天　好　乾　爽，冬　天　就　好　涼　快，多　數　日　子　都
hou² tin¹，mou⁵ wa⁶ dung³ dou¹ log⁶ xud³.
好　天，冇　話　凍　到　落　雪。

6. hou² do¹ xi⁴ héi³ heo⁶ dou¹ wen¹ wo⁴，béi² héi² dei⁶ qu³ kéi⁴ sed⁶ tin¹ héi³ dou¹ hou²
好　多　時　氣　候　都　溫　和，比　起　第　處　其　實　天　氣　都　好
xu¹ fug⁶.
舒　服。

普通話對譯

. 你來了這麼久，適應了香港這地方的天氣嗎？

. 這裏春季這樣潮濕，黃梅天的濕度整整百分之八十多，牆壁也潮得發霉。

. 夏天又熱又悶，白天溫度整整三十多度，有時還颳風下雨，起初也很不習慣。

4. 幸好室內有空調，哪怕天氣多濕熱都沒有問題。

5. 秋天很乾燥清爽，冬天也很涼快，大部分的日子天氣都好，沒有冷得下雪的。

6. 大部份時間氣候都溫和，比起其他地方，天氣其實都挺舒服的。

風雨香江

1. tin¹ men⁴ toi⁴ wa⁶ zeo⁶ lei⁴ goi² gua³ bad³ hou⁶ fung¹ keo⁴ , zung⁶ m⁴ fai³ di¹ seo¹
   天　文　台　話　就　嚟　改　掛　八　號　風　球　，　仲　唔　快　啲　收
   gung¹ fan¹ ug¹ kei² ?
   工　返　屋　企　？

2. cêd¹ min⁶ ga¹ zen² wang⁴ fung¹ wang⁴ yu⁵ , zung⁶ hang⁴ lêu⁴ xim² din⁶ , deng² go³ tin
   出　面　家　陣　橫　風　橫　雨　，　仲　行　雷　閃　電　，　等　個　天
   hou² di¹ xin¹ zeo² .
   好　啲　先　走　。

3. go³ fung¹ lei⁴ deg¹ hou² ded⁶ yin⁴ , jiu¹ zou² zung⁶ cêd¹ mang⁵ yid⁶ teo² , ha⁶ zeo³
   個　風　嚟　得　好　突　然　，　朝　早　仲　出　猛　熱　頭　，　下　晝
   zeo⁶ bin³ zo² kuong⁴ fung¹ zao⁶ yu⁵ .
   就　變　咗　狂　風　驟　雨　。

4. tin¹ héi³ yu⁶ bou³ go³ fung¹ cêu¹ zéng³ hêng¹ gong² , ting¹ yed⁶ zung⁶ ho² neng⁴ gua
   天　氣　預　報　個　風　吹　正　香　港　，　聽　日　仲　可　能　掛
   seb⁶ hou⁶ bo¹ tim¹ .
   十　號　波　嗎　。

5. seo² géi¹ go³ tin¹ men⁴ toi⁴ App gong² , ging¹ yi⁵ héi⁶ wong⁴ yu⁵ tung⁴ lêu⁴ bou⁶ ging
   手　機　個　天　文　台　App　講　，　經　已　係　黃　雨　同　雷　暴　警
   gou³ , lou⁶ min² wui⁵ sêu² zem³ .
   告　，　路　面　會　水　浸　。

6. gem² jig¹ heg¹ zeb¹ yé⁵ zeo² , m⁴ héi⁶ yed¹ zen² dai⁶ seg¹ cé¹ zeo⁶ ma⁴ fan⁴ .
   咁　即　刻　執　野　走　，　唔　係　一　陣　大　塞　車　就　麻　煩　。

普通話對譯

1. 天文台説快要改掛八號風球，還不趕快下班回家？

2. 外面現在狂風暴雨，又雷電交加，待天氣好一點才走了。

3. 這個颱風來得很突然，早上還有大太陽，下午就變做狂風陣雨。

4. 天氣預報説這個風正面吹襲香港，明天更可能掛十號風球呢。

5. 手機那天文台 App 説，已是黃雨和雷暴警告，道路會讓水淹沒。

6. 那麼馬上收拾東西離開，不然一會兒堵車得厲害就麻煩了。

三　擴充詞彙

香港天氣

天氣	tin¹ héi³	打風	da² fung¹
天時	tin¹ xi⁴	落雨	log⁶ yu⁵
四季	séi³ guei³	行雷	hang⁴ lêu⁴
春天 / 季	cên¹ tin¹/ guei³	閃電	xim² din⁶
夏天 / 季	ha⁶ tin¹/ guei³	翻風	fan¹ fung¹
秋天 / 季	ceo¹ tin¹/ guei³	驟雨	zao⁶ yu⁵
冬天 / 季	dung¹ tin¹/ guei³	多雲	do¹ wen⁴
好天	hou² tin¹	有霧	yeo⁵ mou⁶
唔好天	m⁴ hou² tin¹	天文台	tin¹ men⁴ toi⁴
天熱	tin¹ yid⁶	天氣報告	tin¹ héi³ bou³ gou³
天冷	tin¹ lang⁵	預報 / 測	yu⁶ bou³/ ceg¹
潮濕	qiu⁴ seb¹	氣溫	héi³ wen¹
酷熱	hug⁶ yid⁶	溫度	wen¹ dou⁶
翳焗	ei³ gug⁶	濕度	seb¹ dou⁶

續上表

涼爽	lêng⁴ song²	熱帶氣旋	yid⁶ dai³ héi³ xun⁴
乾燥	gon¹ cou³	颱風	toi⁴ fung¹
寒冷	hon⁴ lang⁵	烈風	lid⁶ fung¹
轉凍	jun² dung³	暴風 / 雨	bou⁶ fung¹/ yu⁵
回暖	wui⁴ nün⁵	颶風	gêu⁶ fung¹
回南	wui⁴ nam⁴	狂風	kuong⁴ fung¹
毛毛雨	mou⁴ mou⁴ yu⁵	雷暴	lêu⁴ bou⁶
日曬	yed⁶ sai³	水浸	sêu² zem³
雨淋	yu⁵ lem⁴	山泥傾瀉	san¹ nei⁴ king¹ sé³
戴帽	dai³ mou²	警告	ging² gou³
擔遮	dam¹ zé¹	信號	sên³ hou⁶

惡劣天氣警告系統及一般安排

暴雨警告系統		
Amber黃 黃雨	wong⁴ yu⁵	將有大雨，低窪地區會水淹。各機構會加以戒備。
Red 紅 紅雨	hung⁴ yu⁵	大雨將令道路嚴重水淹，會造成交通擠塞。各機構會採應變措施。
Black 黑 黑雨	heg¹ yu⁵	天文台發出警告後，學校及一般機構會停課及取消活動。

熱帶氣旋警告系統		
一號風球 1 T 戒備信號	yed¹ hou⁶ fung¹ keo⁴	熱帶氣旋進入香港 800 公里範圍，可能對本地有影響。

熱帶氣旋警告系統

三號風球 **3** ⊥ 強風信號	sam¹ hou⁶ fung¹ keo⁴	香港近海平面處普遍吹強風，海上及高地風力可能達烈風程度。
八號風球 **8**西北 ▲ NW 西北烈風或暴風 **8**西南 ▼ SW 西南烈風或暴風 **8**東北 ⧩ NE 東北烈風或暴風 **8**東南 ⧫ SE 東南烈風或暴風	bad³ hou⁶ fung¹ keo⁴	風力達烈風程度。發出警告後，所有學校均停課，各機構大多取消活動。
九號風球 **9** ✕ 烈風或暴風風力 增強信號	geo² hou⁶ fung¹ keo⁴	烈風或暴風的風力預料會顯著加強。
十號風球 **10** ✛ 颶風信號	seb⁶ hou⁶ fung¹ keo⁴	風力持續並達颶風程度。應採預防措施，遠離當風門窗，切勿外出。

其他天氣警告信號

季候風 Monsoons	強烈季候風信號	kêng⁴ lid⁶ guei³ heo⁶ fung¹ sên³ hou⁶
	山泥傾瀉警告	san¹ nei⁴ king¹ sé³ ging² gou³
雷暴 Thunderstorm	雷暴警告信號	lêu⁴ bou⁶ ging² gou³ sên³ hou⁶
黃 Yellow 紅 Red	火災危險警告	fo² zoi¹ ngei⁴ him² ging² gou³

其他天氣警告信號	
新界北水浸特別報告	sen¹ gai³ beg¹ sêu² zem³ deg⁶ bid⁶ bou³ gou³
寒冷天氣警告	hon⁴ lang⁵ tin¹ héi³ ging² gou³
酷熱天氣警告	hug⁶ yid⁶ tin¹ héi³ ging² gou³
霜凍警告	sêng¹ dung³ ging² gou³

天氣查詢

香港天文台天氣報告及預測

網頁瀏覽	https://www.hko.gov.hk/contentc.htm		
電話查詢	1878 200		
「我的天文台」App	iPhone/iPad 版本	Android 版本	Windows Phone 版本

四 常用詞語

副詞:「成」

　　粵語副詞「成」相當於普通話的「整整」、「老是」,用的時候帶有強調的意味:

熱到成四十度	熱得整整四十度
我畀咗成千文	我付了整整一千元
我等咗佢成朝	我等了他一整個早上
佢成日都咁忙	他老是那麼忙
佢成日發脾氣	他老是發脾氣

表示沒有的「未」、「冇」、「冇話」

「未」、「冇」、「冇話」在粵語裏表達「沒有」的意思：

未見過	沒有見過
冇問題	沒有問題
冇話落雨	沒有下雨

「未」也常放在句末作提問詞，例如：

習慣咗未？	習慣了沒有？
食飯未？	吃飯了沒有？
拎咗遮未？	雨傘拿了沒有？

粵語常用語

1) 「好多時」：即「經常」，粵語喜歡用「好」來形容很大的程度，例如「好唔慣」、「好舒服」。

2) 「第處」：「第」是「第二」的簡略語，意指「另一」、「其他」，在粵語裏常用有「第處」（其他地方）、「第時」（其他時間）、「第日」（其他日子）。

3) 「家陣」：即現在，同樣常用的還有「依家」或「家下」。

4) 「就嚟」：即馬上、立即，同樣常用的還有「好快」、「即刻」。

5) 「經已」：即已經。

粵語和普通話構詞的差異——前後倒置

有些粵語詞彙和普通話的用字一樣，意義也相同，但兩個字的前後次序卻剛好相反：

粵語	拼音	普通話
經已	ging¹ yi⁵	已經
宵夜	xiu¹ yé²	夜宵
人客	yen⁴ hag³	客人
私隱	xi¹ yen²	隱私
齊整	cei⁴ jing²	整齊
質素	zed¹ sou³	素質
取錄	cêu² lug⁶	錄取
擠擁	zei¹ yung²	擁擠
怪責	guai³ zag³	責怪
緊要	gen² yiu³	要緊
飯盒	fan⁶ heb⁶	盒飯
菜乾	coi³ gon¹	乾菜
雞公	gei¹ gung¹	公雞

　　廣州話因受普通話影響日深，「擁擠」、「素質」、「客人」等詞語在廣州粵語裏已慣常使用，香港仍然習慣維持舊日粵語講法，以此之故在這些用語上也明確見出香港粵語與廣州話之間的差別。

五 常用句子

「都」字句式

　　粵語的「都」字，同時包含了普通話「也」和「都」的意思在內，兩種用法在粵語裏都十分常見。

(1) 作「也」的用法：

濕到牆都發毛	潮濕到牆壁也發霉
初頭都好唔慣	最初也很不慣
我都冇帶遮	我也沒拿雨傘

(2) 作「都」的用法：

幾時都咁熱	甚麼時候都這麼熱 (老是這麼熱)
佢哋都係街坊	他們都是街坊
學生都好勤力	學生都很勤奮

天氣對話常用句式

以下是對話中，與天氣有關的常用句式。

(1) 家陣有冇落雨？

(2) 依家落完雨未？

(3) 今日使唔使帶遮？

(4) 今日氣溫幾多度？

(5) 係咪就嚟掛一號風球？

(6) 聽日有冇機會掛八號風球？

練習

試根據右圖天文台 App 所顯示天氣資料，完成以下
句子，並試用粵語讀出。

(1) 天氣報告話呢日平均溫度係＿＿＿＿＿＿＿＿＿＿＿＿＿＿＿＿＿度。

(2) 天氣報告話呢日濕度係百份之＿＿＿＿＿＿＿＿＿＿＿＿＿＿＿＿。

(3) 天氣報告話呢日一小時雨量係＿＿＿＿＿＿＿＿＿＿＿＿＿毫米。

(4) 天氣報告話呢日風速係每個鐘＿＿＿＿＿＿＿＿＿＿＿＿＿公里。

(5) 天氣報告話呢日發出咗＿＿＿＿＿＿＿＿＿＿＿＿＿＿＿＿＿警告。

試從手機或電腦進入香港天文台網站，並用粵語回答以下問題：

(1) 天氣報告話今日好唔好天？

(2) 天氣報告話今日最高最低溫度係幾多？

(3) 天氣報告話依家濕度係幾多？

(4) 天氣預告話聽日會唔會落雨？

(5) 天氣預告有冇惡劣天氣警告？

六 粵讀解碼

粵音雙唇鼻音韻尾 m

在學習粵音的過程中，除了入聲之外，還有一系列讓初入門學粵語人士特別難以讀得準確的，便是所有帶雙唇鼻音韻尾 m 的字。

粵音韻母中一共有三個帶鼻音的韻尾，分別是 m、n 和 ng。其中的雙唇鼻音韻尾 m 是普通話所沒有的，故此所有收這韻尾的字都不容易讀得準。粵音系統中帶雙唇鼻音韻尾 m 的韻母共有三個，分別是 am、em 和 im，以下是屬於各韻母的有關字例：

韻母	字例	拼音	字例	拼音
am	三	sam^1	啱	ngam^1
	南、男	nam^4	衫	sam^1
	籃、藍	lam^4	貪	tam^1
em	今	gem^1	飲	yem^2
	咁	gem^2	心	sem^1
	�“	gem^6	琴	kem^4
im	點	dim^2	兼	gim^1
	鹽	yim^4	尖	jim^1
	欠	him^3	甜	tim^4

以上例字都是平日生活上常用，又容易讀錯的。遇上類似收 m 韻尾的字，尤其要特別小心讀出。

要準確掌握這系列帶雙唇鼻音韻尾 m 的韻母讀音，可注意以下各項：

．因收 m 韻尾的字都屬帶雙唇鼻音韻尾，故此發音時須注意發音的方法。在讀 m 韻尾的字時，先張開咀巴發元音，並讓氣流經舌面出，收音時將上下唇合起，讓氣流通過鼻腔發聲。

．粵音上述 am、em 和 im 韻母內的字，所有帶雙唇鼻音收 m 韻尾的韻母都是普通話所沒有的。注意粵音 m 韻尾，一般都與普通話 n 韻尾相對應，例如：

普通話 an 韻母字	三	sam^1	籃	lam^4
	南	nam^4	貪	tam^1
普通話 in 韻母字	今	gem^1	飲	yem^2
	琴	kem^4	心	sem^1
普通話 ian 韻母字	點	dim^2	尖	jim^1
	兼	gim^1	甜	tim^4

不少講普通話為主的人，講粵語時往往將 m 韻尾字，一律誤讀作 n 韻尾的原因，便在於兩者發音多是相對應。明白這規律以後，凡遇上發 m 韻尾字粵音時，要尤其小心不能以 n 韻尾替代。

七 短文朗讀

我哋講打風通常話掛幾多號風球，但係上天文台個網，睇到佢係以幾多號熱帶氣旋嚟表示嘅，究竟點解會咁樣嘅呢？

原來喺 1917 年嘅時候，香港天文台每逢打風，就會喺高地嘅信號站，掛起俗稱「風球」嘅黑色標誌。掛上去係為咗畀人，尤其是漁民遠一遠都可以望到，知道嚟緊有風打，唔同嘅信號就表示唔同嘅風力同風向。

隨住科技同通訊設備發達，市民睇電視、上網都可以知道打風，經已唔使再睇掛上嘅「風球」，但係因為叫慣咗，所以仍會講掛幾多號風球。

下編

第一課 香港粵語

hog6 zo2 gem3 noi6, zab6 guan3 gong2
學咗咁耐，習慣講
hêng1 gong2 wa2 méi6 a3?
香港話未呀？
港式飲茶
茶餐廳
tib1 xi2
貼士
天星小輪

一 基本用語

香港粵語	拼音	普通話
舊時	geo⁶ xi⁴	舊日
差館	cai¹ gun²	警署
差人	cai¹ yen⁴	警察
出糧	cêd¹ lêng⁴	發工資
搞掂	gao² dim⁶	做妥
黐線	qi¹ xin³	神經病
造馬	zou⁶ ma⁵	作弊
茄哩啡	ké¹ lé¹ fé¹	臨時演員〔英語 carefree 音譯〕
咁睇	gem² tei²	這樣來看

二 情境對話

香港話特點之一

1. lei⁴ zo² néi¹ dou⁶ gem³ noi⁶, zab⁶ guan³ gong² hêng¹ gong² wa² méi⁶ a³ ?
    嚟 咗 呢 度 咁 耐 ,習 慣 講 香 港 話 未 呀 ?

2. hoi¹ qi² zab⁶ guan³ lag³. ngo⁵ gog³ deg¹ hêng¹ gong² wa² zen¹ hei⁶ hou² deg⁶ bid⁶.
    開 始 習 慣 嘞 。我 覺 得 香 港 話 真 係 好 特 別

3. kêu⁵ bou² leo⁴ hou² do¹ yud⁶ yu⁵ geo⁶ xi⁴ gong² fad³, hou² qi⁵ cai¹ gun², cai¹ yen⁴
    佢 保 留 好 多 粵 語 舊 時 講 法 ,好 似 差 館 、差 人
    cêd¹ lêng⁴, néi¹ di¹ geo⁶ yeo⁵ yung⁶ yu⁵.
    出 糧 ,呢 啲 舊 有 用 語 。

4. zung⁶ yeo⁵ hou² do¹ bun² déi⁶ gé³ sen¹ qi⁴, hou² qi⁵ gao² dim⁶, qi¹ xin³, zou⁶
    仲 有 好 多 本 地 嘅 新 詞 ,好 似 搞 掂 、黐 線 、造
    ma⁵, ké¹ lé¹ fé¹ ji¹ lêu².
    馬 、茄 哩 啡 之 類 。

- yeo⁵ xi⁴ zung⁶ zab⁶ yeb⁶ m⁴ xiu² ying¹ men², hou² qi⁵ mai⁵ DVD、co⁵ Van zei²,
  有　時　仲　雜　入　唔　少　英　文　，好　似　買　DVD、坐　Van　仔，
  wag⁶ zé² xig⁶ buffet gem², dou¹ hei⁶ jig⁶ jib³ yung⁶ ying¹ men² gong².
  或　者　食　buffet　咁，都　係　直　接　用　英　文　講。

- gem² tei² gé² wa², hêng¹ gong² wa² zen¹ hei⁶ hou² yeo⁵ wud⁶ lig⁶ gé² yu⁵ yin⁴ bo³.
  咁　睇　嘅　話，香　港　話　真　係　好　有　活　力　嘅　語　言　㗎。

普通話對譯

- 到這裏好一段時間了，習慣説香港話嗎？
- 開始習慣了。我覺得香港話真的很特別。
- 它保留了許多粵語過去的講法，好像差館、差人、出糧，這些舊有用語。
- 還有很多本地的新詞，好像搞掂、黐線、造馬、茄哩啡之類。
- 有時還夾雜不少英語，好像買 DVD、坐 van 仔，或是食 buffet 這些，都是直接用英語來講。
- 這樣看來，香港話真的是十分有活力的語言呢。

香港話特點之二

tung⁴ yêng² hei⁶ yud⁶ yu⁵, hêng¹ gong² wa² tung⁴ guong² zeo¹ wa² yeo⁶ yeo⁵ med¹
同　樣　係　粵　語，香　港　話　同　廣　州　話　又　有　乜
m⁴ tung⁴?
唔　同？

yeo⁵ di¹ yung⁶ yu⁵ hou² m⁴ tung⁴, hou² qi⁵ guong² zeo¹ gé³ yeo³ yi⁴ yun², hêng¹
有　啲　用　語　好　唔　同，好　似　廣　州　嘅　幼　兒　園，香
gong² giu³ yeo³ ji⁶ yun²;
港　叫　幼　稚　園；

guong² zeo¹ gé³ mo¹ tog³ cé¹, hêng¹ gong² zeo⁶ zab⁶ guan³ giu³ din⁶ dan¹ cé¹.
廣　州　嘅　摩　托　車，香　港　就　習　慣　叫　電　單　車。

4. yeo⁵ xi⁴ hêng¹ gong² wa² zung⁶ wui⁵ zêng¹ ying¹ men² qi⁴ yu⁵ yud⁶ yu⁵ fa³,

有　時　香　港　話　仲　會　將　英　文　詞　語　粵　語　化，

5. hou² qi⁵ men⁶ yen⁴ hoi¹ m⁴ hoi¹ sem¹, hou² do¹ xi⁴ wui⁵ gong² xing⁴ hap m⁴

好　似　問　人　開　唔　開　心，　好　多　時　會　講　成　hap　唔

happy, zeo⁶ hei⁶ hêng¹ gong² yud⁶ yu⁵ gé³ gong² fad³.

happy，就　係　香　港　粵　語　嘅　講　法。

6. guong² zeo¹ wa² zeo⁶ béi² gao³ xiu² gem² yêng² gong², néi¹ di¹ dou¹ ho² yi⁵ wa⁶

廣　州　話　就　比　較　少　咁　樣　講，　呢　啲　都　可　以　話

hei⁶ hêng¹ gong² wa² gé³ deg⁶ xig¹.

係　香　港　話　嘅　特　色。

普通話對譯

1. 同樣是粵語，香港話跟廣州話又有甚麼不同？
2. 有些用語很不一樣，好像廣州話的幼兒園，香港叫幼稚園；
3. 廣州的摩托車，香港就習慣講電單車。
4. 有時候香港話還會把英語的詞語粵語化，
5. 好像問人家是不是開心，常會説做 hap 唔 happy，就是香港粵語的説法。
6. 廣州話就比較少這麼説，這些都可以説是香港話的特色。

三 擴充詞彙

香港音譯外來詞

巴士	ba¹ xi²	公交車 [英語 bus 音譯]
的士	dig¹ xi²	出租車 [英語 taxi 音譯]
呔	tai¹	領帶 [英語 tie 音譯]
波	bo¹	球 [英語 ball 音譯]
快勞	fai¹ lou²	文件夾 [英語 file 音譯]
菲林	féi¹ lem²	膠卷 [英語 film 音譯]

讀上表

波士	bo¹ xi²	上司［英語 boss 音譯］
老細	lou⁵ sei³	老闆［日語世帶主的簡稱］
哈囉	ha¹ lou²	您好［英語 hello 音譯］
哈囉喂	ha¹ lou² wei³	萬聖節前夕［英語 Halloween 音譯］
桑拿	song¹ na⁴	蒸氣浴［英語 sauna 音譯］
開騷	hoi¹ sou¹	表演［騷是英語 show 音譯］
貼士	tib¹ xi²	小費［英語 tips 音譯］
肥佬	féi⁴ lou²	不及格［英語 fail 音譯］
多士	do¹ xi²	吐司［英語 toast 音譯］
士多	xi⁶ do¹	小商店［英語 store 音譯］
士多啤梨	xi⁶ do¹ bé¹ léi²	草莓［英語 strawberry 音譯］
啤梨	bé¹ léi²	梨子［英語 pear 音譯］
三文治	sam¹ men⁴ ji⁶	三明治［英語 sandwich 音譯］
朱古力	ju¹ gu¹ lig¹	巧克力［英語 chocolate 音譯］
沙律	sa¹ lêd⁶	沙拉［英語 salad 音譯］
巴仙	ba¹ xin¹	百份率［英語 percent 音譯］
巴打	ba¹ da²	兄弟［英語 brother 音譯］
絲打	xi¹ da²	姐妹［英語 sister 音譯］

夾雜英語香港話

B	抱 B；BB 仔	嬰兒
call	call 你；call 車	致電；電召
cheap	咁 cheap	低賤；不值錢
fans	佢 fans	粉絲；狂熱支持者［英語 fanatic 的簡稱］
feel	好有 feel	感覺
fit	揸 fit	負責
hea	好 hea	懶散
in	夠 in	趕上潮流
jetso	有 jetso	好處［著數一詞諧音］

續上表

K	唱 K	卡啦 OK；KTV
like	畀 like	讚；喜歡
O	O 咀	驚訝得合不攏咀
OT	開 OT	加班 [英語 overtime 縮略]
P	去 P	開派對 [英語 party 縮略]
Pro	夠 Pro	專業 [英語 professional 縮略]
Sir	阿 Sir	警察；老師
SO	好多 SO	好處 [jetso 縮略]

四 常用詞語

香港粵語音譯外來詞

香港粵語中有不少是音譯的外來詞語，由於音譯時根據不同的發音，故此與普通話外來詞的音譯頗有不同。

練習

試從方格中選出與各題英文配對的粵語音譯外來詞，並把詞語讀出。

快勞　三文治　雲呢拿　忌廉　菲林　貼士　肥佬　朱古力

(1) Tips ＿＿＿＿＿＿　(5) Cream ＿＿＿＿＿＿

(2) Fail ＿＿＿＿＿＿　(6) Vanilla ＿＿＿＿＿＿

(3) File ＿＿＿＿＿＿　(7) Chocolate ＿＿＿＿＿＿

(4) Film ＿＿＿＿＿＿　(8) Sandwich ＿＿＿＿＿＿

以 2 人一組，用粵語輪流發問及選取詞語作答。

(1) 你鍾意邊種口味嘅雪糕？

我鍾意＿＿＿＿＿＿＿＿＿＿＿＿＿＿＿＿＿＿＿＿＿＿＿＿味嘅雪糕

士多啤梨　　朱古力　　曲奇　　芝士

(2) 你好呀，有乜嘢可以幫到你？

唔該幫我＿＿＿＿＿＿＿＿＿＿＿＿＿＿＿＿＿＿＿＿＿＿＿＿＿。

> book 張枱食飯　　call 部車去九龍　　抱個 B 返房

(3) 咁夜返屋企，你會點搭車？

我會坐＿＿＿＿＿＿＿＿＿＿＿＿＿＿＿＿＿＿＿＿＿＿返去。

> 巴士　　　的士　　　Van 仔

香港粵語與廣州話用詞對比

香港與廣州同是粵方言區，但是兩地隨着社會發展的不同，彼此的用語漸漸產生了變化，這主要反映在詞語運用的差異上。

練習

以下是香港粵語與廣州話對同一事物的不同用詞，試指出屬於香港粵語的用詞，並把它們用粵語讀出。

1	zeng^1 zig^6 增值	cung^1 zig^6 充值
2	ca^1 din^6 叉電	cung^1 din^6 充電
3	pai^4 cab^3 排插	to^1 ban^2 拖板
4	sêng^5 ban^1 上班	fan^1 gung^1 返工
5	ha^6 ban^1 下班	fung^3 gung^1 / seo^1 gung^1 放工 / 收工
6	cung^1 din^6 bou^2 充電寶	niu^6 doi^2 尿袋

續上表

7	ying² yen³ 影 印	fug¹ yen³ 複 印
8	xud³ guei⁶ 雪 櫃	bing¹ sêng¹ 冰 箱
9	gêng² gen¹ 頸 巾	wei⁴ gen¹ 圍 巾
10	keb¹ gun² 吸 管	yem² tung² 飲 筒
11	wui⁴ ying⁴ zem¹ 回 形 針	man⁶ ji⁶ gib⁶ 萬 字 夾
12	ban² seo² 扳 手	xi⁶ ba¹ na² 士 巴 拿

五 常用句子

中英夾雜句式

香港粵語經常把英語詞彙硬套到粵語的短語或句式來用，於是產生大量中英夾雜的句子。

練習

✐ 試從擴充詞彙的部份，為下列各句填上合適的用詞，並讀出句子。

(1) 依家忙緊，等一陣轉頭再＿＿＿＿＿＿＿＿＿＿＿＿＿＿＿你

(2) 呢間機構高層入面，邊個係＿＿＿＿＿＿＿＿＿＿＿＿＿＿人

(3) 我對佢專業能力有信心，覺得佢唔＿＿＿＿＿＿＿＿＿＿＿＿＿

(4) 今晚唔得閒開 P，因為放工仲要＿＿＿＿＿＿＿＿＿＿＿＿＿

(5) 佢咁自私功利，冇＿＿＿＿＿＿＿＿＿＿＿＿＿嘅野梗係唔做。

(6) 佢眼角咁高，咁有要求，咁＿＿＿＿＿＿＿＿＿＿＿嘅野梗係唔要。

試用粵語讀出以下句子，並解釋句子的意思。

(1) 同我將個 report print 出嚟。

(2) 佢夠唔夠 quali 㗎？

(3) 你讀邊間 U 呀？

(4) 你 mind 唔 mind 坐近窗口？

(5) 你畀條數我 check 一 check。

(6) 聽日 meet 一 meet 至講。

英語粵語化句式

流行生活中的香港話，有時會將英語詞彙粵語化地表達，也就是將英語詞彙用
講粵語的方式講出。

練習

試用粵語讀出以下句子，並解釋一下句子的意思。

(1) 你食咗 lunch 未？

(2) 個 App 真係好好用。

(3) 你 claim 唔 claim 到賠償？

(4) 唔知佢又 like 唔 likey 呢？

(5) 今次你哋 hap 唔 happy 呀？

(6) 你 pre 咗 sent 未？

六 粵讀解碼

香港粵語與廣州粵語在語音系統方面基本上一致，經過長期的社會發展和生活環境上的差異，香港粵語和廣州粵語在語言的實際運用上，便出現了一些差異。香港話除了較少受普通話影響而保留不少舊日粵語用詞，以及雜入大量的英語，甚至出現將英語粵語化的情況之外，從語言學上進一步細分的話，語音上還有以下較明顯的差別[①]：

1. 聲調上差異 —— 不少平聲字兩地讀音有差別。粵音一些陰平聲字，原有高平55 調或高降 53 調兩種讀法，廣州話習慣讀高降調，香港話則往往讀作高平調，如「邊處」的「邊」字，「工作」的「工」字，香港話都讀作 55 的高平調。

2. 韻母上差異 —— 有些韻母是香港話所獨有的，這些韻母一共四個，包括éu、ém、én 和 éd，都並非廣州話所有。

以上這些差異，正好反映出在語言運用上經過長期發展後，香港話已有不少本身語言上的特點。故此自上世紀末開始，內地和香港便先後出版了多種專門收錄和解釋香港粵語的詞典，也有不少專門針對香港方言的語言學著作出現。[②]這都說明香港話在粵方言中已具備較明顯的本土特色。

香港粵語的英語化現像

香港話在口頭表達上，往往深受英語的影響，香港粵語英語化的情況，一般來說有以下兩方面：

1. 採用從英語而來的音譯外來詞 —— 香港話口頭上有大量從英語音譯而來的詞語，像「巴士」、「的士」、「波士」、「貼士」、「多士」、「朱古力」、「士多啤梨」等都是將英語詞彙透過音譯，吸納成為香港話常用詞彙的明顯例子。

2. 直接運用英語詞彙組成詞組或句子 —— 在香港話的慣用語中，不少直接雜

[①] 以下兩項説明，根據鄭定歐《香港粵語詞典》（南京：江蘇教育出版社，1997 年）內〈引論〉部分，對香港粵語與廣州話差異的有關闡述。二〈香港的語言和方言〉，頁 5。

[②] 針對香港粵語的詞典，便有吳開斌：《簡明香港方言詞典》（廣州：花城出版社，1991 年）、鄭定歐：《香港粵語詞典》（南京：江蘇教育出版社，1997 年）；針對香港方言的語言學著作，有李新魁：《香港方言與普通話》（香港：中華書局，1988 年）、張洪年：《香港粵語語法的研究》（香港：香港中文大學出版社，2007 年），及曾子凡：《香港粵語慣用語研究》（香港：香港城市大學出版社，2008 年）。

英語字母或詞彙，與粵語一併組成詞組或句子。像擴充詞彙中所舉出的「O 咀」、「唱 K」、「開 OT」、「咁 cheap」、「call 車」等，便都是在粵語中夾雜著英語詞彙的香港話。

香港話中的粵語化英語

香港話在口頭表達方面，還有一較特殊的現像，便是將英語詞彙粵語化地表達。這情況大概有以下的兩種方式：

. 在讀音上將英語詞彙變成粵語字詞一樣，不分輕重地逐個音讀出，例如：

你 claim 唔 claim 到賠償？　　〔你申請到賠償嗎？〕

個 App 真係好好用。　　　　〔這個應用程式真的很好用。〕

你食咗 lunch 未？　　　　　〔你吃過午餐沒有？〕

以上例子中所夾雜的英語詞彙，不少人會用講粵語的方式，將英語詞彙音節逐一讀出，變成像粵語單音詞一樣地表達。

. 將英語詞彙用粵語語法組成詞句 —— 另一常見做法是在口頭表達時，依粵語語法或句式，將英語詞彙套用或改變。例如：

唔知佢又 like 唔 likey 呢？　　〔不曉得他會否喜歡呢？〕

今次你哋 hap 唔 happy 呀？　　〔這趟你們高興嗎？〕

以上例子中的英語詞彙，便是用粵語「食唔食飯」、「睇唔睇戲」的句式改造，變成了粵語化的詞語。又如在本地大學內，流行於同學間的一句話：

你 pre 咗 sent 未？　　　　　〔你完成了課堂的導修沒有？〕

在上述例子中，便是將英語「present」一詞，依粵語「你食咗飯未」、「你瞓咗覺未」的句式，粵語化改造後在口頭講出。像以上這些英語詞彙直接或間接影響香港粵語運用的例子，除了說明香港粵語用上述方式大量吸納英語詞彙入粵語當中，而成為深具地方特色的語言之外；也說明了香港粵語在表達上之所以會更靈活生動的原因所在。

七　短文朗讀

香港特別行政區嘅語文政策係兩文三語。兩文係英文同中文，三語就係英語、粵語同埋普通話。

　　由於中英文係法定語文，所以書寫上，絕大部份嘅政府公文、街名都係中英
並用。不過，中文喺法律上冇定明係邊一種口語，而香港人佔咗八九成都係講廣
東話，基於社會嘅實際需要，喺報案供詞、法庭審訊，都接受用粵語口語做書面記
錄。香港立法會嘅會議，或者政府新聞發佈會呢啲官方場合，都係有英語、粵語，
同普通話做即時傳譯嘅。

節慶習俗

hêng¹ gong² déi² guo³ nin⁴ cêu⁴ zo² deo⁶ léi⁶ xi⁶ ji¹ ngoi⁶,
香 港 地 過 年 除 咗 拉 利 是 之 外,
zung⁶ yeo⁵ med¹ yé⁵ zab⁶ zug⁶ tung⁴ hing³ zug¹ jid³ mug⁶ né¹?
仲 有 乜 嘢 習 俗 同 慶 祝 節 目 呢?

一 基本用語

香港粵語	拼音	普通話
過年	guo³ nin⁴	春節
逗利是	deo⁶ léi⁶ xi⁶	接紅包
團年飯	tün⁴ nin⁴ fan⁶	年夜飯
行花市	hang⁴ fa¹ xi⁵	逛花市
黃大仙	wong⁴ dai⁶ xin¹	黃大仙祠簡稱
轉運	jun² wen⁶	改運
維港	wei⁴ gong²	維多利亞港簡稱
煙花	yin¹ fa¹	放煙火
玩燈籠	wan² deng¹ lung⁴	提燈籠
舞火龍	mou⁵ fo² lung⁴	舞火龍燈

二 情境對話

農曆新年

1. gung¹ héi² fad³ coi⁴, zug¹ néi⁵ sen¹ yed¹ nin⁴ sen¹ tei² gin⁶ hong¹, hog⁶ yib⁶ zên³ bou⁶
   恭 喜 發 財，祝 你 新 一 年 身 體 健 康，學 業 進 步

2. gung¹ héi², gung¹ héi²! zug¹ néi⁵ yu⁶ lei⁴ yu⁶ léng³, xing¹ jig¹ ga¹ sen¹!
   恭 喜，恭 喜！祝 你 愈 嚟 愈 靚，升 職 加 薪！

3. hêng¹ gong² déi² guo³ nin⁴ cêu⁴ zo² deo⁶ léi⁶ xi⁶ ji¹ ngoi⁶, zung⁶ yeo⁵ med¹ yé⁵ zab⁶
   香 港 地 過 年 除 咗 逗 利 是 之 外， 仲 有 乜 嘢 習
   zug⁶ tung⁴ hing³ zug¹ jid³ mug⁶ né¹?
   俗 同 慶 祝 節 目 呢？

4. nin⁴ sa¹ a⁶ man⁵ xig⁶ yun⁴ tün⁴ nin⁴ fan⁶, wui⁵ hêu³ wei⁴ yun² hang⁴ fa¹ xi⁵, yeo⁵
   年 卅 晚 食 完 團 年 飯，會 去 維 園 行 花 市，有
   di¹ zung⁶ hêu³ wong⁴ dai⁶ xin¹ sêng⁵ teo⁴ ju³ hêng¹.
   啲 仲 去 黃 大 仙 上 頭 炷 香。

5. nin⁴ co¹ yed¹ wui⁵ hêu³ lem⁴ qun¹ hêu³ yun⁶ xu⁶ déng³ bou² dib⁶ , yé⁶ man⁵ hêu³ jim¹

年 初 一 會 去 林 村 許 願 樹 掟 寶 牒 ， 夜 晚 去 尖

dung¹ tei² fa¹ cé¹ cên⁴ yeo⁴ wui⁶ yin² .

東 睇 花 車 巡 遊 匯 演 。

6. co¹ yi⁶ hoi¹ zo² nin⁴ , hou² do¹ yen⁴ wui⁵ hêu³ cé¹ gung¹ miu² bai³ sen⁴ , mai⁵ fung¹

初 二 開 咗 年 ， 好 多 人 會 去 車 公 廟 拜 神 ， 買 風

cé¹ jun² wen⁶ .

車 轉 運 。

7. hei⁶ mei⁶ go² man⁵ wei⁴ gong² sêng⁶ hung¹ yeo⁵ ho⁶ sêu³ yin¹ fa¹ wui⁶ yin² a³ ?

係 咪 嗰 晚 維 港 上 空 有 賀 歲 煙 花 匯 演 呀 ？

8. hei⁶ a³ . jing¹ yud⁶ seb⁶ ng⁵ men⁴ fa³ zung¹ sem¹ cêd¹ min⁶ , zung⁶ yeo⁵ yun⁴ xiu¹

係 呀 。 正 月 十 五 文 化 中 心 出 面 ， 仲 有 元 宵

coi² deng¹ wui² tim¹ , héi³ fen¹ hou² yid⁶ nao⁶ ga³ .

綵 燈 會 喺 ， 氣 氛 好 熱 鬧 㗎 。

普通話對譯

1. 恭喜發財，祝你新一年身體健康，學業進步！

2. 恭喜，恭喜！祝你愈來愈漂亮，升職加薪！

3. 香港這地方過年，除了接紅包之外，還有甚麼習俗和慶祝節目呢？

4. 年卅晚吃過團年飯，會到維園逛花市，有些人會到黃大仙上頭炷香。

5. 年初一會到林村許願樹去拋寶牒，晚上往尖東去，看花車巡遊匯演。

6. 初二開年後，許多人會到車公廟拜神，買風車改運。

7. 是否這天晚上，在維多利亞港上空有賀歲煙花匯演呢？

8. 對呀。正月十五在文化中心外面還有元宵綵燈會，氣氛十分熱鬧呢。

中秋節

hêng¹ gong² yen⁴ gé³ zung¹ ceo¹ jid³ wui⁵ dim² guo³ ga³ ?

香 港 人 嘅 中 秋 節 會 點 過 㗎 ？

2. go² géi² yed⁶ gog³ kêu¹ dou¹ yeo⁵ coi² deng¹ wui², wei⁴ yun² zeo⁶ zêu³ dai⁶ ying⁴,

　　咽　幾　日　各　區　都　有　綵　燈　會，維　園　就　最　大　型，

　　hou² do¹ yen⁴ hêu³ wan² deng¹ lung⁴ tung⁴ sêng² yud⁶.

　　好　多　人　去　玩　燈　籠　同　賞　月。

3. zung⁶ ho² yi⁵ hêu³ jim¹ dung¹ wag⁶ zé² san¹ déng² sêng² yud⁶, yeo⁵ yen⁴ wui⁵ hêu³

　　仲　可　以　去　尖　東　或　者　山　頂　賞　月，有　人　會　去

　　dou³ sei¹ gung³ tim¹.

　　到　西　貢　嚟。

4. zung¹ ceo¹ qin⁴ heo⁶ sam¹ man⁵, dai⁶ hang¹ dou¹ yeo⁵ mou⁵ fo² lung⁴, hei⁶ hou² yeo⁵

　　中　秋　前　後　三　晚，大　坑　都　有　舞　火　龍，係　好　有

　　deg⁶ xig¹ gé³ bun² déi⁶ fung¹ zug⁶.

　　特　色　嘅　本　地　風　俗。

5. zung⁶ yeo⁵ bing¹ péi⁴ yud⁶ béng², hei⁶ sei³ gai³ seo² cong³ gé³ hêng¹ gong² zung¹

　　仲　有　冰　皮　月　餅，係　世　界　首　創　嘅　香　港　中

　　ceo¹ méi⁵ xig⁶.

　　秋　美　食。

普通話對譯

1. 香港人的中秋節會怎樣過呢？

2. 那幾天各區都有綵燈會，維園的規模就最大，很多人到那兒提燈籠和賞月

3. 還可以到尖東或是山頂賞月，也有人到西貢去呢。

4. 中秋節前後三個晚上，大坑都有舞火龍，這是很有特色的本地風俗。

5. 還有冰皮月餅，是世界首創的香港中秋美食。

三　擴充詞彙

香港傳統節日

節日	拼音	時間	活動
農曆新年	nung⁴ lig⁶ sen¹ nin⁴	農曆正月初一	維園行年宵、大埔林村許願樹許願、尖東花車巡遊匯演
車公誕	cé¹ gung¹ dan³	農曆正月初二	拜車公、維港煙花匯演
元宵節	yun⁴ xiu¹ jid³	農曆正月十五	文化中心露天廣場元宵綵燈晚會
清明節	qing¹ ming⁴ jid³	四月五日	登高掃墓
天后誕	tin¹ heo⁶ dan³	農曆三月廿三	西貢大廟拜天后、元朗十八鄉花炮會景巡遊
太平清醮	tai³ ping⁴ qing¹ jiu³	農曆四月初五至九	長洲飄色會景巡遊、搶包山、食平安包
端午節	dün¹ ng⁵ jid³	農曆五月初五	中環海濱睇香港國際龍舟邀請賽
盂蘭節	yu⁴ lan⁴ jid³	農曆七月十五	維園及各區盂蘭勝會、睇神功戲
中秋節	zung¹ ceo¹ jid³	農曆八月十五	維園或山頂賞月、大坑舞火龍、食冰皮月餅
重陽節	cung⁴ yêng⁴ jid³	農曆九月初九	登高掃墓、郊野遠足
冬至	dung¹ ji³	十二月廿二日	一家人食冬至晚飯、食湯丸

農曆新年祝頌語

恭喜發財	gung¹ héi² fad³ coi⁴	生意興隆	sang¹ yi³ hing¹ lung⁴
利是逗來	léi⁶ xi⁶ deo⁶ loi⁴	財源廣進	coi⁴ yun⁴ guong² zên³
大吉大利	dai⁶ ged¹ dai⁶ léi⁶	財運亨運	coi⁴ wen⁶ heng¹ tung¹
迎春接福	ying⁴ cên¹ jib³ fug¹	橫財就手	wang⁴ coi⁴ zeo⁶ seo²
龍馬精神	lung⁴ ma⁵ jing¹ sen⁴	豬籠入水	ju¹ lung⁴ yeb⁶ sêu²
萬事勝意	man⁶ xi⁶ xing³ yi³	升職加薪	xing¹ jig¹ ga¹ sen¹
如意吉祥	yu⁴ yi³ ged¹ cêng⁴	學業進步	hog⁶ yib⁶ zên³ bou⁶
心想事成	sem¹ sêng² xi⁶ xing⁴	身體健康	sen¹ tei² gin⁶ hong¹
老少平安	lou⁵ xiu³ ping⁴ on¹	快高長大	fai³ gou¹ zêng² dai⁶
出入平安	cêd¹ yeb⁶ ping⁴ on¹	美麗動人	méi⁵ lei⁶ dung⁶ yen⁴
五福臨門	ng⁵ fug¹ lem⁴ mun⁴	新年快樂	sen¹ nin⁴ fai³ log⁶

四 常用詞語

從「揞」説粵語的活潑生動

「揞」字的意思是兩掌向上，把東西輕輕托起，例如你把一個櫃子托起來，想找人扶一把，便可以跟他說：「幫我揞下個櫃。」意指他不用施力，只順勢托一下就好了。

「揞」的姿態手掌向上，因而引申到有接受、領取的意思。從前有「揞人工」、「揞人二分四」的講法，現在已不流行，但是，「揞」與「利是」連用則已成為習慣用語，四海通行。

粵語對各種手部動作多有對應的用詞，所以單是説手勢，粵語也夠活潑生動，現把日常生活經常用到的舉例如下：

粵語	拼音	詞義	例句
兜	deo[1]	捧起，或把東西向上翻起	① 兜啲水嚟洗面。 ② 啲菜兜多兩下就可以上碟。
撳	gem[6]	按	撳櫃員機撳錢。
揼	dem[2]	扔、掉、捶	① 唔好亂揼垃圾。 ② 揼骨要有技巧。
掟	déng[3]	擲	掟嘢落街好易掟死人！
揞	ngem[2]	掩	點解揞住個嘴？
掹	meng[1]	拔起	要掹條白頭髮出嚟！
扚	dig[1]	揪出來	警察扚咗個賊返差館。
掂	dim[3]	觸摸	唔好掂個蛋糕。
鬥	deo[3]	觸摸	唔好鬥人地嘅嘢。
摸	mo[2]	觸摸	我摸下個袋，先發現唔見咗銀包。
揩	hai[1]	摸、蹭	你對手污糟，唔好周圍揩。
揸	za[1]	拿	① 警察同賊佬都揸鎗搵食。 ② 邊個係揸 fit 人？
攞	lo[2]	拿、提	櫃員機壞咗，攞唔到錢。
拎	ling[1]	拿、提	拎住個行李喼去邊度？
扐	lig[1]	拿、提	啲嘢好重，扐到好劫。
挽	wan[2]	提	佢同老婆挽埋手袋一齊出街。
抽	ceo[1]	提	呢袋嘢唔重，我一隻手都抽得起。

粵語語意豐富，摹描細緻，像「掂」、「鬥」、「摸」、「揩」都表示觸摸，但運用起來有細微的差異。初學者需要通過生活，慢慢體會有關的語境和用語含意。

練習

試從上述動作有關用詞中，選出合適的填在橫線上，並用粵語讀出句子。

(1) ＿＿＿＿＿上許願樹嘅寶牒，原來係啲紙同膠桔。

(2) 大家行花市時候，唔好隨地＿＿＿＿＿垃圾。

(3) 聽到有人燒爆仗，大家即刻＿＿＿＿＿住耳仔。

(4) 快啲嚟＿＿＿＿＿下吉祥物，可以成年行好運。

(5) 舞獅嘅時候，有一個＿＿＿＿＿住芭蕉扇嘅大頭佛。

粵語的動詞

粵語的動詞，有的跟普通話一樣，例如：「打電話」的「打」，或是「聽音樂」的「聽」；有的可以簡單做對換，如把「吃」換成「食」，「看」換成「睇」；也有難以找出準確互換的用詞，像「揸」、「扚」、「揼」、「揠」等粵語動詞，普通話便不易找出相應的用語。

練習

試從課文找出適當的動詞，在空格中填上，並用粵語讀出各個詞組。

(1) ☐ 利是　　(2) ☐ 花市

(3) ☐ 團年飯　　(4) ☐ 寶牒

(5) ☐ 頭炷香　　(6) ☐ 燈籠

(7) ☐ 月　　(8) ☐ 火龍

試從擴充詞彙的部份，為下列句子選出合適的詞語。

(1) 恭喜發財，祝你新一年＿＿＿＿＿＿＿＿＿＿＿＿＿＿＿

(2) 今日係＿＿＿＿＿＿，我哋約好一齊去＿＿＿＿＿＿＿＿＿＿。

五 常用句子

「除咗⋯⋯仲有⋯⋯」、「仲有」、「仲」

「除咗⋯⋯仲有⋯⋯」的用法，跟「除了⋯⋯還有⋯⋯」一致。「仲有」是「還有」的意思，而「仲」的單詞運用，除了表示「還是」、「仍然」，也表示較高的程度，相當於「更」的用法。例句如下：

冰皮月餅仲好食。	冰皮月餅更好吃。
佢仲靚過明星。	她比明星更漂亮。
我仲喺香港。	我還在香港。
呢度有戲院，仲有保齡球場。	這裏有電影院，還有保齡球場。
除咗花車巡遊，仲有煙花匯演。	除了花車巡遊，還有煙花匯演。

練習

試從方格中的詞語，選出最合適的寫在橫線上，並用粵語讀出句子。

> 除咗　　仲　　仲有

(1) 你話執咗屋，點解_____咁亂？

(2) 芝麻糊好甜，蕃薯糖水_____甜。

(3) 南瓜_____好食，_____好有營養。

(4) 你話趕時間，點解_____唔行？

(5) 端午節_____睇龍舟，_____糭食。

六 粵讀解碼

粵語鼻音韻母 in 和 ing

在粵語和普通話語音系統中，雖然都有 in 和 ing 兩個韻母，然而習慣講普通話的人，在學習粵語時往往會將韻母 ing 誤讀成 in，例如：

升 $xing^1$	→	仙 xin^1
慶 $hing^3$	→	獻 hin^3
精 $jing^1$	→	煎 jin^1
英 $ying^1$	→	煙 yin^1
冰 $bing^1$	→	邊 bin^1
平 $ping^4$	→	便 (宜) pin^4
清明 $qing^1ming^4$	→	千綿 qin^1min^4

之所以有這種發音上的錯誤，這是因為 ing 這個鼻音韻母，雖然同時存在於粵普兩種語音系統之中，不過在粵語中的發音其實和普通話不同 —— 粵語的鼻音韻母 ing 中的 i 是短元音，故此發音較短，發音時開口度也比普通話要大，兩者有明顯的差別。如果習慣了普通話 ing 的發音方式 —— 開口度較小，發音較長的話，便很易變成了粵音鼻音韻母 in 的發音，出現了像以上的錯誤。

要避免上述問題的話，在讀粵音 ing 韻母字時，除了須注意發鼻音之外，更須注意發音時咀巴盡量向兩邊張開，發音時間也不可拖長。以下是鼻音韻母 in 和 in 的字例舉述：

鼻音韻母 in		鼻音韻母 ing	
仙跡	$xin^1 jig^1$	升職	$xing^1 jig^1$
年願	$nin^4 yun^6$	寧願	$ning^4 yun^6$
天日	$tin^1 yed^6$	聽日	$ting^1 yed^6$
箋簡	$jin^1 gan^2$	精簡	$jing^1 gan^2$
見禮	$gin^3 lei^5$	敬禮	$ging^3 lei^5$
盡獻	$zên^6 hin^3$	盡興	$zên^6 hing^3$
善意	$xin^6 yi^3$	盛意	$xing^6 yi^3$
事先	$xi^6 xin^1$	事成	$xi^6 xing^4$

續上表

鼻音韻母 in		鼻音韻母 ing	
騈文	$pin^4\ men^4$	平民	$ping^4\ men^4$
千秋	$qin^1\ ceo^1$	清秋	$qing^1\ ceo^1$
前面	$qin^4\ min^6$	情面	$qing^4\ min^6$
煙花	$yin^1\ fa^1$	櫻花	$ying^1\ fa^1$
紅蓮	$hung^4\ lin^4$	紅綾	$hung^4\ ling^4$

　　以上所舉的都是彼此讀音較接近的常用字詞，學習時可以一一朗讀及細心對照，在比較不同讀音及發音方式之下，見出其間的具體差異，能有助分辨粵語鼻音韻母 in 和 ing 發音上的不同。

七 短文朗讀

　　香港人所謂「紅日」係指公眾假期，因為係日曆上面。呢啲日子係印上紅色嘅。唔計星期日嚟講，香港上班一族有 17 或者 12 日嘅公眾假期，17 日係政府部門、銀行、教育機構或者公共機構返工嘅人放嘅，所以又叫「銀行假」，而嗰 12 日係界乎其他工種嘅打工仔放嘅，由於多數係勞動階層，所以叫「勞工假」。

　　勞工假包括：元旦、農曆年初一至三、清明節、勞動節、端午節、香港特別行政區成立紀念日、中秋節翌日、國慶日、重陽節同聖誕節。銀行假就再加上佛誕、聖誕節翌日、兩日嘅耶穌受難節，同埋復活節。

街市買餸

béi² gen¹ geo² géi² , yung⁶ lei⁴
畀斤枸杞，用嚟
guen² ju¹ yên² tong¹.
滾豬膶湯。

一 基本用語

香港粵語	拼音	普通話
買餸	mai^5 sung^3	買菜
諗住	nem^2 ju^6	打算
豬膶	ju^1 yên^2	豬肝
老	lou^5	不鮮嫩
黑掹掹	heg^1 meng^1 meng^1	黑糊糊
甘筍	gem^1 sên^2	胡蘿蔔
蕃茄	fan^1 ké^2	西紅柿
薯仔	xu^4 zei^2	土豆；馬鈴薯
菜心	coi^3 sem^1	油菜
肥淰淰	féi^4 nam^6 nam^6	油膩
至緊要	ji^3 gen^2 yiu^3	最要緊
嚿	geo^6	塊
肥膏	féi^4 gou^1	脂肪
至正	ji^3 zéng^3	最好

二 情境對話

菜檔買餸

1. zou^2 sen^4 a^3 léng^3 nêu^2，gem^1 can^1 nem^2 ju^6 xig^6 med^1 sung^3 a^3？

    早 晨 呀 靚 女，今 餐 諗 住 食 乜 餸 呀？

2. geo^2 géi^2 léng^3 m^4 léng^3？béi^2 gen^1 ngo^5 tung^4 ju^1 yên^2 yed^1 cei^4 guen^2 tong^1.

    枸 杞 靚 唔 靚？畀 斤 我 同 豬 膶 一 齊 滾 湯。

3. m^4 hou^2 yi^3 xi^1，ngam^1 ngam^1 mai^6 sai^3. bed^1 yu^4 yiu^3 sei^1 yêng^4 coi^3 a^1，geo^2 sai^3 sen^1 xin^1.

    唔 好 意 思，啱 啱 賣 晒。不 如 要 西 洋 菜 吖，夠

    晒 新 鮮。

4. tei² log⁶ hou² lou⁵ zeo⁶ zen¹ , heg¹ meng¹ meng¹ gem² , giu³ yen⁴ dim² xig⁶ a³ ?
   睇 落 好 老 就 真 , 黑 掹 掹 咁 , 叫 人 點 食 呀 ?

5. yed¹ hei⁶ mai⁵ gem¹ sên² tung⁴ fan¹ ké² , gab³ mai⁴ yêng⁴ cung¹ xu⁴ zei² jing² lo⁴
   一 係 買 甘 筍 同 蕃 茄 , 夾 埋 洋 蔥 薯 仔 整 羅
   sung³ tong¹ lo¹ .
   宋 湯 囉 。

6. gem² bong¹ ngo⁵ zeb¹ geo³ séi³ go³ yen⁴ xig⁶ fen⁶ lêng⁶ , zoi³ béi² do¹ gen¹ coi³ sem¹
   咁 幫 我 執 夠 四 個 人 食 份 量 , 再 畀 多 斤 菜 心
   ngo⁵ la¹ .
   我 啦 。

普通話對譯

. 早晨,美女。這頓飯打算吃甚麼?

. 枸杞新鮮嗎?給我一斤來跟豬肝煮湯。

. 不好意思,剛好賣光了。不如要西洋菜吧,蠻新鮮的。

. 看來其實很不鮮嫩,黑糊糊的,叫人怎麼吃呀?

. 要麼買胡蘿蔔和西紅柿,加上洋蔥跟土豆,熬個羅宋湯吧。

. 那麼給我湊夠四個人吃的份量,另外再給我一斤油菜吧。

肉檔買餸

m⁴ goi¹ , béi² ya⁶ men¹ seo³ yug⁶ ngo⁵ a¹ , ling⁶ yiu³ do¹ bun³ gen¹ ngeo⁴ méi⁵ .
唔 該 , 畀 廿 蚊 瘦 肉 我 吖 , 另 要 多 半 斤 牛 尾 。

bed¹ yu⁴ xi³ ha⁵ yung⁶ ju¹ géng² yug⁶ la¹ , ying⁶ zen¹ song² wad⁶ . ngeo⁴ méi⁵ néi⁵
不 如 試 下 用 豬 頸 肉 啦 , 認 真 爽 滑 。 牛 尾 你
sêng² dim² xig⁶ ga³ ?
想 點 食 㗎 ?

gem² téng¹ néi⁵ gong² xi³ ha⁵ la¹ , ngeo⁴ méi⁵ yung⁶ lei⁴ bou¹ tong¹ gé³ .
咁 聽 你 講 試 下 啦 , 牛 尾 用 嚟 煲 湯 嘅 。

4. dim² gai² m⁴ yung⁶ ngeo⁴ jin², m⁴ wui⁵ féi⁴ nam⁶ nam⁶, zung⁶ xin¹ tim⁴ di¹.
   點　解　唔用　牛　腒，唔會　肥　淰　淰　，仲　鮮　甜　啲。

5. gem² béi² do¹ gen¹ ngeo⁴ jin² ngo⁵ la¹, ji³ gen² yiu³ gei³ péng⁴ di¹ bo³.
   咁　畀　多　斤　牛　腒　我　啦，至　緊　要　計　平　啲　嘴。

6. néi¹ geo⁶ mou⁵ féi⁴ gou¹ zeo⁶ ji³ zéng³ lag³, qid³ do¹ zo² xiu² xiu², gei³ mai⁴ seo¹
   呢　嚿　冇　肥　膏　就　至　正　嘞，切　多　咗　少　少　，計　埋　收
   néi⁵ lug⁶ a⁶ men¹ la¹.
   你　六　十　蚊　啦。

普通話對譯

1. 請給我二十元瘦肉，另外多要半斤牛尾。
2. 不如試試豬頸肉吧，真的爽口嫩滑。牛尾你想怎麼吃呢？
3. 那聽你說試一試，牛尾是用來熬湯的。
4. 為甚麼不用牛腱？這就不會油膩，味道更鮮甜一些。
5. 那就多給我一斤牛腱吧，最要緊是算便宜一點啊。
6. 這塊沒有脂肪就最好了，多切了一點，加起來收你六十塊吧。

三 擴充詞彙

街市買餸

街市	gai¹ xi⁵	靚唔靚	léng³ m⁴ léng³
買餸	mai⁵ sung³	新鮮	sen¹ xin¹
整餸	jing² sung³	幾錢	géi² qin²
煮飯	ju² fan⁶	點賣	dim² mai⁶
煲湯	bou¹ tong¹	好貴	hou² guei³
檔口	dong³ heo²	平啲	péng⁴ di¹
菜檔	coi³ dong³	少啲	xiu² di¹
肉檔	yug⁶ dong³	秤夠	qing³ geo³

賣上表

雞鴨檔	gei^1 ab^3 dong^3	搭夠	dab^3 geo^3
魚檔	yu^2 dong^3	賣菜婆	mai^6 coi^3 po^2
生果檔	sang^1 guo^2 dong^3	豬肉佬	ju^1 yug^6 lou^2
師奶	xi^1 nai^1	賣魚佬	mai^6 yu^4 lou^2
靚女 / 仔 / 姐	léng^3 nêu^2/ zei^2 /zé^1	生果佬	sang^1 guo^2 lou^2

日常餸菜

瓜菜	gua^1 coi^3	生果	sang^1 guo^2
通菜	tung^1 coi^3	橙	cang^2
莧菜	yin^6 coi^3	蘋果	ping^4 guo^2
白菜	bag^6 coi^3	提子	tei^4 ji^2
生菜	sang^1 coi^3	士多啤梨	xi^6 do^1 bé^1 léi^2
西蘭花	sei^1 lan^4 fa^1	車厘子	cé^1 léi^4 ji^2
豬肉	ju^1 yug^6	芒果	mong^1 guo^2
牛肉	ngeo^4 yug^6	香蕉	hêng^1 jiu^1
牛腩	ngeo^4 nam^5	雪梨	xud^3 léi^4
豬脷	ju^1 léi^6	啤梨	bé^1 léi^2
西施骨	sei^1 xi^1 gued^1	西瓜	sei^1 gua^1
魚	yu^2	布冧	bou^3 lem^1
蝦蟹	ha^1 hai^5	奇異果	kéi^4 yi^6 guo^2
鵝鴨	ngo^4 ab^3	急凍	geb^1 dung^3
雞翼	gei^1 yig^6	冰鮮	bing^1 xin^1
雞胘	gei^1 béi^2	鮑魚	bao^1 yu^4

烹調及佐料

煮	ju^2	豉油	xi^6 yeo^4
炒	cao^2	醋	cou^3
炸	za^3	糖	tong^4
蒸	jing^1	鹽	yim^4

續上表

炆	men[1]	胡椒	wu[4] jiu[1]
焗	gug[6]	辣椒	lad[6] jiu[1]
炖	den[6]	薑葱	gêng[1] cung[1]
煎	jin[1]	蒜頭	xun[3] teo[4]

重量及單位

斤	gen[1]	棵	po[1]
兩	lêng[2]	嚿	geo[6]
磅	bong[6]	揪	ceo[1]
秤	qing[3]	條	tiu[4]

四 常用詞語

百搭的「靚」

「靚」指漂亮，「靚女」、「靚仔」的説法在香港流行已久，也影響到普通話有「靚女」、「帥哥」的稱謂。粵語説「靚」不單指人，也可用來讚美任何東西，把「靚」放到甚麼東西上去，即表示這東西每個方面都在美好的狀態之下，例如：

白菜好靚　→　白菜很新鮮、鮮嫩

魚肉好靚　→　魚肉很新鮮、爽口

奶茶好靚　→　奶茶口感香滑、味道好

隻錶好靚　→　這手錶的款式好、質量好

間屋好靚　→　這房子很堂皇、華麗

所以「靚」可謂百搭用語，走到菜市場上，甚麼煮食材料都可簡單用「靚」或「唔靚」來形容。

練習

除了「靚」之外，試從課文找出其他形容食材美好的詞語，寫在橫線上，並用粵語將句子讀出。

(1) 西洋菜夠晒_____。

(2) 豬頸肉認真_____。

(3) 牛膑煲湯仲_____。

(4) 牛膑冇肥膏_____。

詞尾音節重疊的形容詞

粵語常把一些音節重疊的詞尾加到單音節的形容詞上，增強所要形容的效果，像以「肥」或「肥騰騰」來說一塊豬肉的油脂豐厚，後者就更見肥實了。這類的用詞很多，例如：

wong⁴ gem⁴ gem⁴　　hung⁴ dong¹ dong³
　黃　黚　黚　　　　紅　當　當

bag⁶ xud¹ xud¹　　　cêu³ bog¹ bog¹
　白　雪　雪　　　　脆　卜　卜

yid⁶ lad⁶ lad⁶　　　dung³ bing¹ bing¹
　熱　辣　辣　　　　凍　冰　冰

tam⁵ meo⁶ meo⁶　　tim⁴ yé⁴ yé⁴
　淡　茂　茂　　　　甜　椰　椰

練習

試從上述各詞尾重疊的形容詞，選出最合適的填上橫線，並用粵語將句子讀出。

(1) 飯菜要_____。

(2) 薯片要_____。

(3) 糖水唔可以_____。

(4) 佢成身_____，著到好似個利是封。

(5) 牙齒_____，要早晚刷牙呀！

(6) 手腳_____，快啲著返件衫。

五 常用句子

「畀斤……用嚟……」

粵語用「畀」的時候，名詞前面常會加上量詞、單位詞或形容詞，用作清楚說明想要的東西究竟是甚麼。這情況在菜市場上尤為常見，而且更會補充食材的烹煮方法，以便對方選取最合適的材料，好像：

畀斤枸杞，用嚟滾豬膶湯。

畀條靚倉魚，用嚟豉汁蒸嘅。

畀五十蚊牛肉，要嚟炒嘅。

對於食材或食品的買賣，除了「畀」之外，「整」、「執」也是相近的常見用詞。

練習

試分別用所提供的詞語，組合並讀出以下各個不同的句子。

(1) 唔該整斤靚嘅_____，用嚟煲湯嘅。

    牛腩　西施骨　西洋菜

(2) 執五十蚊_____，用嚟滾湯嘅。

    蕃茄同薯仔　洋蔥同紅蘿蔔　草菇同豆腐

(3) 畀嗰_____叉燒,用嚟_____嘅。

> 肥嘅/炒蛋　瘦嘅/炒飯　睖嘅/蒸蛋

(4) 畀斤_____,用嚟_____嘅。

> 韭菜/炒蛋　　通菜/炒腐乳　　菜心/炒牛肉

買餸常用句

除了「畀斤⋯⋯用嚟⋯⋯」的句式之外,以下是其他買餸常用句:

點賣?　　甚麼價錢?

幾多錢?　多少錢?

邊啲靚?　哪一樣(東西)好?

靚唔靚?　夠不夠好?

計平啲啦!　算便宜一點吧!

唔使咁多!　用不著這麼多!

練習

擴充句子:參考擴充詞彙與下面的例句,把原句擴充,並讀出句子。

(1) 點賣?→　例句:啲_____點賣?

擴充句子:_____

(2) 幾多錢?→　例句:呢嚿_____幾多錢?

擴充句子:_____

(3) 邊啲靚?→　例句:今日邊啲_____靚?

擴充句子:_____

(4) 靚唔靚？→　例句：今日啲＿＿＿＿＿靚唔靚？

擴充句子：＿＿＿＿＿＿＿＿＿＿＿＿＿＿＿＿＿＿＿＿

(5) 計平啲啦！→　例句：咁熟，＿＿＿＿＿計平啲啦！

擴充句子：＿＿＿＿＿＿＿＿＿＿＿＿＿＿＿＿＿＿＿＿

(6) 唔使咁多！→　例句：唔使咁多，我要＿＿＿＿＿就夠！

擴充句子：＿＿＿＿＿＿＿＿＿＿＿＿＿＿＿＿＿＿＿＿

六 粵讀解碼

粵語鼻音韻母 ung 和 ong

在上一課節慶習俗和這一課街市買餸中，出現了大量屬於鼻音韻母 ung 和 ong 的字。兩課中所出現韻母屬於 ung 和 ong 的字，可列舉如下：

韻母	字例	拼音	字例	拼音
ung	農	nung⁴	同	tung⁴
	中	zung¹	仲	zung⁶
	龍、籠	lung⁴	空	hung¹
	東、冬	dung¹	重	cung⁴
	風	fung¹	餸	sung³
	恭、公	gung¹	葱	cung¹
	貢	gung³	凍	dung³
ong	黃	wong⁴	幫	bong¹
	港	gong²	講	gong²
	康	hong¹	湯	tong¹
	創	cong³	芒	mong¹
	廣	guong²	糖	tong⁴
	檔	dong³	磅	bong⁶

粵語鼻音韻母 ung 與普通話韻母的對應

一般來說粵語鼻音韻母 ung，往往多對應於普通話的 ong 韻母，小部分會對應於普通話的 eng 和 iong 韻母，例如：

普通話 ong 韻母字	農	nung[4]	重	cung[4]
	中	zung[1]	餸	sung[3]
	龍、籠	lung[4]	葱	cung[1]
	東、冬	dung[1]	凍	dung[3]
	恭、公	gung[1]	逢	fung[4]
	貢	gung[3]	工	gung[1]
	同	tung[4]	充	cung[1]
	仲	zung[6]	紅	hung[4]
	空	hung[1]	從	cung[4]
普通話 eng 韻母字	風	fung[1]	濛	mung[4]
	峰	fung[1]	逢	fung[4]
	封	fung[1]	夢	mung[6]
普通話 iong 韻母字	胸	hung[1]	凶	hung[1]
	窮	kung[4]	雄	hung[4]

粵語鼻音韻母 ong 與普通話韻母的對應

粵語鼻音韻母 ong，大部份都對應於普通話的 ang 韻母，有少部分則會對應於普通話的 iang 和 uang 韻母，例如：

普通話 ang 韻母字	港	gong[2]	芒	mong[1]
	康	hong[1]	糖	tong[4]
	廣	guong[2]	磅	bong[6]
	檔	dong[3]	方	fong[1]
	幫	bong[1]	光	guong[1]
	湯	tong[1]	當	dong[1]

續上表

普通話 iang 韻母字	講	gong²	腔	hong¹
	江	gong¹	降	hong⁴
普通話 uang 韻母字	黃	wong⁴	床	cong⁴
	創	cong³	撞	zong⁶

雖然在廣州話拼音系統和普通話拼音系統中，同時都有 ong 這個鼻音韻母，然而從上述舉例中可見，粵語的鼻音韻母 ong，往往並非對應於普通話的韻母 ong，而是主要和 ɑng 韻母對應；而普通話的鼻音韻母 ong，則主要對應於粵語的鼻音韻母 ung，對於習慣講普通話的人來說，這是在學習粵語時尤其要注意的事。

七 短文朗讀

　　廣東人講究意頭，會避開一啲唔吉利嘅說話，就算係諧音，都唔會掛喺口邊。例如「豬肝」，「肝」、「乾」同音，「乾」係冇水，亦即係冇錢嘅意思，所以唔叫「豬肝」，而叫「豬膶」。「膶」、「潤」音近，就寓意家肥屋潤，財源廣進。又例如「豬舌頭」，「舌」、「蝕」諧音，而廣東話嘅「脷」同「利」同音，啱晒意思兼好意頭，所以廣東人買餸一定會講「豬脷」而唔話「豬舌頭」。

　　同樣道理，租屋方面，廣東人一定講「交吉」而唔會話「交空」。明明係空房嘅，但係「空」、「凶」同音，實在太唔吉利，就特登將「空」講成「吉」，擺返個意頭，於是就有「交吉」、「吉屋」呢啲講法嘞。

第四課　**醫療求診**

yi¹ seng¹, ngo⁵ qin⁴ géi² yed⁶ sêng¹ fung¹, kem⁴ yed⁶
醫　生　，我　前　幾　日　傷　風　，琴　日
zung⁶ teo⁴ tung³ fad³ xiu¹, yeo⁶ ked¹ yeo⁶ eo², hou²
仲　頭　痛　發　燒　，又　咳　又　嘔　，好
sen¹ fu² a³.
辛　苦　呀　。

一 基本用語

香港粵語	拼音	普通話
姑娘	$gu^1 nêng^4$	護士
睇	tei^2	看病
之前	$ji^1 qin^4$	以前
唔妥	$m^4 to^5$	不舒服
係咁	$hei^6 gem^2$	一個勁地
一路	$yed^1 lou^6$	一直
燒	xiu^1	發燒
冷親	$lang^5 cen^1$	著涼
唞	teo^2	休息
攞	lo^2	取

二 情境對話

診所登記

1. $gu^1 nêng^4$，$m^4 goi^1 bong^1 ngo^5 deng^1 géi^3 a^1$.
   姑　娘，唔　該　幫　我　登　記　吖。

2. $jing^3 gin^2 a^1$，$néi^5 tei^2 guo^3 méi^6$?
   證　件　吖，你　睇　過　未　？

3. $ji^1 qin^4 tei^2 guo^3 léi^5 yi^1 seng^1$，$din^6 wa^2 hei^6 6121 1357$，$ho^2 yi^5 wen^2 fan^1 béng^6 l$
   之前　睇　過　李　醫　生，　電　話　係 6121 1357，可　以　攞　返　病　♪
   kad^1.
   咭。

4. $néi^5 yeo^5 med^1 m^4 to^5$? $yeo^5 mou^5 fad^3 xiu^1$? $bong^1 néi^5 lêng^4 ha^5 hüd^3 ad^3 xin^1$.
   你　有　乜　唔　妥？有　冇　發　燒？幫　你　量　下　血　壓　先。

5. $kem^4 yed^6 hoi^1 qi^2 hei^6 gem^2 ked^1 tung^4 eo^2$，$gem^1 jiu^1 zung^6 yed^1 lou^6 fad^3 xiu^1$.
   琴　日　開　始　係　咁　咳　同　嘔，今　朝　仲　一　路　發　燒。

hüd³ ad³ jing³ sêng⁴, yeo⁵ xiu² zeo⁶ yiu³ tam³ yid⁶. néi⁵ zung¹ yi³ heo² tam³ ding⁶

血　壓　正　常　，有　燒　就　要　探　熱　。你　鍾　意　口　探　定

yi⁵ tam³ ?

耳　探　？

ngam¹ ngam¹ yed¹bag³ dou⁶, xiu² xiu² xiu¹. dai³ fan¹ go³ heo² zao³ la¹, zeo⁶ dou³

啱　啱　100　度，少　少　燒　。戴　返　個　口　罩　啦，就　到

néi⁵ tei² lag³.

你　睇　嘞　。

普通話對譯

護士，請給我登記。

證件呢？你在這裏看過醫生沒有？

以前看過李醫生，我的電話是 61211357，可以把病歷咭找出來。

你哪裏不舒服？有沒有發燒？我先為你量一下血壓。

昨天開始一直咳嗽和嘔吐，今天早上還一直發燒。

血壓正常，發燒的話就要給你探熱。你喜歡「口探」還是「耳探」？

剛好 100 度，有點兒發燒，戴上口罩吧，快到你見醫生了。

醫生睇症

yi¹ seng¹, ngo⁵ qin⁴ géi² yed⁶ sêng¹ fung¹, kem⁴ yed⁶ zung⁶ teo⁴ tung³ fad³ xiu¹, yeo⁶

醫　生　，我　前　幾　日　傷　風　，琴　日　仲　頭　痛　發　燒　，又

ked¹ yeo⁶ eo², zen¹ hei⁶ hou² sen¹ fu² a³.

咳　又　嘔　，真　係　好　辛　苦　呀　。

néi⁵ yeo⁵ di¹ xiu¹, heo⁴ lung⁴ zung⁶ fad³ yim⁴, hei⁶ lang⁵ cen¹ gong¹ héi² gem²

你　有　啲　燒　，喉　嚨　仲　發　炎　，係　冷　親　剛　起　感

mou⁶.

冒　。

tung⁴ néi⁵ da² fan¹ ji¹ zem¹ xin¹, fan¹ hêu³ xig⁶ yêg⁶ teo² ha⁵, hou² fai³ mou⁵ xi⁶.

同　你　打　返　枝　針　先　，返　去　食　藥　哗　下　，好　快　冇　事　。

4. yêg⁶ sêu² mou⁵ ked¹ tung⁴ fad³ xiu¹ ho² yi⁵ m⁴ xig⁶ , xiu¹ yim⁴ yêg⁶ zeo⁶ yiu³ xig⁶ sai³ .

   藥 水 冇 咳 同 發 燒 可 以 唔 食 ， 消 炎 藥 就 要 食 晒 。

5. m⁴ goi¹ sai³ . zêu³ hou² béi² mai⁴ néi¹ lêng⁵ yed⁶ gé³ yi¹ seng¹ ji² ngo⁵ la¹ .

   唔 該 晒 。 最 好 畀 埋 呢 兩 日 嘅 醫 生 紙 我 啦 。

6. Ok , néi⁵ lo² yêg⁶ xi⁴ gu¹ nêng⁴ wui⁵ béi² néi⁵ . zung⁶ yeo⁵ mou⁵ men⁶ tei⁴ ?

   Ok ， 你 擺 藥 時 姑 娘 會 畀 你 。 仲 有 冇 問 題 ?

7. mou⁵ lag³ , ying² zen¹ m⁴ goi¹ sai³ , bye bye !

   冇 嘞 ， 認 真 唔 該 晒 ， byebye !

普通話對譯

1. 醫生，前幾天我傷風，昨天還頭疼發燒，又咳嗽和吐，真的十分難受。
2. 你有點兒發燒，還有喉嚨發炎，是著涼而剛開始的感冒。
3. 先給你打針，回去吃藥休息，很快就沒事。
4. 藥水要是沒咳嗽跟發燒的話，可以不用吃，消炎藥就要全吃光。
5. 謝謝你。最好一起給我這兩天的醫生證明吧。
6. OK，在你取藥時候護士會給你的。還有問題嗎?
7. 沒有了，真的很感謝，Bye Bye !

三 擴充詞彙

醫療求診

醫療	yi¹ liu⁴	登記處	deng¹ géi³ qu³
求診	keo⁴ cen²	登記	deng¹ géi³
保健處	bou² gin⁶ qu³	掛號	gua³ hou⁶
診所	cen² so²	睇症	tei² jing³

續上表

醫院	yi¹ yun²	證件	jing³ gin²
私家	xi¹ ga¹	病歷咭	béng⁶ lig⁶ kad¹
公立	gung¹ leb⁶	量血壓	lêng⁴ hüd³ ad³
西 / 中醫	sei¹ / zung¹ yi¹	探熱	tam³ yid⁶
內 / 外科	noi⁶ / ngoi⁶ fo¹	照肺	jiu³ fei³
專科	jun¹ fo¹	打針	da² zem¹
牙科	nga⁴ fo¹	食藥	xig⁶ yêg⁶
醫生	yi¹ seng¹	開刀	hoi¹ dou¹
護士	wu⁶ xi⁶	做手術	zou⁶ seo² sêd⁶
病人	béng⁶ yen⁴	急症室	geb¹ jing³ sed¹
門診	mun⁴ cen²	病房	béng⁶ fong²

一般病症

發燒	fad³ xiu¹	肚痛	tou⁵ tung³
傷風	sêng¹ fung¹	肚屙	tou⁵ o¹
鼻塞	béi⁶ seg¹	氣喘	héi³ qun²
頭痛	teo⁴ tung³	發冷	fad³ lang⁵
嘔	eo²	失眠	sed¹ min⁴
咳	ked¹	手軟腳軟	seo² yun⁵ gêg³ yun⁵
冷親	lang⁵ cen¹	胃痛	wei⁶ tung³
感冒	gem² mou⁶	便秘	bin⁶ béi³
喉嚨痛	heo⁴ lung⁴ tung³	暗瘡	em³ cong¹
腸胃炎	cêng⁴ wei⁶ yim⁴	皮膚痕癢	péi⁴ fu¹ hen⁴ yêng⁵

常用詞語

作連詞或介詞的：「同」

粵語常用「同」來連接不同的事物，但「同」也可作介詞，用於「為」、「給」、「同」、「對」等情況，例如：

唔該同我登記	請給我登記
要同你打支針	要給你打針
同你講聲對唔住	跟你說聲對不起
頭痛同發冷	頭疼和發冷
唔鍾意打針同食藥	不喜歡打針和吃藥

一詞多義的「辛苦」

「辛苦」在普通話裏多用於客套話，例如：「這事辛苦大家了！」，可是粵語的「辛苦」應用很廣，大凡感到勞苦、疲憊、吃力、難受、艱苦的，通常都說「辛苦」。看病要表達不適的時候，往往就簡單的說：「我覺得好辛苦！」

練習

✒ 試用粵語講出以下句子。

(1) 肚子餓得很難受。

(2) 經常氣喘，難受極了。

(3) 我不怕艱苦，只想完成任務。

(4) 現在年紀大了，當夜班感到很勞累。

(5) 他在戶外工作，日灑雨淋，十分吃力。

「疼」、「痛」不分

「疼」可唸作 teng⁴（音騰）或 tung³（音痛），但廣東人習慣唸「痛」，於是「疼」「痛」不分。書寫的時候，「疼」作「疼愛」的意思仍寫做「疼」，但其他「牙痛」、「頭痛」、「肚痛」、「胃痛」、「腳痛」，一律作「痛」。

關於「痛」的形容

「痛」是主觀的感受，但「痛」的情況與程度非常多樣化，於是有很多不同的

述方法，以下是粵語的一些表達用語：

xiu² xiu² tung³	m⁴ hei⁶ géi² tung³
小 小 痛	唔 係 幾 痛
hou² tung³	zem¹ ged¹ gem³ tung³
好 痛	針 拮 咁 痛
la² ju⁶ tung³	cé² ju⁶ tung³
捹 住 痛	扯 住 痛
bao³ za³ gem³ tung³	tung³ dou³ séi² séi² ha²
爆 炸 咁 痛	痛 到 死 死 下
tung³ dou³ fen³ m⁴ zêg⁶	tung³ dou³ kéi⁵ m⁴ zig⁶
痛 到 瞓 唔 著	痛 到 企 唔 直

練習

情境對話：試參考上文及擴充詞彙，選取適當詞語填在橫線上，然後兩人一組，輪流對話。

護士：你掛咗號未？想睇乜嘢科？

病人：我電話登記咗，想睇＿＿＿＿＿＿＿＿＿＿。

醫生：你邊度唔舒服？

病人：我＿＿＿＿＿＿＿＿＿＿同＿＿＿＿＿＿＿＿＿＿，覺得好辛苦。

醫生：幾時開始嘅？

病人：由＿＿＿＿＿＿＿＿＿＿到依家都痛。

醫生：點樣痛法呢？

病人：＿＿＿＿＿＿＿＿＿＿＿＿＿＿＿＿＿＿＿＿＿＿＿＿。

病人：醫生我個病點樣呀？

醫生：你係＿＿＿＿＿＿＿＿＿＿，＿＿＿＿＿＿＿＿＿＿好快會冇事。

169

五 常用句子

看病常用句

以下是看病常用的句子：

唔該幫我登記	請給我登記
唔該幫我掛號	請給我掛號
唔該幫我探熱	請為我探熱
我有啲發燒	我有一點發燒
畀個口罩我	給我一個口罩
可唔可以唔食抗生素	可以不吃抗生素嗎
畀張醫生紙我	給我一張醫生證明

練習 ///

✐ 試分別用所提供的詞語，組合並讀出以下各個不同的句子。

(1) 姑娘，唔該你幫我＿＿＿＿＿＿＿＿吖。

> 掛號　量血壓　探熱　問醫生

(2) ＿＿＿＿＿開始有啲＿＿＿＿＿＿＿。

> 今朝 / 發燒　琴日 / 頭暈　前晚 / 肚痛　前幾日 / 發冷

(3) 醫生，係咪可以唔使＿＿＿＿＿同＿＿＿＿＿？

> 打針 / 食藥　照肺 / 食抗生素　入院 / 住病房

(4) 我想要＿＿＿＿＿＿＿唔要＿＿＿＿＿＿＿。

> 藥水 / 藥丸　食藥 / 打針　睇專科 / 開刀

(5) 我要＿＿＿＿＿＿＿，想攞埋＿＿＿＿＿＿＿。

> 請假 / 病假紙　去旅行 / 旅行藥　公幹 / 多幾日藥

(6) 我幾時＿＿＿＿＿＿＿＿＿＿＿＿＿＿＿＿＿＿＿＿＿

> 至會好返　返嚟覆診　知道化驗結果

///

六 粵讀解碼

粵音韻母 oi

由於在普通話語音系統當中，並沒有粵音系統中的 oi 韻母，故此習慣講普通話的人，在粵語發音方面尤其困難。粵語中常見屬於 oi 韻母的字，可舉例如下：

內	noi^6	耐	noi^6	奈	noi^6
外	ngoi^6	礙	ngoi^6	害	hoi^6
菜	coi^3	賽	coi^3	塞	coi^3
再	zoi^3	載	zoi^3	愛	oi^3
概	koi^3	溉	koi^3	蓋	goi^3
開	hoi^1	海	hoi^2	在	zoi^6
來	loi^4	採	coi^2	睬	coi^2
才	coi^4	財	coi^4	裁	coi^4
栽	zoi^1	災	zoi^1	該	goi^1

以上例字是前面學過及在生活上常用屬於 oi 韻母的字，遇上時注意發音，便了依各字的聲母，和當中複合元音韻母拼音準確地讀出。

粵語韻母 oi 與普通話韻母的對應

粵語語音系統中 oi 韻母的字，在普通話中大多數屬於 ai 韻母的字，一小部分則屬於普通話 ei 韻母的字，例如：

	耐	noi^6	奈	noi^6
	外	ngoi^6	礙	ngoi^6
	菜	coi^3	賽	coi^3
	再	zoi^3	載	zoi^3
	概	koi^3	溉	koi^3
普通話 ai 韻母字	開	hoi^1	害	hoi^6
	來	loi^4	塞	coi^3
	才	coi^4	愛	oi^3
	財	coi^4	蓋	goi^3
	採	coi^2	在	zoi^6
	栽	zoi^1	睬	coi^2

續上表

	災	zoi¹	裁	coi⁴
	哀	oi¹	埃	oi¹
	台	toi⁴	萊	loi⁴
	腮	soi¹	胎	toi¹
	海	hoi²	該	goi¹
普通話 ei 韻母字	內	noi⁶	耒	loi⁶

七 短文朗讀

香港有 18 間公立醫院有急症室服務，係全日 24 小時服務嘅。病人去急症室登記之後，護士會根據病人嘅情況，分做危殆、危急、緊急、次緊急，同非緊急五類嘅治療。呢個係一個分流制度，唔係先到先得，而係會因應病況嘅緊急性，嚟定睇醫生嘅次序。

醫院管理局發出過輪候急症服務嘅參考時間，最耐係會超過 8 個鐘嘅基督教聯合醫院，同埋會超過 6 個鐘嘅北區醫院，其餘就大部份都係等超過一兩個小時啫。急症室因為要處理出意外嘅傷者，同突發垂危嘅病人，所以等嘅時間真係估唔到。

意外事故

一 基本用語

香港粵語	拼音	普通話
弊	bei^6	糟了
銀包	ngen^4 bao^1	錢包
幫手	bong^1 seo^2	幫忙
搵真啲	wen^2 zen^1 di^1	找清楚點
畀人	béi^2 yen^4	讓人
打荷包	da^2 ho^4 bao^1	偷錢包
迫車	big^1 cé^1	擠車
阿 Sir	a^3 Sir	警察
執	zeb^1	拾
齊晒	cei^4 sai^3	齊全
困軚	wen^3 lib^1	被困在電梯
做乜	zou^6 med^1	為甚麼
梗係	geng^2 hei^6	定是
白車	bag^6 cé^1	救護車
咯	lo^3	了 [表示強調的語助詞]
十字車	seb^6 ji^6 cé^1	救護車
阿伯	a^3 bag^3	伯伯

二 情境對話

車廂失竊

1. bei^6 ! m^4 gin^3 zo^2 go^3 ngen^4 bao^1 , m^4 ji^1 hei^6 mei^6 béi^2 yen^4 teo^1 zo^2 .

   弊！唔見咗個銀包，唔知係咪畀人偷咗。

2. wen^2 zen^1 di^1 xin^1 la^1 , zen^1 hei^6 mou^5 zeo^6 wen^2 gong^2 tid^3 jig^1 yun^4 bong^1 seo^2 .

   搵真啲先啦，真係冇就搵港鐵職員幫手。

3. m⁴ goi¹, ngo⁵ wai⁴ yi⁴ hei² cé¹ sêng¹ dou⁶ béi² yen⁴ da² zo² ho⁴ bao¹.

　　唔　該　，我　懷疑　喺　車　廂　度　畀　人　打　咗　荷　包　。

4. big¹ cé¹ yen⁴ do¹, ging¹ sêng⁴ yeo⁵ féi¹ lei⁵ tung⁴ teo¹ xid² on³, ngo⁵ dai³ néi⁵ hêu³

　　迫　車　人　多　，經　常　有　非　禮　同　偷　竊　案　，我　帶　你　去

　cé¹ zam⁶ bou² on³ sed¹ deng¹ géi³ xin¹ la¹.

　　車　站　報　案　室　登　記　先　啦　。

5. a³ Sir, ngo⁵ cé¹ sêng⁶ fad³ yin⁶ mou⁵ zo² ngen⁴ bao¹, ho² neng⁴ yu⁶ dou² pa⁴ seo².

　　阿 Sir，我　車　上　發　現　冇　咗　銀　包　，可　能　遇　到　扒　手　。

6. gem² néi⁵ deng¹ géi³ ji¹ liu² xin¹. bong¹ néi⁵ bou² sêng⁵ toi⁴, tei² ha⁵ yeo⁵ mou⁵ yen⁴

　　咁　你　登　記　資　料　先　。幫　你　報　上　台，睇　下　有　冇　人

　zeb¹ dou² zoi³ gong².

　　執　到　再　講　。

7. dai⁶ wei⁴ zam⁶ yeo⁵ jig¹ yun⁴ wen² dou² néi⁵ go³ ngen⁴ bao¹, néi⁵ check ha⁵ yeo⁵ mou⁵

　　大　圍　站　有　職　員　搵　到　你　個　銀　包　，你　check　下　有　冇

　xiu² dou³ yé⁵.

　　少　到　嘢　。

8. hei⁶ a³, hei⁶ a³, jing³ gin² tung⁴ qin² dou¹ cei⁴ sai³. m⁴ goi¹ a³ Sir!

　　係　呀　，係　呀　，證　件　同　錢　都　齊　晒　。唔　該　阿 Sir！

普通話對譯

1. 糟糕！錢包不見了，不知是否給人偷去了。

2. 先找清楚吧，真的沒有便找港鐵職員幫忙。

3. 抱歉，我懷疑在車廂裏給人偷了錢包。

4. 擠車時人多，常有非禮和偷竊案，我先帶你到車站報案室登記吧。

5. 阿 Sir，我在車上發現錢包不見了，可能遇到小偷。

6. 那你先登記資料。幫你上報通訊台，看看有沒有人撿到了再説。

7. 大圍站有職員找到你的錢包，你 check 一下有沒有東西不見了。

8. 對了，對了，証件和錢都齊全。謝謝阿 Sir！

大廈困較 ▦

1. din⁶ tei¹ zou⁶ med¹ ded⁶ yin⁴ ting⁴ zo² ga³，fai³ di¹ gem⁶ ging² zung¹ tung¹ ji¹ gun²
電梯 做 乜 突然 停 咗 㗎，快 啲 撳 警 鐘 通 知 管
léi⁵ qu³ la¹.
理 處 啦。

2. ging² zung¹ gem⁶ gig⁶ dou¹ m⁴ hêng²，geng² hei⁶ wai⁶ zo². wei⁴ yeo⁵ da² 999
警 鐘 撳 極 都 唔 響，梗 係 壞 咗。唯 有 打 999
keo⁴ geo³.
求 救。

3. ging² cad³ 999 bou³ on³ yid⁶ xin³，fad³ seng¹ med¹ yé⁵ xi⁶，wei⁶ ji³ hei² bin¹，yeo
警 察 999 報 案 熱 線，發 生 乜 嘢事，位 置 喺 邊，有
mou⁵ yen⁴ seo⁶ sêng¹？
冇 人 受 傷？

4. ngo⁵ déi⁶ ng⁵ go³ wen³ lib¹，yeo⁵ lou⁵ yen⁴ ga¹ hao¹ qun² zung⁶ wen⁴ zo²，m⁴ goi¹
我 哋 五 個 困 較，有 老 人 家 哮 喘 仲 暈 咗，唔 該
call mai⁴ bag⁶ cé¹ lei⁴.
call 埋 白 車 嚟。

5. yi⁵ ging¹ tung¹ ji¹ zo² xiu¹ fong⁴ tung⁴ yi¹ wu⁶ yen⁴ yun⁴，ging² cad³ dou¹ wui⁵ hou²
已 經 通 知咗 消 防 同 醫 護 人 員，警 察 都 會 好
fai³ dou³.
快 到。

6. hou² lo³！xiu¹ fong⁴ zung¹ yu¹ giu⁶ hoi¹ lib¹ mun⁴，deng² ngo⁵ gen¹ seb⁶ ji⁶ cé¹
好 咯！消 防 終 於 撬 開 較 門，等 我 跟 十 字 車
sung³ a³ bag³ hêu³ yi¹ yun² la¹.
送 阿 伯 去 醫 院 啦。

普通話對譯

1. 電梯為甚麼突然停了啦？快按警鈴通知管理處吧。

2. 警鈴怎麼按也不響，肯定是壞了。唯有打 999 求救。

3. 警察 999 報案熱線，發生甚麼事？位置在哪裏？有沒有人受傷？

4. 我們五個人困在電梯裏，有老人家哮喘病發，還暈過去了，請把救護車也 call 過來。

5. 已經通知了消防及救護人員，警察也會很快到。

6. 好了，消防員終於把電梯門打開了，讓我隨救護車送伯伯到醫院去吧。

三 擴充詞彙

意外事故

緊急	gen² geb¹	撞車	zong⁶ cé¹
事故	xi⁶ gu³	跳樓	tiu³ leo²
意外	yi³ ngoi⁶	冧樓	lem³ leo²
偷嘢	teo¹ yé⁵	冧山泥	lem³ san¹ nei⁴
搶嘢	cêng² yé⁵	火燭	fo² zug¹
打劫	da² gib³	水浸	sêu² zem³
打交	da² gao¹	漏煤氣	leo⁶ mui⁴ héi³
嗌交	ai³ gao¹	噪音滋擾	cou³ yem¹ ji¹ yiu²
傷人	sêng¹ yen⁴	大肚婆生仔	dai⁶ tou⁵ po² sang¹ zei²
殺人	sad³ yen⁴	入屋爆竊	yeb⁶ ug¹ bao³ xid³
非禮	féi¹ lei⁵	偷拍	teo¹ pag³
強姦	kêng⁴ gan¹	吸毒	keb¹ dug⁶

緊急求助

警署	ging² qu⁵	消防局	xiu¹ fong⁴ gug⁶
差館	cai¹ gun²	消防員	xiu¹ fong⁴ yun⁴
警察	ging² cad³	消防車	xiu¹ fong⁴ cé¹
差人	cai¹ yen⁴	火燭車	fo² zug¹ cé¹

續上表

報警	bou³ ging²	救傷車	geo³ sêng¹ cé¹
報案室	bou³ on³ sed¹	救護員	geo³ wu⁶ yun⁴
報失	bou³ sed¹	急救	geb¹ geo³
拉人	lai¹ yen⁴	投訴	teo⁴ sou³

四 常用詞語

「到」的不同意思

「到」字除了「去」的意思（例如「我到香港」）之外，還有其他意思及用法，如本課情境對話中的「執到」、「搵到」便不作「去」解。粵語「到」還有以下的解釋和用法：

(1) 讀 dou²，放在動詞後作助詞用，表示得出結果的意思，例如：

執到個銀包	撿到了一個錢包
搵到本書	找到了一本書
睇到個人	看到了一個人

(2) 讀 dou³，放在動詞或形容詞後，並連接補語，表示達到某程度的意思，例如：

走到腳軟	跑得腿也酸軟了
開心到黐線	開心得要瘋了
劫到死	累得要命

練習 //

🥢 粵普對譯：試改用粵語講出以下句子。

(1) 吃到了這樣美味的奶酪蛋糕。

(2) 遇到了這麼漂亮的女孩。

(3) 笑得肚子也痛了。

(4) 冷得要命。

//

同詞異義的「幫手」

普通話「幫手」是名詞，指幫忙的人，但粵語是「幫忙」的意思，作動詞用。

例如：

快幫手打 999	快幫忙打 999
邊個可以幫手急救	誰可以幫忙急救
我依家唔得閒幫手	我現在沒空幫忙

「畀」的不同用法

「畀」又作「俾」，包含了三種意思，粵語裏經常使用。這三種意思是：

1) 「交」、「給」的意思，例如：

佢未畀電話我	他還沒給我電話
我送咗一件冷衫畀佢	我給他送了一件毛衣
申請會員証要畀一張相	申請會員証要交一張照片

2) 「付」的意思，例如：

佢唔記得畀錢	他忘了付錢
遲交錢要畀利息	遲交款項要付利息
水電由租客畀	水費和電費由租客支付

3) 「讓」、「被」的意思，例如：

畀佢入嚟啦	讓他進來吧
畀蚊咬	被蚊子叮
畀人發現咗要罰錢	被人發現了要罰錢

練習

粵普對譯：試改用粵語講出以下句子。

(1) 不要隨便讓陌生人進來。

(2) 快幫忙叫救護車。

(3) 快幫忙找醫護人員。

(4) 別讓他們再吵架。

(5) 先付錢，再取貨。

(6) 這條馬路臨時封閉，不讓人過。

五 常用句子

「極」+「都唔」的句式

「極」和「都唔」連在一起是一個有趣的句式，因為它是從一個相反的效果，來說明已付出努力去持續進行一個動作或行動。它的句式結構是：

結構： 動作+「極」「都」「唔」+應有的效果

解構： 做到了極限　都　不是應有的效果

例句： 諗極　都　唔通（怎麼想都想不通）

練習

🥄 試用粵語讀出下列各個句子，並說明句子的意思。

(1) 我食極都唔肥。

(2) 佢扮極都唔靚。

(3) 佢地講極都唔明。

(4) 你真係話極都唔聽。

事故通知常用句

當意外發生的時候，無論要通知警方或向人求助，都必須清楚、準確地説出：事故的地點、時間及內容。 以下是一些表達用句供大家參考，橫線上是詞例，可因應實際情況轉換用語。

練習

🥄 試讀出下列各個句子。

地點　(1) 呢度係　紅磡火車站大堂　。

(2) 我喺　搭火車嘅時候　唔見咗手袋。

(3) 我啱啱喺　九龍公園　畀人打。

(4) 我依家喺____九龍公園海防道入口____等緊救護車。

(5) 有人暈咗喺____海防道同樂道交界____。

時間　(1) 之前大約____十點三____發生。

　　　(2) 我喺____兩點鐘____發現嘅。

　　　(3) 件事喺____三點半____左右發生。

　　　(4) 個女人睏咗喺度地都成____半日____。

　　　(5) 我唔記得____嗰時____嘅時間。

內容　(1) 我畀人____打劫____。

　　　(2) 有人畀人____非禮____。

　　　(3) 我見到有人____入屋爆竊____。

　　　(4) 我啱啱____見有人跳樓____，就即刻____報警____。

　　　(5) 先係____撞人____，然後____搶嘢____。

報警模擬練習：4 個人一組，參照上述事故通知常用句，設計對話及角色扮演。
角色包括當事人和警察，對話需包括事發的時間、地點和內容。

六 粵讀解碼

粵語鼻音韻母 en 和 eng

　　在上述幾課課文當中，出現了大量屬於粵音系統內鼻音韻母 en 和 eng 的字詞，由於兩者發音方式相似，故此不少人經常將兩者相混，尤其常見的是將韻母 eng 誤讀成 en。例如：

生 seng¹　→　新 sen¹　　　　行 heng⁴　→　痕 hen⁴

　　粵音韻母 en 和 eng 雖然同樣都屬於鼻音韻母，但發音時兩者有較明顯的差別——韻母 en 屬於前鼻音，發音時舌頭平放，氣流從鼻腔流出發聲，發音時開口較小；韻母 eng 則屬於後鼻音，發音時舌根上移，氣流從鼻腔流出發聲，發音時開口幅度較大。

試將以下詞語準確讀出，小心比較其中屬於韻母 en 和 eng 字詞發音上的差別：

鼻音韻母 en		鼻音韻母 eng	
陳皮	cen⁴ péi⁴	層皮	ceng⁴ péi⁴
多塵	do¹ cen⁴	多層	do¹ ceng⁴
痕身	hen⁴ sen¹	恒生	heng⁴ seng¹
緊繫	gen² hei⁶	梗係	geng² hei⁶
投奔	teo⁴ ben¹	頭崩	teo⁴ beng¹
恨人	hen⁶ yen⁴	杏仁	heng⁶ yen⁴
民主	men⁴ ju²	盟主	meng⁴ ju²
真人	zen¹ yen⁴	僧人	zeng¹ yen⁴
菜根	coi³ gen¹	菜羹	coi³ geng¹

以下分別是屬於前鼻音 en 韻母和後鼻音 eng 韻母的字詞，可從兩組讀音相近的字詞比較中，明確分辨這兩種粵語鼻音韻母的差別：

en 韻母		eng 韻母	
新、身、辛	sen¹	生	seng¹
賓、奔	ben¹	崩	beng¹
頻	pen⁴	朋	peng⁴
躉	den²	等	deng²
痕	hen⁴	恒、衡、行	heng⁴
緊	gen²	梗	geng²
陳、塵	cen²	層	ceng²
恨	hen⁶	杏	heng⁶
文、民	men⁴	盟	meng⁴
真、珍	zen¹	爭、僧、憎	zeng¹
陣	zen⁶	贈	zeng⁶
斤、根、跟	gen¹	庚、羹	geng¹
銀	ngen²	哽	ngeng²

試將以下詞語準確讀出，小心比較其中屬於韻母 en 和 eng 字詞發音上的差別：

鼻音韻母 en		鼻音韻母 eng	
陳皮	cen^4 $péi^4$	層皮	$ceng^4$ $péi^4$
多塵	do^1 cen^4	多層	do^1 $ceng^4$
痕身	hen^4 sen^1	恒生	$heng^4$ $seng^1$
緊繫	gen^2 hei^6	梗係	$geng^2$ hei^6
投奔	teo^4 ben^1	頭崩	teo^4 $beng^1$
恨人	hen^6 yen^4	杏仁	$heng^6$ yen^4
民主	men^4 ju^2	盟主	$meng^4$ ju^2
真人	zen^1 yen^4	僧人	$zeng^1$ yen^4
菜根	coi^3 gen^1	菜羹	coi^3 $geng^1$

以下分別是屬於前鼻音 en 韻母和後鼻音 eng 韻母的字詞，可從兩組讀音相近的字詞比較中，明確分辨這兩種粵語鼻音韻母的差別：

en 韻母		eng 韻母	
新、身、辛	sen^1	生	$seng^1$
賓、奔	ben^1	崩	$beng^1$
頻	pen^4	朋	$peng^4$
躉	den^2	等	$deng^2$
痕	hen^4	恒、衡、行	$heng^4$
緊	gen^2	梗	$geng^2$
陳、塵	cen^2	層	$ceng^2$
恨	hen^6	杏	$heng^6$
文、民	men^4	盟	$meng^4$
真、珍	zen^1	爭、僧、憎	$zeng^1$
陣	zen^6	贈	$zeng^6$
斤、根、跟	gen^1	庚、羹	$geng^1$
銀	$ngen^2$	哽	$ngeng^2$

粵語鼻音韻母 en 和 eng 與普通話韻母的對應

　　由於普通話語音系統內沒有粵音短 e 這類韻母，故此在掌握粵音 en 和 eng 一類韻母的發音時便有一定的困難。以下是普通話各個韻母和粵音前鼻音 en 韻母，及後鼻音 eng 韻母，一般常見字的對應舉例：

1. 與粵音 en 韻母對應的普通話韻母

普通話 en 韻母字	真	zen¹	奔	ben¹
	分	fen¹	趁	cen³
	問	men⁶	粉	fen²
	陣	zen⁶	身	sen¹
普通話 in 韻母字	新	sen¹	鬢	ben³
	親	cen¹	民	men⁴
	斤	gen¹	賓	ben¹
	頻	pen⁴	辛	sen¹
普通話 un 韻母字	群、裙	kuen⁴	君、軍	guen¹
	雲、暈、魂	wen⁴	吞	ten¹
	勳	fen¹	燉	den⁶

2. 與粵音 eng 韻母對應的普通話韻母

普通話 eng 韻母字	恒、衡	heng⁴	盟	meng⁴
	生	seng¹	梗	geng²
	崩	beng¹	層	ceng⁴
	爭、僧、憎	zeng¹	贈	zeng⁶
	騰、藤	teng⁴	庚、羹	geng¹
	朋	peng⁴	燈	deng¹
普通話 ing 韻母字	幸	heng⁶	憑	peng⁴
	行	heng⁴	杏	heng⁶
普通話 ong 韻母字	轟	gueng¹	弘、宏	weng⁴
	肱	gueng¹	薨	gueng¹

　　以上是普通話韻母，與粵音 en 韻母及 eng 韻母對應的常見字例。掌握這些對應規律以後，會有助更準確讀出粵音 en 或 eng 韻母的字音。

七 短文朗讀

用 999 嚟做求救電話號碼係源自英國嘅，喺有呢個電話之前，英國人求救一係拉響街上面嘅警報裝置，一係用電話打「0」號，等接線生同你將個電話駁去警局。1935 年嘅時候，英國倫敦發生過一場大火，火警開始嗰陣，有人打「0」號打極都唔通，到火勢蔓延，有人睇到火燭先至响街搵警報鐘，卒之場火導致五個住客死亡。呢件事引起社會好大嘅關注，最終倫敦喺 1937 年開啟 999 呢個號碼，作為直接打去警局嘅電話線。

點解揀 999 呢？原來當時用嘅係撥輪電話，999 難撥過其他號碼，希望咁樣可以減少誤撥嘅情況。香港嘅 999 緊急電話求助服務，係喺 1950 年開通到依家，我哋無論報警、搵消防員，或者救護車，都係打 999 呢個號碼。

求職面試

cêu⁴ zo² yiu³ gong² leo⁴ léi⁶ ying¹ men² ji¹ ngoi⁶ , zung⁶ yiu³
除 咗 要 講 流 利 英 文 之 外 ， 仲 要
gong² pou² tung¹ wa² tung⁴ yud⁶ yu⁵ , néi⁵ OK ma³ ?
講 普 通 話 同 粵 語 ， 你 OK 嘛 ?

mou⁵ men⁶ tei⁴ , ngo⁵ ho² yi⁵ yung⁶ lêng⁵ men⁴ sam¹ yu⁵
有 問 題 ， 我 可 以 用 兩 文 三 語
gai³ xiu⁶ yed¹ ha⁵ ji⁶ géi² gé³ .
介 紹 一 下 自 己 嘅 。

一 基本用語

香港粵語	拼音	普通話
筍工	sên² gung¹	好工作
日日	yed⁶ yed⁶	天天
上埋	sêng⁵ mai⁴	還登上了
啱自己	ngam¹ ji⁶ géi²	適合自己
唔止	m⁴ ji²	不但
慳返	han¹ fan¹	省回
標明	biu¹ ming⁴	列出
至好	ji³ hou²	才好；才對
就得	zeo⁶ deg¹	就可以
即使	jig¹ xi²	就算
加埋	ga¹ mai⁴	加上
醒目	xing² mug⁶	機靈
大把	dai⁶ ba²	多的是
入行	yeb⁶ hong⁴	加入行業
肯搏	heng² bog³	願意拼搏
有腦	yeo⁵ nou⁵	聰明；有頭腦

二 情境對話

就業申請

1. lem⁴ gen⁶ bed¹ yib⁶, yeo⁵ mou⁵ nem² guo³ wen² fan¹ fen⁶ sên² gung¹ a³?

   臨　近　畢　業，有　冇　諗　過　搵　返　份　筍　工　呀？

2. néi¹ pai⁴ yed⁶ yed⁶ tei² bou³ ji² jiu¹ ping³ guong² gou³, zung⁶ sêng⁵ mai⁴ lou⁴ gung

   呢　排　日　日　睇　報　紙　招　聘　廣　告，仲　上　埋　勞　工

   qu³ mong⁵ yib⁶, tei² yeo⁵ mou⁵ ngam¹ ji⁶ géi² gé³ gung¹.

   處　網　頁，睇　有　冇　啱　自　己　嘅　工　。

3. hou² do¹ bou³ ji² dou¹ yeo⁵ mong⁵ sêng⁶ ban² gé³ keo⁴ jig¹ guong² cêng⁴ , zêng¹

好 多 報 紙 都 有 網 上 版 嘅 求 職 廣 場 , 將

gog³ hong⁴ gog³ yib⁶ fen¹ mun⁴ bid⁶ lêu⁶ .

各 行 各 業 分 門 別 類 。

4. m⁴ ji² wen² gung¹ yung⁴ yi⁶ , zung⁶ ho² yi⁵ jig¹ xi⁴ tin⁴ sen¹ qing² biu² , lin⁴ keo⁴

唔 止 搵 工 容 易 , 仲 可 以 即 時 填 申 請 表 , 連 求

jig¹ sên³ dou¹ han¹ fan¹ .

職 信 都 慳 返 。

5. yi¹ ga¹ hou² do¹ gung¹ dou¹ m⁴ biu¹ ming⁴ yen⁴ gung¹ , ngo⁵ déi⁶ mou⁵ ging¹ yim⁶ ,

依 家 好 多 工 都 唔 標 明 人 工 , 我 哋 冇 經 驗 ,

m⁴ ji¹ yiu³ tin⁴ géi² do¹ ji³ hou² .

唔 知 要 填 幾 多 至 好 。

6. tei² ha⁵ kéi¹ ta¹ gung¹ xi¹ co¹ yeb⁶ jig¹ gé³ doi⁶ yu⁶ zeo⁶ deg¹ la¹ .

睇 下 其 他 公 司 初 入 職 嘅 待 遇 就 得 啦 。

7. jig¹ xi² mou⁵ ging¹ yim⁶ , peng⁴ hog⁶ lig⁶ tung⁴ jun¹ yib⁶ ji¹ gag³ , ga¹ mai⁴ néi⁵

即 使 冇 經 驗 , 憑 學 歷 同 專 業 資 格 , 加 埋 你

gem³ xing² mug⁶ , sed⁶ yeo⁵ dai⁶ ba² géi¹ wui⁶ .

咁 醒 目 , 實 有 大 把 機 會 。

普通話對譯

. 快要畢業，有沒有想到找一份好工作呢？

. 最近天天看報紙的招聘廣告，還到勞工處的網頁，找有沒有合適的工作。

. 許多報紙都有網上版的求職廣場，把各行各業分門別類。

. 不但容易找工作，還可以即時填上申請表，連求職信也可以省掉。

. 現在很多工作都沒列出工資，我們沒有工作經驗，不知要寫多少才好。

. 看看其他公司初入職的待遇就行了。

. 就算沒有經驗，憑學歷和專業資格，加上你這麼機靈，機會肯定多的是。

見工面試

1. zou² sen⁴ a³ cen⁴ sang¹, céng² co⁵ la¹.

早 晨 呀 陳 生 ， 請 坐 啦 。

2. zou² sen⁴ a³ ging¹ léi⁵, do¹ zé⁶ néi⁵ béi² go³ géi¹ wui⁶ ngo⁵ lei⁴ min⁶ xi³.

早 晨 呀 經 理 ， 多 謝 你 畀 個 機 會 我 嚟 面 試 。

3. m⁴ ji¹ néi⁵ dêu³ ngo⁵ déi⁶ gung¹ xi¹ yeo⁵ med¹ ying⁶ xig¹ ? zung⁶ yeo⁵ hei⁶ dim² gai²

唔 知 你 對 我 哋 公 司 有 乜 認 識 ？ 仲 有 係 點 解

sêng² yeb⁶ ngo⁵ déi⁶ néi¹ hong⁴ né¹ ?

想 入 我 哋 呢 行 呢 ？

4. néi⁵ déi⁶ hei⁶ qun⁴ hong⁴ zêu³ yeo⁵ kuei¹ mou⁴ gé³ gung¹ xi¹, ngo⁵ dug⁶ gé³ fo³ qing

你 哋 係 全 行 最 有 規 模 嘅 公 司 ， 我 讀 嘅 課 程

ju² gung¹ néi¹ fong¹ min⁶, héi¹ mong⁶ ho² yi⁵ hei² dou⁶ hog⁶ zab⁶ tung⁴ fad³ jin² zé

主 攻 呢 方 面 ， 希 望 可 以 喺 度 學 習 同 發 展 啫

5. néi¹ go³ jig¹ wei⁶ yiu³ min⁶ dêu³ m⁴ tung⁴ hag³ wu⁶, cêu⁴ zo² yiu³ gong² leo⁴ léi⁶ ying

呢 個 職 位 要 面 對 唔 同 客 戶 ， 除 咗 要 講 流 利 英

men² ji¹ ngoi⁶, zung⁶ yiu³ gong² pou² tung¹ wa² tung⁴ yud⁶ yu⁵, néi⁵ OK ma³ ?

文 之 外 ， 仲 要 講 普 通 話 同 粵 語 ， 你 OK 嘛 ？

6. mou⁵ men⁶ tei⁴, ngo⁵ ho² yi⁵ yung⁶ lêng⁵ men⁴ sam¹ yu⁵ gai³ xiu⁶ yed¹ ha⁵ ji⁶ géi² gé

冇 問 題 ， 我 可 以 用 兩 文 三 語 介 紹 一 下 自 己 嘅

7. gong² deg¹ hou² hou² a¹. ngo⁵ déi⁶ sêu¹ yiu³ heng⁵ bog³ yeo⁶ yeo⁵ nou⁵ gé³ jun¹ yi

講 得 好 好 吖 。 我 哋 需 要 肯 搏 又 有 腦 嘅 專 業

yen⁴ coi⁴.

人 才 。

8. cêu⁴ zo² sen¹ gem¹, gung¹ xi¹ zung⁶ tei⁴ gung¹ yi¹ liu⁴ tung⁴ fong⁴ zên¹ deng² fug¹ léi

除 咗 薪 金 ， 公 司 仲 提 供 醫 療 同 房 津 等 福 利

néi⁵ zung⁶ yeo⁵ mou⁵ men⁶ tei⁴ ?

你 仲 有 冇 問 題 ？

9. hei⁶ gem² gé³ wa² , m⁴ ji¹ néi⁵ géi² xi⁴ ho² yi⁵ fan¹ gung¹ ?
   係 咁 嘅 話 ，唔 知 你 幾 時 可 以 返 工 ？

普通話對譯

1. 早上好，陳先生，請坐吧。

2. 早上好，經理，謝謝你給我機會來面試。

3. 不曉得你對我們公司有甚麼認識？還有是為甚麼想加入我們這個行業呢？

4. 你們是整個行業裏最有規模的公司，我唸的課程專攻這個方面，希望可以在這裏學習和發展而已。

5. 這個職位要面對不同的客戶，除了要講流暢的英語以外，還要講普通話和粵語，你 OK 嗎？

6. 沒問題，我可以用兩文三語來介紹一下自己的。

7. 講得不錯嘛。我們需要願意拼搏又有頭腦的專業人才。

8. 除了薪金，公司還提供醫療和房津等福利。你還有沒有問題？

9. 這樣的話，不曉得你甚麼時候可以上班？

三 擴充詞彙

公司應徵

求職	keo⁴ jig¹	學歷	hog⁶ lig⁶
入職	yeb⁶ jig¹	履歷	léi⁵ lig⁶
搵工	wen² gung¹	公司	gung¹ xi¹
轉工	jun³ gung¹	企業	kéi⁵ yib⁶
跳槽	tiu³ cou⁴	機構	géi¹ keo³
招聘	jiu¹ ping³	行政	heng⁴ jing³
申請	sen¹ qing²	業務	yib⁶ mou⁶
應徵	ying³ jing¹	客戶 / 仔	hag³ wu⁶/ zei²
見工	gin³ gung¹	老闆 / 細	lou⁵ ban²/ sei³
面試	min⁶ xi³	僱員	gu³ yun⁴

續上表

口／筆試	heo² / bed¹ xi³	打工仔	da² gung¹ zei²
職場	jig¹ cêng⁴	薪金／水	sen¹ gem¹/ sêu²
行業	hong⁴ yib⁶	人工	yen⁴ gung¹
經驗	ging¹ yim⁶	晉升機會	zên³ xing¹ géi¹ wui⁶

員工福利

公司福利	gung¹ xi¹ fug¹ léi⁶	佣金	yung² gem¹
醫療保險	yi¹ liu⁴ bou² him²	午餐供應	ng⁵ can¹ gung¹ ying³
員工宿舍	yun⁴ gung¹ sug¹ sé³	進修資助	zên³ seo¹ ji¹ zo⁶
房屋津貼	fong⁴ ug¹ zên¹ tib³	超時補水	qiu¹ xi⁴ bou² sêu²
交通津貼	gao¹ tung¹ zên¹ tib³	超額獎金	qiu¹ ngag⁶ zêng² gem¹
在職培訓	zoi⁶ jig¹ pui⁴ fen³	購物優惠	keo³ med⁶ yeo¹ wei⁶
有薪年假	yeo⁵ sen¹ nin⁴ ga³	子女教育津貼	ji² nêu⁵ gao³ yug⁶ zên¹ tib³
年終雙糧	nin⁴ zung¹ sêng¹ lêng⁴	家屬福利	ga¹ sug⁶ fug¹ léi⁶

四 常用詞語

「搵」的特殊意思

粵語「搵」一詞，除了「找」（例如「搵工」）的意思外，還有其他生活上的特殊意思及用法：

(1) 「賺」或「討」的意思，例如：

搵錢	賺錢
搵食	討生活
搵兩餐	謀生

以上提到的「搵」，不能用「找」來解釋，像「搵錢」的意思，便不是找回丟掉的錢，其中的「搵」已引申為賺取的意思。

(2) 「騙」的意思，例如：

揾笨	騙人
揾老襯	讓人上當受騙
揾丁	把人當做傻瓜（來佔便宜）

3) 「用」的意思，在句子中作介詞用，例如：

揾水沖下	用水沖洗一下
揾燈照住	用電燈照着
揾腳踢開	用腳踢開

練習

✍ 粵普對譯：試改用粵語講出以下句子。

(1) 找清楚一點好嗎？

(2) 天天都要忙着討生活。

(3) 這傢伙最愛騙人。

(4) 用手指按一下。

可作動詞或補語的「返」

「返」本義是回去，作動詞用。香港人慣說的「返工」，即返回工作崗位，「返學」是回到學校去。「返」作為補語時，指恢復事物原來的狀態。例如：

走之前要執返好啲嘢	離開前要把東西收拾好
佢醒返喇	他醒過來了
佢經已將啲錢畀返我	他已經把錢還給我

「返」作為補語還有另一個用法，就是語助詞，把動作與要進行的事連貫起來，起強調的作用。例如：

揾返份工	找工作
打返條呔	繫領帶
填返份表	填表格

這情況下省略了「返」並不影響文意，但加上的話便有強調完成動作的意味。

助詞「嘅」

「嘅」相當於普通話的「的」，有三種常見的用法：

(1) 讀 gé³，結構助詞，表示領屬關係，好像：「佢嘅履歷」，用「嘅」指出「履歷」
從屬於「佢」。

(2) 讀 gé³，語助詞，加強語氣以表達肯定的語意，好像：「你肯搏一定會成
功嘅」。

(3) 讀 gé²，用於問句的語助詞，加強發問的語氣，好像：「點解冇消息嘅？」

練習

試讀出下列的句子，並指出句中的「嘅」是上述的哪一種用法。

(1) 我珍惜呢個面試嘅機會。

(2) 點解冇加班津貼嘅？

(3) 我知道專業知識係好重要嘅。

(4) 團隊精神係唔可以忽視嘅。

(5) 呢張係証書嘅正本。

(6) 點解面試你會遲到嘅？

「唔知」的用法

「唔知」顯而易見，就是「不知道」的意思。如果把「唔知」作為回答，效果
常直接，所以往往會加上「呢」，成為「唔知呢」；或加上「呀」，成為「唔知呀」，
舒緩語氣。

若把「唔知」作為問句，可以令提問變得婉轉，而產生舒緩語氣的效果。

練習

試用粵語讀出下列三組句意相同的句子，並說明每組內 (A) 與 (B) 句子在
達上的差別。

(1) (A) 你幾時可以返工呢？

  (B) 唔知你幾時可以返工呢？

(2) (A) 你對我哋公司有乜認識？

  (B) 唔知你對我哋公司有乜認識？

(3) (A) 你有乜嘢工作經驗呢？

  (B) 唔知你有乜嘢工作經驗呢？

五 常用句子

求職面試的問答句式

　　面試就是一個問與答的過程，應徵者除了要明白考官的問題，自己也須作出適當的提問及回應，以下分別舉述一些在香港面試時常見的問答句式，供學習本地粵語者參攷，甚至作為面試前的準備。

面試常見的提問句式

　　能夠理解和運用提問句子，對面試者來說非常重要，現列出一些面試常見的提問句式供參攷，並從提問目的和用詞方面，舉例說明如下：

目的：尋求原因或理由。

用詞：「點解」

例句：(1) 點解有興趣做媒體行業？

　　　(2) 點解想加入我哋公司？

　　　(3) 點解想留喺香港做嘢？

目的：尋求一些資料、訊息。

用詞：「乜」、「乜嘢」

例句：(1) 你對我哋公司有乜認識？

　　　(2) 你有乜嘢嗜好？

　　　(3) 你對呢方面有乜嘢意見？

3. 目的：尋求事情的經過或做事手法。

    用詞：「點」、「點樣」

    例句：(1) 你點知道我哋公司請人呢？

    　　　(2) 呢度有地鐵，你會點搭車返工呢？

    　　　(3) 當客戶有無理要求，你會點樣應付？

4. 目的：尋求地點、人物、時間等資料。

    用詞：「邊度」、「邊個」、「邊」

    例句：(1) 你依家住喺邊度？

    　　　(2) 你係邊個介紹嚟嘅？

    　　　(3) 你係邊一年嚟香港嘅呢？

5. 目的：尋求數量、人物、時間等資料。

    用詞：「幾多」、「幾時」、「幾點」

    例句：(1) 你知唔知我哋有幾多間連鎖店？

    　　　(2) 你幾時可以返工？

    　　　(3) 呢度食飯放幾點？

6. 目的：尋求一個肯定或否定的答案。

    用詞：「有冇」、「係唔係」、「得唔得」

    例句：(1) 你有冇駕駛執照？

    　　　(2) 你係唔係可以隨時返工？

    　　　(3) 如果要星期日 OT 嘅話，你得唔得？

面試常見的回答句式

在回答問題方面，必須緊扣問題作答。雖然我們不會事先知道考官的問題，但是我們準備的時候，可以從以下的方向來考慮：

1. 從學歷、經驗、興趣等方面，展示自己有勝任工作的能力。

2. 從守時、責任感、有拼勁等優點上，講出自己的工作態度。

3. 說出對方的公司文化、行頭地位、社會評價等，並表示認同與讚佩。

4. 對對方給予面試的機會，表示感謝。

現就上述四項要點分別作出句式舉例，供大家參考：

1. 從學歷、興趣等方面，展示自己有勝任工作的能力。

   (1) 我主修＿＿＿＿＿，就係研究呢方面嘅問題。

   (2) 我自細就對＿＿＿＿＿好有興趣，所以大學就揀咗＿＿＿＿＿嚟讀。

   (3) 我志願係做＿＿＿＿＿，所以一定會畀心機做好。

   (4) 我以前喺＿＿＿＿＿同＿＿＿＿＿做過暑假實習生，累積咗一啲呢方面嘅工作經驗。

2. 從守時、責任感、有拼勁等優點上，講出自己的工作態度。

   (1) 我係一個＿＿＿＿＿嘅人。

   (2) 我好注重＿＿＿＿＿，覺得呢個係成功嘅首要條件。

   (3) 我做野比較注重＿＿＿＿＿，可能咁樣得到好多人嘅信賴，肯將責任交畀我。

   (4) 唔單止對客户，我覺得同＿＿＿＿＿溝通都好重要。

3. 説出對方的公司文化、行頭地位、社會評價等，並表示認同與讚佩。

   (1) 我好認同你哋嘅企業文化，睇重＿＿＿＿＿＿＿＿＿＿＿＿＿＿＿＿＿。

   (2) 你哋推出呢個咁成功嘅＿＿＿＿＿，一定令所有僱員都引以為傲。

   (3) 據我所知，你哋好注重員工嘅＿＿＿＿＿，呢個亦係我睇重嘅。

   (4) 你哋係一間咁有＿＿＿＿＿嘅公司，我希望可以加入成為一份子。

4. 對對方給予面試的機會，表示感謝。

   (1) 多謝你＿＿＿＿＿約我嚟面試。

   (2) 多謝你畀機會我＿＿＿＿＿。

   (3) 多謝你哋見我，等我可以表達我嘅＿＿＿＿＿＿＿＿＿＿＿＿＿＿＿。

   (4) 多謝你見我，希望將來有機會＿＿＿＿＿＿＿＿＿＿＿＿＿＿＿＿＿。

練習

面試模擬練習：2 人一組，分別扮演公司負責人及求職者。先根據以上求職面試的問答句式，擬定面試的對話內容，然後兩位用粵語問答，模擬一場企業內的正式面試。

六 粵讀解碼

粵音韻母 ê

在普通話語音系統當中，並沒有粵音系統中 ê 這一類的韻母，故此像課文內所出現的「場 cêng⁴」、「雙 sêng¹」、「上 sêng⁵」，甚至常見的「香 hêng¹」、「商 sêng¹」等字，對習慣講普通話的人來説，要準確讀出粵音就尤其困難。粵語中常見由 ê 組成的韻母，分別有 êu、ên、êng、êd 和 êg 等，各韻母所屬常用字可舉例如下：

堆	dêu¹	對	dêu³	推	têu¹
女	nêu⁵	鋸	gêu³	追	zêu¹
最	zêu³	咀	zêu²	吹	cêu¹
除	cêu⁴	聚	zêu⁶	需	sêu¹
水	sêu²	佢	kêu⁵	去	hêu³
居	gêu¹	區	kêu¹	巨	gêu⁶
春	cên¹	筍	sên²	信	sên³
潤	yên⁶	樽	zên¹	輪	lên⁴
順	sên⁶	敦	dên¹	論	lên⁶
良	lêng⁴	涼	lêng⁴	糧	lêng⁴
商	sêng¹	場	cêng⁴	將	zêng¹
上	sêng⁵	章	zêng¹	長	cêng⁴
張	zêng¹	兩	lêng⁵	窗	cêng¹
搶	cêng²	暢	cêng³	唱	cêng³
相	sêng³	傷	sêng¹	腸	cêng⁴
雙	sêng¹	想	sêng²	楊	yêng⁴
洋	yêng⁴	強	kêng⁴	響	hêng²
香	hêng¹	向	hêng³	鄉	hêng¹
出	cêd¹	律	lêd⁶	卒	zêd¹
恤	sêd¹	捽	zêd¹	戌	sêd¹
術	sêd⁶	率	lêd⁶	訥	nêd⁶
着	zêg³	雀	zêg³	掠	lêg⁶
削	sêg³	弱	yêg⁶	藥	yêg⁶
腳	gêg³	卻	kêg³	啄	dêg³

由於普通話語音系統沒有粵音系統中 ê 這一類的韻母，故此韻母間對應的情

相當複雜。元音 ê 是圓唇的元音，屬於長元音，建議注意 ê 元音所組成 êu、ên、‧ng、êd 和 êg 等韻母的發音，從一些常用例字入手，準確讀出粵音，從而掌握粵語音系中有關 ê 一系列韻母的發音特色。

七　短文朗讀

面試除咗對答嘅內容，儀表都非常之重要。

儀表包括著嘅衫、戴嘅飾物，以至於化妝。打扮應該因應職位嘅工作形象，盡量大方得體。千祈唔好濃妝艷抹、標奇立異，亦都唔好著牛仔褲、涼鞋。端莊就係代表對對方嘅尊重，亦表現你對工作嘅謹慎同尊重。

儀表仲包括神情同態度。記緊要保持微笑同眼神接觸，切忌繑埋對手，畀人自大同自我保護嘅印象。講嘢唔好打斷人哋嘅說話，唔好急，唔好快，要每一個字都清楚畀人聽到，咁樣除咗係禮貌之外，亦係自信心嘅表現。

戶外活動

zung¹ yi³ hang⁴ san¹ gé³ wa² , ho² yi⁵ hêu³ meg⁶ léi⁵ hou⁶ ging³
鍾　意　行　山　嘅話 ，可 以 去 麥 理 浩　徑

yun⁵ zug¹ , tei² hêng¹ gong² gé³ san¹ sêu² méi⁵ ging² .
遠　足 ，睇　香　港　嘅 山 水 美　景 。

一 基本用語

香港粵語	拼音	普通話
晨運	sen⁴ wen⁶	晨練
朝早	jiu¹ zou²	大清早
起身	héi² sen¹	起床
郁動	yug¹ dung⁶	活動
吸	keb¹	呼吸
成個	séng⁴ go³	整個
用嚟	yung⁶ lei⁴	用來
唔理	m⁴ léi⁵	不管
點止	dim² ji²	豈止
搵日	wen² yed⁶	找一天；改天
約埋	yêg³ mai⁴	約同
囉	lo³	吧［表示建議或邀約的語助詞］
行山	hang⁴ san¹	遠足
燒野食	xiu¹ yé⁵ xig⁶	燒烤
特登	deg⁶ deng¹	特意
有啲	yeo⁵ di¹	有些

二 情境對話

康樂設施

1. zou² sen⁴ a³, néi⁵ dou¹ gem³ zou² lei⁴ gung¹ yun² sen⁴ wen⁶ a⁴?

早晨呀，你 都 咁 早 嚟 公 園 晨 運 呀？

2. hei⁶ a³, jiu¹ zou² héi² sen¹ yug¹ dung⁶ ha⁵, keb¹ ha⁵ sen¹ xin¹ hung¹ héi³, séng⁴

係呀，朝早起身郁 動 下，吸下新鮮空氣，成

go³ yen⁴ dou¹ jing¹ sen⁴ di¹ gin⁶ hong¹ di¹.

個 人 都 精 神 啲 健 康 啲。

gung¹ yun² yeo⁵ gem³ do¹ qid³ xi¹, zen¹ hei⁶ ho² yi⁵ yung⁶ lei⁴ hou² hou² gem²

公　園　有　咁　多　設　施，真　係　可　以　用　嚟　好　好　咁

kêng⁴ sen¹ gin⁶ tei².

強　身　健　體。

m⁴ léi⁵ néi⁵ hêu³ wun⁴ pao² ging³ pao² bou⁶, ding⁶ hei⁶ hêu³ gin⁶ sen¹ zam⁶ zou⁶

唔　理　你　去　緩　跑　徑　跑　步，定　係　去　健　身　站　做

tei² cou¹, dou¹ ho² yi⁵ yung⁶ gung¹ yun² qid³ xi¹ dün³ lin⁶ sen¹ tei².

體　操，都　可　以　用　公　園　設　施　鍛　鍊　身　體。

dim² ji² a³, hou² qi⁵ wei⁴ yun² gem³ gé³ dai⁶ ying⁴ gung¹ yun², zung⁶ yeo⁵ zug¹ keo⁴

點　止　呀，好　似　維　園　咁　嘅　大　型　公　園，仲　有　足　球

cêng⁴, lam⁴ keo⁴ cêng⁴, mong⁵ keo⁴ cêng⁴ tung⁴ bing¹ bem¹ bo¹ toi² béi² yen⁴ wan² tim¹.

場　、籃　球　場　、網　球　場　同　乒　乓　波　枱　畀　人　玩　添。

bed¹ yu⁴ wen² yed⁶ ngo⁵ déi⁶ yêg³ mai⁴ yed¹ cei⁴, hêu³ wei⁴ yun² da² fan¹ cêng⁴ bo¹ lo³.

不　如　搵　日　我　哋　約　埋　一　齊，去　維　園　打　返　場　波　囉。

普通話對譯

早上好，你也這麼早到公園來晨練嗎？

對呀，早上起來活動一下，呼吸一下新鮮空氣，整個人就更精神更健康。

公園有這麼多的設施，真的可以用來好好的鍛鍊身體。

不管你到緩跑徑跑步，還是到健身站做體操，都可以用公園的設施來鍛鍊身體。

不光是這樣，好像維園這樣的大型公園，還有足球場、籃球場、網球場和乒乓球桌子供人玩樂呢。

不如找一天我們約在一起，到維園去打一場球吧。

郊野公園

hêng¹ gong² déi² seng¹ wud⁶ gem³ mong⁴, fong³ ga³ lei⁴ gao¹ yé⁵ gung¹ yun² wan²,

香　港　地　生　活　咁　忙，放　假　嚟　郊　野　公　園　玩，

zeo⁶ hei⁶ zêu³ yeo⁵ yig¹ sen¹ sem¹ gé³ wud⁶ dung⁶.

就　係　最　有　益　身　心　嘅　活　動。

2. zung¹ yi³ hang⁴ san¹ gé³ wa², ho² yi⁵ hêu³ meg⁶ léi⁵ hou⁶ ging³ yun⁵ zug¹, tei² hêng
   鍾　意　行　山　嘅　話，可　以　去　麥　理　浩　徑　遠　足，睇　香
   gong² gé³ san¹ sêu² méi⁵ ging²;
   港　嘅　山　水　美　景;

3. lei⁴ gao¹ yé⁵ gung¹ yun², zeo⁶ ho² yi⁵ hêng² seo⁶ néi¹ dou⁶ gé³ hong¹ log⁶ qid³ xi¹.
   嚟　郊　野　公　園，就　可　以　享　受　呢　度　嘅　康　樂　設　施。

4. néi¹ dou⁶ m⁴ ji² yeo⁵ lêng⁴ ting² tung⁴ qi³ so², zung⁶ yeo⁵ xiu¹ hao² lou⁴ tung⁴ ying⁴
   呢　度　唔　止　有　涼　亭　同　廁　所，仲　有　燒　烤　爐　同　營
   déi⁶, béi² yed¹ ga¹ dai⁶ sei³ lei⁴ xiu¹ yé⁵ xig⁶ tung⁴ lou⁶ ying⁴ tim¹.
   地，畀　一　家　大　細　嚟　燒　嘢　食　同　露　營　添。

5. gung¹ yun² deg⁶ deng¹ qid³ hei² fung¹ ging² léng³ gé³ déi⁶ fong¹, yu⁴ wu⁶ qu⁵ yeo⁶
   公　園　特　登　設　喺　風　景　靚　嘅　地　方，漁　護　署　又
   yeo⁵ jun¹ yen⁴ gun² léi⁵ tung⁴ fong⁴ ji² san¹ fo².
   有　專　人　管　理　同　防　止　山　火。

6. yeo⁵ di¹ yeb⁶ min⁶ zung⁶ qid³ yeo⁴ hag³ zung¹ sem¹, yeo⁵ jin² lam⁵ tung⁴ seng¹ tai³
   有　啲　入　面　仲　設　遊　客　中　心，有　展　覽　同　生　態
   dou⁶ sêng².
   導　賞。

7. hei⁶ a³, sei¹ gung³ néi¹ go³ zung¹ sem¹, zeo⁶ yeo⁵ hêng¹ qun¹ zab⁶ zug⁶, tung⁴
   係　呀，西　貢　呢　個　中　心，就　有　鄉　村　習　俗，同
   hoi² ngon⁶ seng¹ tai³ jin² lam⁵ lag³.
   海　岸　生　態　展　覽　嘞。

普通話對譯

1. 香港這個地方生活這樣繁忙，假日到郊野公園遊玩，就是最有益身心的活動

2. 喜歡爬山的話，可以到麥理浩徑遠足，看香港的山水美景。

3. 到郊野公園來，就可以享受這裏的康樂設施。

4. 這裏不光有涼亭和廁所，還有燒烤爐和營地，讓人一家老少來燒烤和紮營呢

5. 公園特意建在風景美麗的地方，漁護署也有專人管理和防止山火

6. 有些裏面還有遊客中心，有展覽和生態導賞。

7. 對呀，西貢這個中心便有鄉村習俗及海岸生態的展覽了。

三 擴充詞彙

康體場地及設施

康文署	hong¹ men⁴ qu⁵	沙灘排球場	sa¹ tan¹ pai⁴ keo⁴ cêng⁴
體育館	tei² yug⁶ gun²	滾軸溜冰場	guen² zug⁶ leo⁶ bing¹ cêng⁴
運動場	wen⁶ dung⁶ cêng⁴	乒乓球室	bing¹ bem¹ keo⁴ sed¹
足球場	zug¹ keo⁴ cêng⁴	兒童遊戲室	yi⁴ tung⁴ yeo⁴ héi³ sed¹
籃球場	lam⁴ keo⁴ cêng⁴	舞蹈室	mou⁵ dou⁶ sed¹
排球場	pai⁴ keo⁴ cêng⁴	壁球室	big¹ keo⁴ sed¹
羽毛球場	yu⁵ mou⁴ keo⁴ cêng⁴	緩跑徑	wun⁴ pao² ging³
高爾夫球場	gou¹ yi⁵ fu¹ keo⁴ cêng⁴	健身徑	gin⁶ sen¹ ging³
射箭場	sé⁶ jin³ cêng⁴	單車徑	dan¹ cé¹ ging³
草地滾球場	cou⁴ déi⁶ guen² keo⁴ cêng⁴	泳池	wing⁶ qi⁴

戶外活動

打波	da² bo¹	射箭	sé⁶ jin³
游水	yeo⁴ sêu²	攀石	pan¹ ség⁶
踩單車	cai² dan¹ cé¹	掌上壓	zêng² sêng⁶ ad³
扒艇	pa⁴ téng⁵	器械操	héi³ hai⁶ cou¹
打太極	da² tai³ gig⁶	露營	lou⁶ ying⁴
跳舞	tiu³ mou⁵	燒烤	xiu¹ hao¹
瑜伽	yu⁴ ga¹	行山	hang⁴ san¹
跑步	pao² bou⁶	爬山	pa⁴ san¹

四 常用詞語

「下」和「下下」

「下」字在粵語中十分常用，多用在動詞後面作補語，有以下三種結構及表達方式：

(1) 在動詞後，表示動作時間很短，相當於普通話的「一下」：

郁動下　　　活動一下

坐下先　　　先坐一下

講下啫　　　説一下而已

(2) 在重疊動詞後，表示動作持續好一段時間：

睇睇下電視，唔記得打電話　　看着看着電視，就忘了打電話

諗諗下就瞓著覺　　　　　　　想着想着便睡去了

行行下就失散咗　　　　　　　走着走着便走失散了

(3) 在動詞後重疊一次，強調動作或情況，或者表示動作緩慢地進行：

啲蝦煮之前仲跳下跳下　　　那些蝦煮之前還在跳呀跳的

一叫佢做嘢，個樣就死下死下　一叫他做事，他的樣子就沒精打采的

傾下傾下，連飯都唔記得食　　聊着聊着，連飯都忘了吃

這些例子讓我們看到用「下」字，有助於説明動作或情況的時間狀態。從這作作用的伸延，另一個詞「下下」引申指所有的情況，即「樣樣」、「常常」的意思，例如：

佢都成四歲咯，仲係下下要搵人抱。

佢好專制，下下都要人聽佢話。

依家啲人好惡，下下要投訴。

練習

🥄 試從方格詞語中，選出最合適的寫在橫線上，並把句子用粵語讀出。

試下	試試下	下下	玩玩下	玩下

(1) 我_____啫，唔好咁緊張。

(2) 做嘢唔好＿＿＿＿＿＿＿，認真啲啦。

(3) 唔好＿＿＿＿＿＿要人幫手，自己＿＿＿＿＿＿做先啦。

(4) 做嘢小心啲啦，唔好＿＿＿＿＿＿要人提醒。

(5) 由唔識到識梗要啲時間，你＿＿＿＿＿＿就冇問題㗎嘞。

副詞：「咁」

「咁」意思是「這樣」、「那麼」，我們在上編第八課說過它作為代詞的用法，它作代詞時唸第三聲 gem³（例如「咁早」、「咁多」等）。

「咁」字作副詞用，則唸第二聲 gem²。用在重疊詞組或形容詞組後時，意思相當於普通話的「地」或「的」，例如：

靜靜咁睇書	靜靜地看書
大啖大啖咁食	大口大口地吃
行到蟻躝咁	走得像螞蟻爬似的

練習

試用粵語讀出下列句子，並解釋各句的意思。

(1) 佢日日咁問人借錢，人人都怕咗佢。

(2) 佢咁大個人，應該好好咁搵返份工啦。

(3) 我咁靚，所以佢眼甘甘咁望咗我咁耐。

五 常用句子

「唔理……定係……都……」

粵語句式「唔理……定係……都……」，相當於普通話的「不管……還是……都……」，例如：

唔理今日定係聽日，都冇得放假。　不管今天還是明天，都不可以放假。

唔理買嘢定係唔買嘢，都係人客。　不管買不買東西，都是客人。

唔理戶外定係戶內，都要搽防曬膏。　不管戶外還是戶內，都要塗防曬膏。

「……嘅話，可以……」

「……嘅話，可以……」是粵語常用的轉折詞，句式接近普通話的「……的話，可以……」。

練習

🥄 試把以下句子擴充，並用粵語將完整句子讀出。

1. 你鍾意嘅話，可以

   _____。

2. 你唔滿意嘅話，可以

   _____。

3. 時間早嘅話，你可以

   _____。

4. 得閒嘅話，你可以

   _____。

「不如」的句式與用法

(1) 「不如」的用於建議。普通話的「不如」一詞，通常和「與其」配合，構成關聯句「與其……不如……」的句式。粵語的「不如」意思跟普通話接近，但可以單獨使用，並且多用於建議的情況，而語氣則較婉轉，例如：

聽日放假，我哋不如去游水！　　　　明天放假，我們去游泳吧！

食飽未？我哋不如走啦！　　　　　　吃飽了嗎？我們走吧！

唔見佢返學，不如你打個電話畀佢！　沒見他上課，你給他打個電話吧！

(2) 「不如」與「唔及得」。至於「不如」中的「比不上」的含義，粵語不說「不如」，而說「唔及得」，例如：「她的成績不如哥哥。」粵語說：「佢嘅成績唔及得亞哥。」

六　粵讀解碼

粵語鼻音韻母 an 和 ang

在粵語學習過程中，鼻音韻母 an 和 ang，是北方人甚至本地人在發音時都十分容易混淆的兩個韻母。像不少人便會將「生 sang¹」誤讀成「山 san¹」，或者把「坑 hang¹」誤讀成「慳 han¹」。

以下是屬於韻母 an 和 ang 常用字詞舉例，兩組字詞有相近的聲母及聲調，故比讀音相近，兩者差別僅在韻尾部份。試將以下詞語準確讀出，細心比較其中發音上的差別：

an 韻母		ang 韻母	
餐	can¹	罉	cang¹
產、鏟	can²	橙	cang²
殘	can⁴	掁	cang⁴
間、奸、艱	gan¹	耕	gang¹
閒	han⁴	行	hang⁴

續上表

an 韻母		ang 韻母	
雁	ngan^6	硬	ngang^6
蠻	man^4	盲	mang^4
慢、萬	man^6	孟	mang^6
山、刪、珊	san^1	生	sang^1
散	san^2	省	sang^2
躝	lan^1	冷	lang^1
懶	lan^5	冷	lang^5
環、還	wan^4	橫	wang^4
撰、贊	zan^3	諍	zang^3

　　兩者之所以容易混淆，是不但同樣以 a 作元音，兼且同樣都屬於鼻音韻母，所以兩者發音頗為相近之故。粵音的 a 是不圓唇的長元音，加上鼻音韻尾成為 an 或 ang 後，兩者分別在於韻母 an 是帶舌尖鼻音 n 的前鼻音，韻母 ang 則是帶舌根鼻音 ng 的後鼻音。

　　兩者發音上的區別是：發 an 韻母字音時，先從 a 開始發音，舌尖輕抵牙齦，氣流從鼻腔流出發聲，發音部份較前，開口幅度也較小。發 ang 韻母字音時，也是先從 a 開始發音，舌頭往後移，氣流從鼻腔流出發聲，發音部份較後，開口幅度也較大。故此若讀韻母 ang 時，發聲部位不夠後，開口幅度不夠大的話，很容易便變成了類似 an 韻母的發音。

　　以下是兩組分別依韻母 an 和 ang 讀音排列的字詞，每一列之間詞語的發音十分相似，可以依據注音清楚讀出粵音，比對兩者間的差異：

鼻音韻母 an		鼻音韻母 ang	
鶴山	hog^6 san^1	學生	hog^6 sang^1
蠻佬	man^4 lou^2	盲佬	mang^4 lou^2
產業	can^2 yib^6	橙葉	cang^2 yib^6
晚餐	man^5 can^1	猛撐	mang^5 cang^1
死雁	séi^2 ngan^6	死硬	séi^2 ngang^6
慳錢	han^1 qin^2	坑錢	hang^1 qin^2

續上表

鼻音韻母 an		鼻音韻母 ang	
閒人	han^4 yen^4	行人	hang^4 yen^4
艱巨	gan^1 gêu^6	耕具	gang^1 gêu^6
連環	lin^4 wan^4	連橫	lin^4 wang^4
懶到死	lan^5 dou^3 séi^2	冷到死	lang^5 dou^3 séi^2

透過上述詞語讀音的對照，可以印證上文對於粵語鼻音韻母 an 和 ang 發音特點的說明，從舉例字詞的讀音中明白兩者在粵音上的區別。

七 短文朗讀

我唔係一個好動嘅人，但係鍾意曬下太陽，於是放假嘅時候，我會約啲朋友行下離島。大嶼山同長洲係旅遊熱點，你去到會奇怪點解離島仲多人過市區！所以，我鍾意去寧靜嘅南丫島同坪洲。

南丫島真係中西文化交匯嘅地方，榕樹灣住咗好多外國人，有好多西式餐廳同舖頭，充滿西方風情，而索罟灣就保留返古老漁村嘅風貌。呢度仲有發電廠，遠遠令人望到嘅三支大煙囪，經已成為南丫島嘅標記。

坪洲就仲靜過南丫島，呢度只得八千個居民，店舖唔多，沿海旁可以行沙灘、睇海景，向入啲嘅山路行，竟然仲見到農地！喺呢度行一日，完全可以遠離喧囂，將所有嘅工作煩惱都拋諸腦後。

港式美食

lei⁶ pai² gan² ha¹ gao² , xiu¹ mai² , ca¹ xiu¹ bao¹ tung⁴ cêng² fen² ,
例　牌　揀　蝦　餃　、　燒　賣　、　叉　燒　包　同　腸　粉　，
ga¹ mai⁴ nai⁵ wong⁴ bao¹ tung⁴ fung⁶ zao² hou² ma³ ?
加　埋　奶　黃　包　同　鳳　爪　好　嘛　？

一 基本用語

香港粵語	拼音	普通話
滾水	guen^2 sêu^2	熱開水
開	hoi^1	擺設
耐	noi^6	久
鬼咁	guei^2 gem^3	非常
剔	tig^1	打勾［英語 tick 的音譯］
嗌嘢食	ai^3 yé^5 xig^6	點菜
例牌	lei^6 pai^2	慣例，習慣
揀	gan^2	選；挑
熱辣辣	yid^6 lad^6 lad^6	熱騰騰
上枱	sêng^5 toi^2	送到桌子上
彈牙	dan^6 nga^4	有嚼勁兒
流沙	leo^4 sa^1	流出餡料
嘆茶	tan^3 ca^4	品茶
埋單	mai^4 dan^1	結賬
埋邊	mai^4 bin^1	裏邊
卡位	ka^1 wei^2	卡座［餐廳中像火車廂內對坐的半阻隔座位］
搭枱	dab^3 toi^2	拼桌
自家	ji^6 ga^1	自己
正	zéng^3	好
整杯	jing^2 bui^1	來一杯
凍檸茶	dung^3 ning^2 ca^4	冰檸檬茶
鴛鴦	yun^1 yêng^1	咖啡跟奶茶混在一起的飲品
咖央	ga^3 yang^1	咖央醬［馬來語 kaya 的音譯］
出爐	cêd^1 lou^4	剛從烤爐裏拿出來

二 情境對話

巷式飲茶

géi² wei² co⁵ la¹, yem² med¹ yé⁵ ca⁴ a³ ?

幾　位　坐　啦，飲　乜　野　茶　呀？

m⁴ goi¹ béi² wu⁴ pou² néi², yiu³ do¹ wu⁴ guen² sêu², zung⁶ yeo⁵ hoi¹ do¹ go³ wei²
tim¹ a¹.

唔　該　畀　壺　普　洱，要　多　壺　滾　水，仲　有　開　多　個　位
添　吖。

deng² gem³ noi⁶ wei² guei² gem³ tou⁵ ngo⁶, yeo⁵ med¹ dou¹ deng² tig¹ zo² dim² sem¹
ji², ai³ yé⁵ xig⁶ xin¹ ji³ gong².

等　咁　耐　位　鬼　咁　肚　餓，有　乜　都　等　剔　咗　點　心
紙，嗌　嘢　食　先　至　講。

gong² xig¹ dim² sem¹ fun² xig¹ zen¹ hei⁶ do¹, nam⁴ beg¹ dim² sem¹ ji¹ ngoi⁶, lin⁴ sei¹
xig¹ gé³ mong¹ guo² bou³ din¹ dou¹ yeo⁵.

港　式　點　心　款　式　真　係　多，南　北　點　心　之　外，連　西
式　嘅　芒　果　布　甸　都　有。

lei⁶ pai² gan² ha¹ gao², xiu¹ mai², ca¹ xiu¹ bao¹ tung⁴ cêng² fen², ga¹ mai⁴ nai⁵
wong⁴ bao¹ tung⁴ fung⁶ zao² hou² ma³ ?

例　牌　揀　蝦　餃、燒　賣、叉　燒　包　同　腸　粉，加　埋　奶
黃　包　同　鳳　爪　好　嘛？

néi¹ dou⁶ dim² sem¹ xing³ zoi⁶ yid⁶ lad⁶ lad⁶ sêng⁵ toi², yung⁶ liu² sen¹ xin¹, ha¹ yug⁶
song² gab³ dan⁶ nga⁴, nai⁵ wang⁴ bao¹ ngao² log⁶ leo⁴ sa¹.

呢　度　點　心　勝　在　熱　辣　辣　上　枱，用　料　新　鮮，蝦　肉
爽　夾　彈　牙，奶　黃　包　咬　落　流　沙。

nan⁴ deg¹ tan³ ca⁴ xig⁶ dou² gem³ hou² méi⁶ dim² sem¹, xig⁶ bao² sai³ bed¹ yu⁴ zeo²
lo³. fo² géi³, m⁴ goi¹ mai⁴ dan¹ !

難　得　嘆　茶　食　到　咁　好　味　點　心，食　飽　晒　不　如　走
咯。伙　記，唔　該　埋　單！

普通話對譯

1. 幾位坐吧，喝甚麼茶呢？

2. 請給一壺普洱，多要一壺熱開水，還有多擺放一個位子吧。

3. 等位子等了這麼久，肚子餓得不得了，甚麼事也等把點心紙打勾，先點菜才說吧。

4. 港式點心款式真多，南北點心以外，連西式的芒果布甸也有。

5. 慣例選蝦餃、燒賣、叉燒包和腸粉，再加上奶黃包和鳳爪好嗎？

6. 這裏的點心好在熱騰騰的送到桌子上，用新鮮的材料，蝦肉又爽又有嚼勁兒，奶黃包咬下去會流出餡料。

7. 難得品茶能吃到這樣美味的點心，吃飽了不如走吧。服務員，請結賬！

港式茶餐廳

1. ha⁶ ng⁵ ca⁴ deg⁶ ga³ yen⁴ do¹, lêng⁵ wei² mai⁴ bin¹ ka¹ wei² dab³ ha⁵ toi² la¹.
   下 午 茶 特 價 人 多， 兩 位 埋 邊 卡 位 搭 下 枱 啦。

2. néi¹ gan¹ di¹ xi¹ med⁶ nai⁵ ca⁴ cêd¹ sai³ méng², ji⁶ ga¹ pui³ fong¹, ca⁴ hêng¹ nai⁵
   呢 間 啲 絲 襪 奶 茶 出 晒 名， 自 家 配 方， 茶 香 奶
   wad⁶, heo² gem² yed¹ leo⁴.
   滑， 口 感 一 流。

3. kêu⁵ di¹ bo¹ lo⁴ yeo⁴ tung⁴ gei¹ pei¹ zêu³ zéng³, dai⁶ dai⁶ fai³ ngeo⁴ yeo⁴ tung⁴ gei¹
   佢 啲 菠 蘿 油 同 雞 批 最 正， 大 大 塊 牛 油 同 雞
   yug⁶, di¹ péi² zung⁶ hêng¹ cêu³ sung¹ fa³.
   肉， 啲 皮 仲 香 脆 鬆 化。

4. jing² bui¹ dung³ ning² ca⁴ wag⁶ zé² dung³ yun¹ yêng¹, tan³ do¹ gin⁶ ga³ yang¹ sei¹
   整 杯 凍 檸 茶 或 者 凍 鴛 鴦， 嘆 多 件 咖 央 西
   do¹ xi², gan² jig⁶ zêu³ gai¹ hêng² seo⁶.
   多 士， 簡 直 最 佳 享 受。

5. yi² , dan⁶ tad¹ ngam¹ ngam¹ cêd¹ lou⁴ , sei² m⁴ sei² cêd¹ mun⁴ heo² pai⁴ dêu² xin¹ ji³

　　 噢，蛋撻 啱 啱 出爐，使唔使出 門 口 排 隊 先至

　　 yeo⁵ a³ ?

　　 有 呀 ？

普通話對譯

1. 下午茶特價時段人多，兩位到裏邊卡位拼一拼桌坐吧。

2. 這一家的絲襪奶茶很出名，用自己的配方，茶香奶滑，喝起來感覺一流。

3. 他們最好是菠蘿油和雞批，牛油和雞肉都是大大的一塊，外層還香脆鬆軟。

4. 來一杯凍檸檬茶或凍鴛鴦，再來一件咖央西多士，簡直就是最好的享受。

5. 唷，蛋撻剛剛從烤爐裏拿出來了，用不著到門外排隊才有吧？

三 擴充詞彙

茶樓飲茶

開茶	hoi¹ ca⁴	蝦餃	ha¹ gao²
沖茶	cung¹ ca⁴	燒賣	xiu¹ mai²
斟茶	zem¹ ca⁴	腸粉	cêng² fen²
茶杯	ca⁴ bui¹	牛肉	ngeo⁴ yug⁶
茶壺	ca⁴ wu²	叉燒包	ca¹ xiu¹ bao¹
普洱	pou² néi²	奶黃包	nai⁵ wong⁴ bao¹
壽眉	seo⁶ méi²	雞包仔	gei¹ bao¹ zei²
香片	hêng¹ pin²	小籠包	xiu² lung⁴ bao¹
水仙	sêu² xin¹	潮州粉果	qiu⁴ zeo¹ fen² guo²
龍井	lung⁴ zéng²	豉汁排骨	xi⁶ zeb¹ pai⁴ gued¹
鐵觀音	tid³ gun¹ yem¹	鳳爪	fung⁶ zao²
烏龍	wu¹ lung²	蘿蔔糕	lo⁴ bag⁶ gou¹
菊花	gug¹ fa¹	糯米雞	no⁶ mei⁵ gei¹

茶餐廳飲食

搵位	wen² wei²	菠蘿油	bo¹ lo⁴ yeo⁴
等位	deng² wei²	蛋撻	dan⁶ tad¹
卡位	ka¹ wei²	蛋 / 牛治	dan²/ ngeo² ji⁶
搭枱 / 位	dab³ toi² / wei²	腿蛋治	têu² dan² ji⁶
落單	log⁶ dan¹	公司治	gung¹ xi¹ ji⁶
餐飲	can¹ yem²	西多士	sei¹ do¹ xi²
熱 / 凍飲	yid⁶/ dung³ yem²	雞批	gei¹ pei¹
少甜	xiu² tim⁴	奶油多	nai⁵ yeo⁴ do¹
咖啡	ga³ fé¹	奶醬多	nai⁵ zêng³ do¹
奶茶	nai⁵ ca⁴	油占多	yeo⁴ jim¹ do¹
鴛鴦	yun¹ yêng¹	公仔麵	gung¹ zei² min⁶
好立克	hou² leb⁶ heg¹	沙爹牛麵	sa³ dé¹ ngeo² min⁶
阿華田	o¹ wa⁴ tin⁴	煎雙蛋	jin¹ sêng¹ dan²
檸茶	ning² ca⁴	火腿通粉	fo² têu² tung¹ fen²
檸水	ning² sêu²	奄列	em¹ lid⁶
檸樂	ning² log⁶	牛油餐包	ngeo⁴ yeo⁴ can¹ bao¹
鹹檸七	ham⁴ ning² ced¹	牛奶麥皮	ngeo⁴ nai⁵ meg⁶ péi⁴
汽水	héi³ sêu²	炸雞髀	za³ gei¹ béi²
柚子蜜	yeo² ji² med⁶	忌廉湯	géi⁶ lim¹ tong¹
紅豆冰	hung⁴ deo² bing¹	羅宋湯	lo⁴ sung³ tong¹

港式奶茶

香港旅遊發展局介紹

香醇幼滑的港式奶茶，大抵是最能代表香港的特色飲品。香港人每年喝上億杯奶茶，更舉行「金茶王」大賽選出最會沖泡奶茶的師傅，可見本地人對奶茶的熱愛。一杯好的奶茶，除了錫蘭紅茶、淡奶和糖的比例要得宜，還得靠師傅絕妙的「撞茶」功夫。由於泡好的紅茶要經過貌似「絲襪」（棉紗網）的茶袋過濾，故又稱為「絲襪奶茶」。到茶餐廳，您還可以嚐嚐加煉奶不加砂糖的「茶走」，或奶茶加咖啡的「鴛鴦」。

相關網址: http://www.discoverhongkong.com/tc/dine-drink/what-to-eat/must-eat/hong-kong-style-milk-tea.jsp

四 常用詞語

「埋」的不同用法

「埋」字在課文裏出現了三次 (「加埋」、「埋單」、「埋邊」)，三次的意思和用法也不相同。

1) 「加埋」

「加埋」是加在一起的意思，「埋」字用作補語，用在動詞的後面，表示動作的完成或擴展範圍 (另見上編第六課)。其他結構相同詞例有：

睇埋	我睇埋本書就瞓	我看完書就睡覺
畀埋	畀埋錢先走	付了錢才離去
約埋	約埋你去打波	約你一起去打球

2) 「埋單」

「埋單」是結賬的意思，「埋」字這裏是動詞，解作結算。「埋」作動詞用，另有靠近或組合的意思，詞例如下：

埋站	巴士埋站喇	巴士進站了
埋席	夠鐘埋席喇	是時候入座了
埋班	你預我一齊埋班	你預我一起來組成班子

3) 「埋邊」

「埋邊」是裏邊的意思，這裏的「埋」指示往內裏的方向，與「邊」字組合，作成方位詞。「埋邊」也可說成「裏邊」、「裏面」、「裏便」、「埋便」，這都是口語上表示往內裏方向的用詞。

預習

以下是「埋」字組成的詞語，試用粵語讀出及解釋一下是甚麼意思：

(1) 埋堆 mai^4 $dêu^1$　　　　(2) 埋手 mai^4 seo^2

(3) 埋牙 mai^4 nga^4　　　　(4) 埋尾 mai^4 $méi^5$

後置副詞:「晒」、「多」、「少」

「晒」字用在動詞或形容詞的後面,表示「完全」、「整個」、「光」、「了」的意思。
例子如下:

佢哋出晒街	他們都上街了
佢成個人都變晒	他整個人完全變了
食晒啲嘢	把東西吃光

「晒」字還有加強語氣的作用,例如「呢間餐廳出晒名」就是「這間餐廳十分有
名」。這強調的意味每見於把「晒」字放在感謝語後,像「唔該晒」、「麻煩晒」、「多
謝晒」等。

此外,粵語也把「多」、「少」這些副詞放在動詞或形容詞的後面,而普通話則
多放在前面。例如:

開多壺龍井	多開一壺龍井
整多個豬扒包	多來一個豬扒包
食少啲至可以減肥	少吃一點才可以減肥
大家講少句啦	大家少說話吧

日常生活中用到「晒」、「多」、「少」等後置副詞時,尤其要注意粵語和普通話
在句子的組織結構方面,兩者的語序往往相反這一情況。

五 常用句子

港式飲茶常用句式

(1) 我哋嚟少咗一個,唔該幫我哋改返_____位茶吖。

(2) 俾壺_____同_____,加壺滾水,唔該。

(3) 唔該,我呢張枱有點心紙。

(4) 唔該,畀支筆我哋剔點心。

(5) 咦,畀錯嘞,我哋冇嗌到_____喎。

(6) 唔該,我哋叫咗個_____,好耐都未嚟喎!

(7) 我哋走嘞,有個_____冇嚟,唔該同我取消佢呀。

(8)　請問有冇牙簽呀？

(9)　唔該加水吖。

(10)　呢張 coupon 係唔係可以用？

(11)　等一等，我想 check 下張單先。

(12)　呢碟＿＿＿＿＿＿＿＿＿＿＿＿冇嚟，唔該同我減返條數吖。

練習 ///

點餐模擬練習：2 人一組，分別扮演餐廳服務員和食客，點選餐廳食物及飲品。

　　根據以下餐牌內容，食客向服務員點選食物及飲品，並回應所問；服務員則詢問如何加配，及是否更改食物，並告知需付款多少。

六 粵讀解碼

粵音變調

粵語在口頭上的讀音，常常會因為受到前後文語音高低的影響，或者因注入特殊意思而改變了聲調。像這課內便有大量的字詞，在口頭表達時出現了變調：

原調		變調			
牌	pai⁴	pai²	例牌	lei⁶ pai²	
壺	wu⁴	wu²	茶壺	ca⁴ wu²	
眉	méi⁴	méi²	壽眉	seo⁶ méi²	
片	pin³	pin²	香片	hêng¹ pin²	
龍	lung⁴	lung²	烏龍	wu¹ lung²	
賣	mai⁶	mai²	燒賣	xiu¹ mai²	
牛	ngeo⁴	ngeo²	牛治	ngeo² ji⁶	
			沙爹牛麵	sa³ dé¹ ngeo² min⁶	
檸	ning⁴	ning²	檸茶	ning² ca⁴	
			檸水	ning² sêu²	
			檸樂	ning² log⁶	
			鹹檸七	ham⁴ ning² ced¹	

從比較中可以看見，口語變調多出現在原先要讀陽平聲（第 4 聲），或陽去聲（第 6 聲）字，為了在詞句中提高聲調，而多半改讀為陰上聲（第 2 聲）。日常生活中出現類似的口語變調字詞，還可以舉例如下：

. 從第 4 聲變調為第 2 聲

原調		變調		
圍	yun^4	yun^2	公園	gung^1 yun^2
鞋	hai^4	hai^2	拖鞋	to^1 hai^2
筒	tung^4	tung^2	風筒	fung^1 tung^2
刨	pao^4	pao^2	鬚刨	sou^1 pao^2
銀	ngen^4	ngen^2	散銀	san^2 ngen^2
鵝	ngo^4	ngo^2	燒鵝瀨	xiu^1 ngo^2 lai^6
婆	po^4	po^2	賣菜婆	mai^6 coi^3 po^2
娘	nêng^4	nêng^2	新娘	sen^1 nêng^2
華	wa^4	wa^2	裕華	yu^6 wa^2
條	tiu^4	tiu^2	間條	gan^3 tiu^2
皮	péi^4	péi^2	皮褸	péi^2 leo^1
			冰皮	bing^1 péi^2
河	ho^4	ho^2	西灣河	sei^1 wan^1 ho^2
			河粉	ho^2 fen^2
			乾炒牛河	gon^1 cao^2 ngeo^4 ho^2
頭	teo^4	teo^2	舖頭	pou^3 teo^2
			插頭	cab^3 teo^2
			日頭	yed^6 teo^2
			熱頭	yid^6 teo^2
			碟頭飯	dib^6 teo^2 fan^6

2. 從第 6 聲變調為第 2 聲

原調		變調		
氏	xi⁶	xi²	屈臣氏	wed¹ sen⁴ xi²
夜	yé⁶	yé²	宵夜	xiu¹ yé²
潤 / 膶	yên⁶	yên²	豬膶	ju¹ yên²
地	déi⁶	déi²	香港地	hêng¹ gong² déi²
			跑馬地	pao² ma⁵ déi²
			油麻地	yeo⁴ ma⁴ déi²
士	xi⁶	xi²	巴士	ba¹ xi²
			的士	dig¹ xi²
			貼士	tib¹ xi²
			波士	bo¹ xi²
			多士	do¹ xi²

3. 其他變調情況

原調		變調		
舖	pou³	pou²	甜品舖	tim⁴ ben² pou²
蛋	dan²	dan⁶	蛋撻	dan⁶ tad¹
灣	wan¹	wan⁴	長沙灣	cêng⁴ sa¹ wan⁴
奶	nai⁵	nai¹	師奶	xi¹ nai¹

以上所舉例子都是課文中曾出現過的詞語，從上述日常生活用語的口頭變討可見，在粵語口頭表達時，往往會為了配合前後發音較高的陰聲調詞語，而將原於發音較低的陽聲調詞語，變調為陰聲調的讀法，像「公園 gung¹ yun²」、「西灣sei¹ wan¹ ho²」、「冰皮 bing¹ péi²」、「香港地 hêng¹ gong² déi²」中所出現的變調，便是這一情況。

從比例上來看，變調的情況最常見的是從第 4 聲變調為第 2 聲，又不乏從第

聲變調為第 2 聲的情況，除此以外，也有因應前後字詞的不同聲調，為方便口頭表達順暢而配合變調的，這便視乎詞語的組合和表達習慣來決定。

還有些情況是因注入特殊意思而刻意變調的，如「靚 léng³」字，變讀成第一聲 léng¹的時候，便有輕蔑小看的意思 (如「靚妹」、「死靚仔」)。像以上各種口語變調情況，在學習粵語時都要特別在意，才能在發音和意思表達上可以更加準確。

七 短文朗讀

菠蘿包係喺香港好流行嘅一種麵包，但係佢實際上冇任何菠蘿嘅成分。

咁點解會叫做「菠蘿包」呢？原來菠蘿包嘅面有一層餡料，通常係由砂糖、雞蛋、麵粉同豬油整成嘅，當麵包焗完之後，面嘅呢層就會變成一塊凹凹凸凸、金黃色嘅脆皮，令到個包望落好似菠蘿咁，所以就叫做菠蘿包。

依家嘅麵包舖同茶餐廳，已經喺菠蘿包度玩創新。除咗有夾塊牛油嘅菠蘿油，仲有夾午餐肉嘅餐肉菠蘿包、夾叉燒嘅叉燒菠蘿包、用紅豆做餡嘅紅豆菠蘿包，仲有用奶黃做餡嘅奶黃菠蘿包。大家有冇試過呢？

hêng¹ gong² yeo⁵ med¹ yé⁵ bun² déi⁶ xing⁶ xi⁶,
香　港　有　乜　野　本　地　盛　事，
jig⁶ deg¹ ngo⁵ déi⁶ hêu³ tei² gé³ né¹？
值　得　我　哋　去　睇　嘅　呢？

geng² hei⁶ tei² cêng⁴ zeo¹ tai³ ping⁴ qing¹ jiu³,
梗　係　睇　長　洲　太　平　清　醮，
tung⁴ dai⁶ hang¹ gé³ mou⁵ fo² lung⁴ la¹.
同　大　坑　嘅　舞　火　龍　啦。

一 基本用語

香港粵語	拼音	普通話
是必	xi⁶ bid¹	一定
梗	geng²	當然
話	wa⁶	告訴
一次過	yed¹ qi³ guo³	一次性
匀	wen⁴	遍
跟住	gen¹ ju⁶	接著
至平價	ji³ péng⁴ ga³	最便宜的價錢
貼海	tib³ hoi²	靠近海面
舞住	mou⁵ ju⁶	舞動著
幾咁	géi² gem³	多麼的
喎	wo³	呢 [表示反詰的語助詞]

二 情境對話

熱門景點

1. co¹ lei⁴ hêng¹ gong² , yeo⁵ mou⁵ xi⁶ bid¹ yiu³ tei² gé³ ging² dim² né¹ ?
   初 嚟 香 港 ， 有 冇 是 必 要 睇 嘅 景 點 呢 ?

2. geng² yeo⁵ la¹ , deng² ngo⁵ wa⁶ tiu⁴ yed¹ qi³ guo³ tei² sai³ bid¹ hêu³ ging² dim² gé³
   梗 有 啦 ， 等 我 話 條 一 次 過 睇 晒 必 去 景 點 嘅
   lou⁶ xin³ guo³ néi⁵ ji¹ la¹ .
   路 線 過 你 知 啦 。

3. xin¹ hei² zung¹ wan⁴ co⁵ yeo⁵ séng⁴ bag³ sa¹ nin⁴ lig⁶ xi² gé³ lam⁶ cé¹ sêng⁵ san¹ déng
   先 喺 中 環 坐 有 成 百 卅 年 歷 史 嘅 纜 車 上 山 頂

4. san¹ déng² sam¹bag³lug⁶a⁶ dou⁶ gem² tei² wen⁴ wei⁴ gong² léng³ ging² heo⁶ , zung⁶
山　頂　　 **360** 　度　 咁　睇　匀　維　港　靚　景　後 ， 仲
ho² yi⁵ yun⁵ mong⁶ geo² lung⁴ tung⁴ nam⁴ zung¹ guog³ hoi² .
可　以　遠　望　九　龍　同　南　中　國　海　。

5. gen¹ ju⁶ co⁵ din⁶ cé¹ hêu³ wan¹ zei² hang⁴ wui⁶ jin² zung¹ sem¹ , tung⁴ géi² nim⁶ wui⁴
跟　住　坐　電　車　去　灣　仔　行　會　展　中　心 ， 同　紀　念　回
guei¹ gé³ gem¹ ji² ging¹ guong² cêng⁴ .
歸　嘅　金　紫　荊　廣　場　。

6. zoi³ hei² ma⁵ teo⁴ co⁵ xiu² lên⁴ guo³ jim¹ dung¹ , yung⁶ ji³ péng⁴ ga³ yeo⁴ xun⁴ ho² ,
再　喺　碼　頭　坐　小　輪　過　尖　東 ， 用　至　平　價　遊　船　河 ，
tib³ hoi² gem² yen¹ sêng² wei⁴ gong² fung¹ guong¹ .
貼　海　咁　欣　賞　維　港　風　光　。

7. sêng⁵ zo² ngon⁶ hêu³ mai⁴ lig⁶ xi² bog³ med⁶ gun² , cam¹ gun¹ hêng¹ gong² gé³ lig⁶
上　咗　岸　去　埋　歷　史　博　物　館 ， 參　觀　香　港　嘅　歷
xi² gu³ xi⁶ , gem² zeo⁶ zêu³ perfect lag³ .
史　故　事 ， 咁　就　最　perfect　嘞　。

普通話對譯

1. 剛到香港來，有沒有非看不可的景點呢？

2. 當然有啦，讓我告訴你一條一次就能看完必到景點的路線吧。

3. 先在中環乘坐差不多有一百三十年歷史的纜車前往山頂。

4. 山頂上可以 360 度看遍維港美景，還可以遠望九龍和南中國海。

5. 接着坐電車到灣仔逛會展中心，和紀念回歸的金紫荊廣場。

6. 然後在碼頭坐小輪往尖東，用最便宜價錢貼近海面的來欣賞維港風光。

7. 上岸以後連歷史博物館也去了，參觀香港的歷史故事（展覽），這樣就最
perfect 了。

城中盛事

1. hêng¹ gong² yeo⁵ med¹ yé⁵ bun² déi⁶ xing⁶ xi⁶, jig⁶ deg¹ ngo⁵ déi⁶ hêu³ tei² gé³ né¹ ?
   香 港 有 乜 嘢 本 地 盛 事，值 得 我 哋 去 睇 嘅 呢？

2. geng² hei⁶ tei² cêng⁴ zeo¹ tai³ ping⁴ qing¹ jiu³, tung⁴ dai⁶ hang¹ gé³ mou⁵ fo² lung⁴ la¹
   梗 係 睇 長 洲 太 平 清 醮，同 大 坑 嘅 舞 火 龍 啦

3. tai³ ping⁴ qing¹ jiu³ m⁴ ji² toi⁴ beg¹ dei³ sen⁴ zêng⁶ cêd¹ cên⁴, zung⁶ yeo⁵ piu¹ xig¹ cên⁴
   太 平 清 醮 唔 止 抬 北 帝 神 像 出 巡，仲 有 飄 色 巡
   yeo⁴ tung⁴ cêng² bao¹ san¹, cêng⁴ min⁶ yid⁶ nao⁶ dou³ gig⁶.
   遊 同 搶 包 山，場 面 熱 鬧 到 極。

4. dai⁶ hang¹ mou⁵ fo² lung⁴ zeo⁶ hei² zung¹ ceo¹ jid³ qin⁴ heo⁶ sam¹ man⁵, hei² fa¹ deng¹
   大 坑 舞 火 龍 就 喺 中 秋 節 前 後 三 晚，喺 花 燈
   cên⁴ yeo⁴ ji¹ heo⁶,
   巡 遊 之 後，

5. séng⁴ sam¹ bag³ yen⁴, mou⁵ ju⁶ lêng⁵ bag³ géi² cég³ cab³ mun⁵ hêng¹ gé³ fo² lung⁴,
   成 三 百 人，舞 住 兩 百 幾 呎 插 滿 香 嘅 火 龍，
   zen¹ hei⁶ géi² gem³ zong³ gun¹.
   真 係 幾 咁 壯 觀！

6. lêng⁵ hong⁶ dou¹ yeb⁶ zo² guog³ ga¹ keb¹ féi¹ med⁶ zed¹ men⁴ fa³ wei⁴ can², gem²
   兩 項 都 入 咗 國 家 級 非 物 質 文 化 遺 產，咁
   dim² ho² yi⁵ m⁴ hêu³ tei² wo³ ?
   點 可 以 唔 去 睇 喎？

普通話對譯

1. 香港有沒有甚麼本地盛事，值得我們去看的呢？
2. 當然是看長洲的太平清醮和大坑的舞火龍了。
3. 太平清醮不光抬出北帝神像出巡，還有飄色巡遊和搶包山，場面非常熱鬧
4. 大坑舞火龍就在中秋節前後的三個晚上，在花燈巡遊之後。
5. 差不多三百人，舞動著兩百多呎插滿了香的火龍，真是多麼壯觀！

6. 兩項都列入國家級非物質文化遺產了，這怎麼能不去看呢？

三 擴充詞彙

香港熱門景點

景點名稱	拼音	參觀重點
太平山頂	tai³ ping⁴ san¹ déng²	坐纜車，觀景台賞全城日夜景，逛香港市集。
尖沙咀海濱花園	jim¹ sa¹ zêu² hoi¹ ben¹ fa¹ yun²	欣賞維港，「幻彩詠香江」燈光音樂匯演。逛九廣鐵路鐘樓、星光大道、香港文化中心、太空館。
金紫荊廣場、香港會議展覽中心	gem¹ ji² ging¹ guong² cêng⁴, hêng¹ gong² wui⁶ yi⁵ jin² lam⁵ zung¹ sem¹	參觀香港回歸紀念碑，國旗及區旗升旗儀式（上午 8:00），及香港動漫海濱樂園。
香港迪士尼樂園	hêng¹ gong² dig⁶ xi⁶ néi⁴ log⁶ yun⁴	欣賞遊樂設施和娛樂表演，體驗度假區主題酒店。
香港海洋公園	hêng¹ gong² hoi² yêng⁴ gung¹ yun²	參觀海洋動物主題樂園，坐架空纜車及海洋列車，水族館巨型觀賞屏探視水底世界。
女人街	nêu⁵ yen² gai¹	通菜街俗稱，是匯集過百個小攤檔的露天市集，平買衣物用品、小飾物或紀念品。
廟街夜市	miu⁶ gai¹ yé⁶ xi⁵	又稱「男人街」，賣生活用品攤檔，及食檔、相士、街頭演唱的市集。港產片取景勝地。
蘭桂坊	lan⁴ guei³ fong¹	中環德己立街及雲咸街之間小巷，品嚐各國美食。啤酒節時有嘉年華會。
大嶼山昂坪	dai⁶ yu⁴ san¹ ngong⁵ ping⁴	坐昂坪 360 吊車，遊寶蓮寺、天壇大佛、昂坪市集、心經簡林。
大澳棚屋	dai⁶ ou³ pang⁴ ug¹	遊漁村棚屋，搭快艇出海觀日落，搜尋中華白海豚。
赤柱市集	cég³ qu⁵ xi⁵ zab⁶	市集購紀念品，遊美利樓、卜公碼頭，海濱酒吧賞落日。

長洲太平清醮

香港旅遊發展局介紹

長洲太平清醮是香港獨有的民間節慶，歡騰又富地道色彩。節慶期間，島上居民全情參與，舞龍舞獅鑼鼓喧天，其中「搶包山」比賽和飄色會景巡遊是必看亮點。

由於獨一無二的包山，長洲太平清醮又稱為「包山節」。至於甚麼是「醮」呢？「醮」就是祭祀活動。相傳清朝中葉長洲瘟疫為患，居民向北帝神祈福，並奉北帝神像遊行，疫症才消除。如今，長洲太平清醮不只是國家級非物質文化遺產，更獲美國《時代週刊》雜誌網站選為「全球十大古怪節日」之一呢！

相關網址：http://www.discoverhongkong.com/tc/see-do/events-festivals/chinese-festivals/cheung-chau-bun-festival.jsp

大坑舞火龍

香港旅遊發展局介紹

香港鬧市出現巨大火龍！這絕不是電影情節，而是在中秋節期間進行的百年傳統習俗。來香港度中秋，不單是嚐月餅賞綵燈這麼簡單啊！

到大坑來，您會發現在一片鑼鼓聲中，眾多村民從擁有逾 150 年歷史的大坑蓮花宮出發，舞動著火龍在街道上穿梭，平日寧靜的小巷因而變得火光閃爍。舞火龍的傳統源於 19 世紀，居民為求消除瘟疫而起，如今成了香港獨特的風俗，2011 年更被列為第三批國家級非物質文化遺產。

相關網址：http://www.discoverhongkong.com/tc/see-do/culture-heritage/living-culture/tai-hang-fire-dragon-dance.jsp

四 常用詞語

「勻」的不同意思

　　「勻」字在粵語中常用到，不同詞性下有不同的意思。以下是「勻」一詞的兩種解釋和用法：

1) 「遍」的意思，放在動詞後作補語用 [動詞＋勻]，表示將前面的動作做遍了。相當於普通話「遍」的意思，例如：

睇勻維港　　看遍了維多利亞港

食勻全港　　吃遍了全港

搵勻間屋　　找遍了整間房子

2) 「次」的意思，放在數詞後作量詞用 [數詞＋勻]，相當於普通話「次」的意思，例如：

睇咗一勻　　看了一次

食過兩勻　　吃過兩次

行過幾勻　　走過幾次

「勻」和「晒」的分別

　　上一課提過「晒」字用在動詞或形容詞的後面，表示「完全」或「整個」等意思。「晒」字和同樣放在動詞後作補語，解作「遍」的「勻」意思很接近，然而兩者在運用上其實意思有別，試看以下例子：

食晒枱面啲嘢　　　　　　　吃光了桌上的東西

食勻枱面啲嘢　　　　　　　吃遍了桌上的東西

　　兩者雖然句式一致，但意思明顯不同，「食晒」指將所有全吃光，而「食勻」則指將不同食物都吃過。可見「勻」一詞強調是遍及的意思，和「晒」強調作用於整體的意思不同。

練習 //

✍ 試比較以下句子，並說明三句意思上的差別。

(1) 本書睇晒未？

(2) 把刀放喺邊呢？我睇勻廚房都唔見。

(3) 我睇勻啲相，揀出最靚係呢張。

//

「住」的不同意思

(1) 「着」的意思，放在動詞後作為助詞，表示動作的持續。相當於普通話的「着」，例如：

舞住火龍　　　　　舞着火龍

拎住本書　　　　　拿着一本書

停住等你　　　　　停着等你

(2) 同普通話「住」意思，在動詞後作補語用，例如：

記住呢一刻　　　　記住這一刻

練習 //

✍ 粵普對譯：試改用粵語講出以下句子。

(1) 防煙門不應該開着。

(2) 一邊看着電視，一邊吃飯。

(3) 他出門的時候是拿着雨傘的。

(4) 我趕着找你，忘了帶手機。

(5) 薪水不錯就先做着一段時間吧。

//

副詞：「梗」

「梗」本義指固定、不靈活，「梗頸」、「膊頭梗晒」就是表示脖子動不了、肩膀動不了的意思。把固定的意義引申開來，「梗」字用以表示一定、肯定的情況，例如：「梗有」即一定有；「梗係」即肯定是；「梗好」即當然好。

練習

✍　粵普對譯：試改用粵語講出以下句子。

(1) 你問他，他一定知道。

(2) 她發薪水，一定去買衣服的。

(3) 打風之後，買菜必然貴。

(4) 他說來，肯定來的。

(5) 你請吃飯，當然好呢。

五　常用句子

「等我話過／畀你知」

粵語句式「等我話過／畀你知」，相當於普通話的「讓我告訴你」，並把賓語前置，結構是：「等我話＋(賓語)＋過／畀＋你知」，例如：

等我話件事過你知　　　　　　讓我告訴你一件事
等我話單新聞畀你知　　　　　讓我告訴你一樁新聞
等我話條香港遊必去嘅路線過你知　讓我告訴你一條香港遊必去的路線

「是必要」

「是必要」即「一定要」、「必須」，香港電影常出現警方向疑犯告誡的對白：「唔係是必要你講……」，使「是必要」成為流行一時的俗語。「是必要」連接動詞，表示必須做甚麼，例如：

是必要知　一定要知
是必要睇　一定要看
是必要講　一定要說

「唔止……仲……」

「唔止……仲……」跟「不但……而且……」的用法一致,「仲」有「還」的意思,
「仲有」即「還有」。例句:

唔止有搶包山,仲有飄色巡遊　　　　不但有搶包山,還有飄色巡遊

唔止好睇,仲入咗非物質文化遺產　　不但好看,而且列入非物質文化遺產

練習

🥄 試用「唔止……仲……」的句式,把以下各行的前後兩句連接起來。

(1) 佢好靚。　　　　　　佢人品好。

(2) 我頭痛。　　　　　　我發燒。

(3) 呢條街有科學館。　　呢條街有歷史博物館。

(4) 我今日搭巴士遊車河。　我今日去離島遊船河。

(5) 昂坪有心經簡林。　　昂坪有天壇大佛。

🥄 對話練習:試以 3 人為一組,參考擴充詞彙對香港熱門景點的有關介紹,然
後用以下的句式進行對話。

甲: 嚟香港,有乜嘢地方係是必要去嘅呢?

乙: 等我話個最正嘅景點畀你聽,就係＿＿＿＿＿＿＿＿＿＿＿＿＿＿＿＿＿＿＿

因為＿＿＿＿＿＿＿＿＿＿＿＿＿＿＿＿＿＿＿＿＿＿＿＿＿＿＿＿＿＿＿＿＿

丙: 咪住,我就覺得梗係去＿＿＿＿＿＿＿＿＿＿＿＿＿＿＿＿＿＿＿＿啦

因為嗰度＿＿＿＿＿＿＿＿＿＿＿＿＿＿＿＿＿＿＿＿＿＿＿＿＿＿＿＿＿＿＿

甲: 既然咁好,我可以兩度都去,一次過睇勻晒就最 perfect 嘞!

六 粵讀解碼

粵語鼻音韻尾 m、n、ng 和塞音韻尾 b、d、g 的對應

　　粵語語音系統的韻母，除收元音的韻之外，還有收 m、n、ng 的鼻音韻尾，和收 b、d、g 的塞音韻尾。普通話只有鼻音韻尾 n 和 ng，m 韻尾都變為 n 韻尾[①]，此外 b、d、g 等塞音韻尾都已消失，故此普通話既沒有粵音所有的雙唇鼻音韻尾，也沒有粵音所具備的各種入聲。

　　粵語語音系統內 m、n、ng 等三個鼻音韻尾，在發音上分別對應於 b、d、g 等三個塞音韻尾，其間關係如下表所示：

發音部位	雙唇音	舌尖音	舌根音
鼻音	m	n	ng
塞音	b	d	g

　　這種語音上的對應關係，説明粵音兩種韻尾原有共通的發音方式，兩者的對應情況可舉例説明如下：

三 sam³　　—— 颯 sab³

今 gem¹　　—— 急 geb¹

艷 yim⁶　　—— 業 yib⁶

散 san³　　—— 刹 sad³

因 yen¹　　—— 一 yed¹

邊 bin¹　　—— 必 bid¹

孟 mang⁶　—— 墨 mag⁶

登 deng¹　—— 得 deg¹

英 ying¹　—— 益 yig¹

　　以上所舉便是鼻音韻尾與塞音韻尾對應的常見字例，兩組韻母這種語音上的對應關係，説明了如果聲韻（指元音）調相同的話，兩者差別僅在韻尾收音而已。像「今 gem¹」字，和入聲「急 geb¹」字發音上的分別，就在於韻尾以鼻音或塞音收音而已。

[①] 有關粵音韻母 m 韻尾變成普通話 n 韻尾的情況，詳見上編第十課粵讀解碼內雙唇鼻音韻尾與普通話韻母對應的説明。

在上編第八課粵讀解碼部分，介紹過分辨粵音聲調的「天籟調聲法」，只要從例字中熟記聲調變化，便可以明確分辨粵音九個不同的聲調。所舉從例字「因」字開始，到順序讀出「一」和「日」等入聲，所利用的便是這種鼻音韻尾與塞音韻尾在發音上的對應關係。

粵語塞音韻尾 b、d、g 與普通話韻母的對應

除了利用上述鼻音韻尾 m、n、ng 和塞音韻尾 b、d、g 的對應關係，推求入聲的準確讀音之外，習慣用普通話的人，也可注意粵語塞音韻尾 b、d、g 與普通話韻母的對應關係，從而掌握粵語入聲的讀音。粵語收 b、d、g 韻尾的各個入聲韻母，與普通話韻母的對應關係列表如下：

1. 與粵音 b 韻尾對應的普通話韻母

粵音 ab 韻母	普通話 a 韻母	鴨	ab^3	雜	zab^6
		答	dab^3	踏	dab^6
		臘	lab^6	納	nab^6
	普通話 ia 韻母	甲	gab^3	俠	hab^6
		峽	hab^6	匣	hab^6
	普通話 i 韻母	立	lab^6	圾	sab^3
		集	zab^6	習	zab^6
	普通話 e 韻母	盒	hab^6	鴿	gab^3
		革	gab^3	褶	jab^3
粵音 eb 韻母	普通話 i 韻母	十	seb^6	急	geb
		及	keb^6	濕	seb^1
		粒	neb^1	邑	yeb^1
	普通話 e 韻母	合	heb^6	領	heb^6
		瞌	heb^6	欱	keb^1
		澀	seb^1	嗑	heb^6
	普通話 ia 韻母	洽	heb^1	恰	heb^1
	普通話 ei 韻母	給	keb^1		
	普通話 u 韻母	入	yeb^6		

續上表

粵音 ib 韻母	普通話 ie 韻母	碟	dib⁶	貼	tib³
		獵	lib⁶	鑷	nib⁶
		接	jib³	唸	gib¹
	普通話 e 韻母	葉	yib⁶	業	yib⁶
		攝	xib³	摺	jib³

2. 與粵音 d 韻尾對應的普通話韻母

粵音 ad 韻母	普通話 a 韻母	八	bad³	押	ad³
		達	dad⁶	卡	kad¹
		發	fad³	挖	wad³
		紮	zad³	辣	lad⁶
		煞	sad³	殺	sad³
		壓	ad³	髮	fad³
	普通話 ua 韻母	刮	guad³	滑	wad⁶
		刷	cad³		
	普通話 o 韻母	抹	mad³	斡	wad³
粵音 ed 韻母	普通話 u 韻母	不	bed¹	佛	fed⁶
		勿	med⁶	屈	wed¹
		骨	gued¹	桔	ged¹
	普通話 i 韻母	一	yed¹	失	sed¹
		日	yed⁶	七	ced¹
		密	med⁶	質	zed¹
		侄	zed⁶	筆	bed¹
	普通話 a 韻母	乏	fed⁶	拔	bed⁶
	普通話 e 韻母	咳	ked¹	劾	hed⁶
	普通話 ia 韻母	瞎	hed⁶	轄	hed⁶
	普通話 ue 韻母	掘	gued⁶	倔	gued⁶

續上表

粤音	普通話	字	粵拼	字	粵拼
粤音 id 韻母	普通話 ie 韻母	別	bid⁶	鐵	tid³
		切	qid³	結	gid³
		列	lid⁶	截	jid⁶
		裂	lid³	跌	did³
		節	jid³	傑	gid⁶
		揭	kid³	撇	pid³
	普通話 i 韻母	必	bid¹	佚	did⁶
		秩	did⁶	蝕	xid⁶
	普通話 e 韻母	熱	yid⁶	徹	qid³
		設	qid³	折	jid³
粤音 od 韻母	普通話 e 韻母	葛	hod³	割	god³
		萵	god³	喝	hod³
粤音 ud 韻母	普通話 o 韻母	撥	bud⁶	潑	pud³
		末	mud⁶	砵	bud³
	普通話 uo 韻母	活	wud⁶	闊	fud³
		括	kud³		
	普通話 ei 韻母	沒	mud⁶		
粤音 êd 韻母	普通話 u 韻母	出	cêd¹	戌	sêd¹
		述	sêd⁶	術	sêd⁶
		卒	zêd¹	恤	sêd¹
	普通話 uai 韻母	帥	sêd³	摔	sêd¹
	普通話 uo 韻母	咄	dêd¹	捽	zêd¹
	普通話 ü 韻母	律	lêd⁶	率	lêd⁶
粤音 üd 韻母	普通話 üe 韻母	月	yud⁶	悅	yud⁶
		粤	yud⁶	雪	xud³
		血	hüd³	穴	yud⁶
	普通話 uo 韻母	說	xud³	奪	düd⁶
		脫	tüd³	拙	jud³

3. 與粵音 g 韻尾對應的普通話韻母

粵音	普通話				
粵音 ag 韻母	普通話 e 韻母	客	hag³	責	zag³
		測	cag¹	革	gag³
		冊	cag³	策	cag³
	普通話 ai 韻母	百	bag³	拆	cag³
		窄	zag³	拍	pag³
	普通話 o 韻母	握	ag¹	帛	bag⁶
粵音 eg 韻母	普通話 e 韻母	特	deg⁶	側	zeg¹
		則	zeg¹	得	deg¹
		德	deg¹	仄	zeg¹
	普通話 ai 韻母	麥	meg⁶	脈	meg⁶
		塞	seg¹		
	普通話 o 韻母	陌	meg⁶	墨	meg⁶
	普通話 ei 韻母	北	beg¹	黑	heg¹
粵音 ég 韻母	普通話 i 韻母	踢	tég³	赤	cég³
		錫	ség³	隻	zég³
		笛	dég⁶	蓆	jég⁶
		劈	pég³	炙	zég³
		尺	cég³	屐	kég⁶
		吃	hég³	石	ség⁶
	普通話 u 韻母	劇	kég⁶		
粵音 ig 韻母	普通話 i 韻母	力	lig⁶	碧	big¹
		席	jig⁶	覓	mig⁶
		歷	lig⁶	值	jig⁶
		亦	yig⁶	式	xig¹
		覓	mig⁶	食	xig⁶
	普通話 e 韻母	的	dig¹	液	yig⁶
		色	xig¹	腋	yig⁶
	普通話 ü 韻母	域	wig⁶		

續上表

粵音 og 韻母	普通話 uo 韻母	昨	zog⁶	獲	wog⁶
		國	guog³	索	sog³
		洛	log³	諾	nog⁶
		郭	guog³		
	普通話 ue 韻母	學	hog⁶	覺	gog³
		確	kog³	岳	ngog⁶
	普通話 e 韻母	各	gog³	惡	og³
		樂	log⁶	殼	hog³
	普通話 o 韻母	莫	mog⁶	泊	bog⁶
		博	bog³	剝	mog¹
	普通話 u 韻母	幕	mog⁶	撲	pog³
		縛	bog³		
粵音 êg 韻母	普通話 ue 韻母	卻	kêg³	著	zêg³
		約	yêg³	躍	yêg⁶
		略	lêg⁶	掠	lêg⁶
		雀	zêg³	虐	yêg⁶
		削	sêg³	爵	zêg³
	普通話 uo 韻母	若	yêg⁶	卓	cêg³
		桌	cêg³	酌	zêg³
		綽	cêg³	啄	dêg³
	普通話 ao 韻母	藥	yêg⁶	芍	cêg³
		勺	zêg³		
粵音 ug 韻母	普通話 u 韻母	屋	ug¹	局	gug⁶
		屬	sug⁶	福	fug¹
		俗	zug⁶	束	cug¹
		服	fug⁶	蓄	cug¹
		僕	bug⁶	築	zug¹
		綠	lug⁶	足	zug¹

讀上表

	普通話 ü 韻母	曲	kug[1]	菊	gug[1]
		育	yug[6]	郁	yug[1]
	普通話 ou 韻母	肉	yug[6]	軸	zug[6]
		粥	zug[1]		
	普通話 uo 韻母	捉	zug[1]	濁	zug[6]
		縮	sug[1]		
	普通話 o 韻母	卜	bug[1]	沃	yug[1]

以上是粵語收 b、d、g 韻尾的各個入聲韻母，與普通話韻母對應的表列。表內所舉出的字例，都屬生活上習見的常用字。熟習各字與普通話韻母的對應，對於習用普通話而又要講粵語的人來說，在掌握入聲字讀音方面當有一定的幫助。

七 短文朗讀

長洲每年有搶包山嘅習俗。原來喺 18 世紀，長洲發生大瘟疫，死咗好多人，後嚟據講得神明指引先平息災禍。於是居民每年都舉辦儀式，將細路扮成唔同嘅神明，喺街上大鑼大鼓咁出巡，要將瘟神趕走。又整平安包，掛上幾層樓高嘅架上面，等人爬上去攞包。話包愈攞得多，愈有平安同福氣。

搶包山時候個個都蜂擁而上，1978 年就發生過嚴重意外，成三百人爬上去，個包山不堪負荷就冧咗，有幾十人壓斷手腳，政府就禁咗呢個活動。到 2005 年政府先至批准重辦，將搶包山變咗個規範嘅比賽，仲加咗唔同嘅傳統表演、工藝製作同攤位遊戲，於是變咗嘉年華會，成為長洲一年一度吸引遊客嘅盛大節目。

一 基本用語

香港粵語	拼音	普通話
極之	gig^6 ji^1	極為；非常
淨數	jing^6 sou^2	只計算
猛人	mang^5 yen^4	大有來頭的人
港產片	gong^2 can^2 pin^2	香港電影
一路	yed^1 lou^6	一直
非遺	féi^1 wei^4	非物質文化遺產的簡稱
照咁睇	jiu^3 gem^2 tei^2	就這樣來看
港歌	gong^2 go^1	代表香港的歌
即係	jig^1 hei^6	就是

二 情境對話

香港文化

1. hêng^1 gong^2 cêu^4 zo^2 sêng^1 yib^6 men^4 fa^3 ji^1 ngoi^6, kéi^4 ta^1 men^4 fa^3 yeo^6 dim^2 né^1

   香 港 除 咗 商 業 文 化 之 外， 其 他 文 化 又 點 呢

2. hêng^1 gong^2 néi^1 go^3 yin^6 doi^6 fa^3 dai^6 dou^1 xi^5, kéi^4 sed^6 yeo^5 gig^6 ji^1 sem^1 heo^5 gé

   香 港 呢 個 現 代 化 大 都 市， 其 實 有 極 之 深 厚 嘅

   men^4 fa^3 dei^2 wen^5.

   文 化 底 蘊 。

3. jing^6 sou^2 hog^6 sêd^6 gai^3 mang^5 yen^4, zeo^6 yeo^5 tong^4 guen^1 ngei^6, qin^4 mug^6

   淨 數 學 術 界 猛 人， 就 有 唐 君 毅 、 錢 穆

   tung^4 yiu^4 zung^1 yi^4 yed^1 ban^1 dai^6 xi^1, cen^4 yen^4 kog^3, hêu^2 déi^6 san^1 dou^1 hei^6

   同 饒 宗 頤 一 班 大 師， 陳 寅 恪 、 許 地 山 都 喺

   hêng^1 gong^2 gao^3 guo^3 xu^1.

   香 港 教 過 書 。

4. men⁴ ngei⁶ gai³ cêd¹ méng² zog³ ga¹, cêu¹ zo² yu⁴ guong¹ zung¹, zêng¹ oi³ ling⁴

文　藝　界　出　名　作　家，除　咗　余　光　中、張　愛　玲

ji¹ ngoi⁶, zung⁶ yeo⁵ sé² mou⁵ heb⁶ xiu² xud³ cêd¹ sai³ méng² gé³ gem¹ yung⁴.

之　外，仲　有　寫　武　俠　小　說　出　晒　名　嘅　金　庸。

5. gong² can² pin² fung¹ heng⁴ qun⁴ keo⁴, gêu⁶ xing¹ yeo⁵ léi⁵ xiu² lung⁴ tung⁴ zeo¹

港　產　片　風　行　全　球，巨　星　有　李　小　龍　同　周

xing¹ qi⁴, guog³ zei³ keb¹ dou¹ yin² yeo⁵ wong⁴ ga¹ wei⁶, ng⁴ yu⁵ sem¹ tung⁴ cêu⁴

星　馳，國　際　級　導　演　有　王　家　衛、吳　宇　森　同　徐

heg¹.

克。

6. zung⁶ yeo⁵ hog⁶ hoi² xu¹ leo⁴ gé³ guog³ hog⁶ gong² zo⁶, yeo⁴ geo² seb⁶ nin⁴ qin⁴ yed¹

仲　有　學　海　書　樓　嘅　國　學　講　座，由　九　十　年　前　一

lou⁶ gong² dou³ yi¹ ga¹.

路　講　到　依　家。

7. sé² xi¹ qun⁴ xing⁴ qiu¹ guo³ bag³ ng⁵ nin⁴, zung⁶ sen¹ qing² yud⁶ yu⁵ yem⁴ zung⁶

寫　詩　傳　承　超　過　百　五　年，仲　申　請　粵　語　吟　誦

zou⁶ guog³ ga¹ keb¹ féi¹ wei⁴ hong⁶ mug⁶ tim¹.

做　國　家　級　非　遺　項　目　添。

8. jiu³ gem² tei², hêng¹ gong² men⁴ fa³ zen¹ hei⁶ yed¹ di¹ dou¹ m⁴ gan² dan¹ bo³.

照　咁　睇，香　港　文　化　真　係　一　啲　都　唔　簡　單　㗎。

普通話對譯

香港除了商業文化之外，其他文化又怎麼樣？

香港這個現代化大都市，其實有著極其深厚的文化底蘊。

就說學術界大有來頭的人物，便有唐君毅、錢穆和饒宗頤一班大師，陳寅恪、許地山也曾在香港教書。

文藝界出名的作家，除余光中、張愛玲以外，還有寫武俠小說出名的金庸。

港產片風行全球，巨星有李小龍和周星馳，國際級導演有王家衛、吳宇森和徐克。

6. 還有學海書樓的國學講座，就從九十年前一直辦到現在。

7. 寫詩的傳承超過一百五十年，粵語吟誦還給申請做國家級非遺產項目呢。

8. 這樣看來，香港文化真的一點也不簡單啊。

香港精神

1. gong² dou³ hêng¹ gong² men⁴ fa³, gem² néi⁵ yeo⁶ ji¹ m⁴ ji¹ med¹ yé⁵ hei⁶ hêng¹ gong²
   講　到　香　港　文　化，咁　你　又　知　唔　知　乜　嘢　係　香　港
   jing¹ sen⁴ a¹ ?
   精　神　吖？

2. hei⁶ mei² jig¹ hei⁶ xi¹ ji² san¹ ha⁶ jing¹ sen⁴ a³ ? bed¹ guo³ geo³ ging² gong² med¹
   係　咪　即　係　獅　子　山　下　精　神　呀？　不　過　究　竟　講　乜
   ga³ ?
   㗎？

3. kêu⁵ hei⁶ din⁶ xi⁶ kég⁶　xi¹ ji² san¹ ha⁶　gé³ ju² tei⁴ kug¹, cêng³ cêd¹ hêng¹ gong² yen⁴
   佢　係　電　視　劇《獅　子　山　下》嘅　主　題　曲，唱　出　香　港　人
   tün⁴ gid³ fen⁵ deo³ jing¹ sen⁴, xing⁴ wei⁴ doi⁶ biu² hêng¹ gong² jing¹ sen⁴ gé³ gong²
   團　結　奮　鬥　精　神，成　為　代　表　香　港　精　神　嘅　港
   go¹.
   歌。

4. jing³ yu⁴ go¹ qi⁴ wa⁶, dai⁶ ga¹ hei² xi¹ ji² san¹ ha⁶ yu⁶ sêng⁵, zeo⁶ yiu³ tung⁴ zeo¹
   正　如　歌　詞　話，大　家　喺　獅　子　山　下　遇　上，就　要　同　舟
   gung⁶ zei³.
   共　濟。

5. héi¹ mong⁶ hou² qi⁵ kêu⁵ gong² gem², ngo⁵ déi⁶ kuei⁴ seo² zêu¹ keo⁴ léi⁵ sêng²,
   希　望　好　似　佢　講　咁，我　哋　攜　手　追　求　理　想，
   yed¹ cei⁴ nou⁵ lig⁶ sé² ha⁶ bed¹ neo² gé³ hêng¹ gong¹ ming⁴ gêu³.
   一　齊　努　力　寫　下　不　朽　嘅　香　江　名　句。

普通話對譯

1. 説起香港文化,那你曉得甚麼是香港精神嗎?

2. 是不是就是獅子山下精神呢?不過到底講的是甚麼啊?

3. 它是電視劇《獅子山下》的主題曲,唱出香港人團結奮鬥的精神,成為代表香港精神的香港之歌。

4. 就像歌詞所説,大家在獅子山下遇上了,便要同舟共濟。

5. 希望像歌詞説的那樣,我們攜手追求理想,一起努力來寫下不朽的香江名句。

三 擴充詞彙

香港文化界名人

王韜	wong^4 tou^1	饒宗頤	yiu^4 zung^1 yi^4
賴際熙	lai^6 zei^3 héi^1	查良鏞	ca^4 lêng^4 yung^4
唐君毅	tong^4 guen^1 ngei^6	梁羽生	lêng^4 yu^5 seng^1
錢穆	qin^4 mug^6	古龍	gu^2 lung^4
牟宗三	meo^4 zung^1 sam^1	吳宇森	ng^4 yu^5 sem^1
徐復觀	cêu^4 fug^6 gun^1	王家衛	wong^4 ga^1 wei^6
許地山	hêu^2 déi^6 san^1	徐克	cêu^4 heg^1
陳寅恪	cen^4 yen^4 kog^3	李小龍	léi^5 xiu^2 lung^4
蔡元培	coi^3 yun^4 pui^4	周星馳	zeo^1 xing^1 qi^4
蕭紅	xiu^1 hung^4	成龍	xing^4 lung^4
張愛玲	zêng^1 oi^3 ling^4	周潤發	zeo^1 yên^6 fad^3
陳湛銓	cen^4 zam^3 qun^4	張國榮	zêng^1 guog^3 wing^4
余光中	yu^4 guong^1 zung^1	黃霑	wong^4 jim^1
趙少昂	jiu^6 xiu^3 ngong^4	唐滌生	tong^4 dig^6 seng^1
楊善深	yêng^4 xin^6 sem^1	任劍輝	yem^6 gim^3 fei^1

《獅子山下》歌詞

填詞：黃霑　作曲：顧嘉輝　原唱：羅文

yen⁴ seng¹ zung¹ yeo⁵ fun¹ héi²　　nan⁴ min⁵ yig⁶ sêng⁴ yeo⁵ lêu⁶

人　生　中　有　歡　喜　　難　免　亦　常　有　淚

ngo⁵ déi⁶ dai⁶ ga¹　　zoi⁶ xi¹ ji² san¹ ha⁶ sêng¹ yu² sêng⁵

我　哋　大　家　　在　獅　子　山　下　相　遇　上

zung² xun³ xi⁶ fun¹ xiu³ do¹ yu¹ héi¹ hêu¹

總　算　是　歡　笑　多　於　唏　噓

yen⁴ seng¹ bed¹ min⁵ kéi² kêu¹　　nan⁴ yi⁵ jud⁶ mou⁴ gua³ lêu⁶

人　生　不　免　崎　嶇　　難　以　絕　無　掛　慮

géi³ xi⁶ tung⁴ zeo¹　　zoi⁶ xi¹ ji² san¹ ha⁶ cé² gung⁶ zei³

既　是　同　舟　　在　獅　子　山　下　且　共　濟

pao¹ héi³ kêu¹ fen¹ keo⁴ gung⁶ dêu³

拋　棄　區　分　求　共　對

fong³ hoi¹ béi² qi² sem¹ zung¹ mao⁴ tên⁵　　léi⁵ sêng² yed¹ héi² hêu³ zêu¹

放　開　彼　此　心　中　矛　盾　　理　想　一　起　去　追

tung⁴ zeo¹ yen⁴ sei⁶ sêng¹ cêu⁴　　mou⁴ wei³ geng¹ mou⁴ gêu⁶

同　舟　人　誓　相　隨　　無　畏　更　無　懼

tung⁴ qu² hoi¹ gog³ tin¹ bin¹　　kuei⁴ seo² dab⁶ ping⁴ kéi¹ kêu¹

同　處　海　角　天　邊　　攜　手　踏　平　崎　嶇

ngo⁵ déi⁶ dai⁶ ga¹　　yung⁶ gan¹ sen¹ nou⁵ lig⁶ sé² ha⁶ na⁵

我　哋　大　家　　用　艱　辛　努　力　寫　下　那

bed¹ neo² hêng¹ gong¹ ming⁴ gêu³

不　朽　香　江　名　句

四 常用詞語

「淨」和「淨係」

　　粵語以「淨」或「淨係」，來表示「只」、「只是」的意思。粵語「淨」一詞有不

意思及用法。以下是「淨」一詞兩種常見的解釋和用法：

1) 讀 jing⁶，「只」的意思，放在動詞前用作副詞用 [淨＋動詞]，表示僅有這動作。相當於普通話「只」的意思，例如：

淨食白飯   只吃米飯

淨會喊   只會哭

淨識使錢   只懂花錢

2) 讀 zéng⁶，作形容詞用，或放動詞後作補語，相當於普通話「清潔」的意思，例如：

唔乾淨   不清潔

洗淨對手   把一對手洗得清潔

3) 粵語以「淨係」表示「只是」的意思，是上述「淨」一詞「只」意思的擴充，相當於普通話的「只是」，例如：

佢淨係會數人哋嘅錯   他只是懂得數説人家的不是

屋企淨係我一個人   家裏只是我一個人

我淨係買咗一個麵包   我只是買了一個麵包

4) 除此之外，粵語口頭常用的「淨係」一詞，還有「總是」、「老是」，或「全是」的意思，例如：

你淨係唔記得閂窗   你總是忘記關窗

佢淨係鍾意吹牛   他老是愛吹牛

個屋邨淨係老人家   這屋邨全是老人家

練習

試用所提供的不同配詞，把以下句子讀出。

(1) 呢款＿＿＿＿＿＿＿＿＿淨得一個碼。

> 長裙　泳衣　泳褲　T 恤

(2) 呢＿＿＿＿＿＿＿＿＿淨係一隻色。

> 條頸巾　件大褸　條呔　頂帽

(3) 我哋賣嘅＿＿＿＿＿＿＿＿＿＿淨得一個牌子。

> 番梘　牙膏　廁紙　洗頭水

(4) 唔好淨係＿＿＿＿＿＿＿＿＿＿，唔瞓覺。

> 講電話　睇電視　睇書　玩手機

(5) 唔好淨係問人＿＿＿＿＿＿＿＿＿＿。

> 幾多歲　住喺邊　有幾重　食飯未

可作副詞或連詞的「一路」

(1) 粵語「一路」作副詞用的時候，是「一直」、「一向」的意思，例如：

我一路都唔鍾意飲汽水	我一向都不喜歡喝汽水
佢一路都未做功課	他一直沒有做作業

(2) 另外，「一路」也可以用作連詞，相當於「一邊」的意思，例如：

唔好一路食嘢，一路講嘢	不要一邊吃東西，一邊說話
唔好一路行，一路睇手機	不要一邊走路，一邊看手機。

練習

✎ 粵普對譯：試改用粵語讀出以下句子。

(1) 不要一邊過馬路，一邊聽電話。

(2) 不要一邊開車，一邊聊天。

(3) 他一直沒有還錢。

(4) 我一直沒有他的消息。

(5) 他一向不喜歡看報紙。

五 常用句子

「除咗……，……又點呢」

粵語裏「除咗……，……又點呢」的句子，相當於普通話的「除了……，……又怎麼樣」。用作表達説完某一範疇後，再轉到另一相類範疇，詢問對方對此的看法或意見。相關的例句如下：

除咗國學講座，其他講座又點呢？	除了國學講座，其他的講座又怎麼樣？
除咗武俠片，其他電影又點呢？	除了武俠片，其他的電影又怎麼樣？
除咗武俠小説，其他小説又點呢？	除了武俠小説，其他的小説又怎麼樣？

「你知唔知乜嘢係……吖」

粵語裏的提問「你知唔知乜嘢係……吖？」相當於普通話的「你知不知道甚麼是……呢？」的問句，課文裏用了反問來回應，若正面回答的話，句式通常會是：「咪即係……囉」，意思是「就即是……吧」。相關例句如下：

你知唔知乜嘢係香港精神吖？	你知不知道甚麼是香港精神呢？
咪即係獅子山下精神囉。	就即是獅子山下精神吧。

練習

✍ 試用所提供的不同配詞把以下各句子讀出。

(1) 你知唔知乜嘢係＿＿＿＿＿＿吖？咪即係你幫我，我幫你囉。

> 同舟共濟　守望相助　互相扶持　互相幫助

(2) 你知唔知乜嘢係香港美食吖？咪即係＿＿＿＿＿＿囉。

> 雪糕紅豆冰　菠蘿油　絲襪奶茶　豬扒炒出前一丁

(3) 你知唔知乜嘢係「團結就是力量」吖？咪即係＿＿＿＿＿＿囉。

> 唔好一盤散沙　齊心事成　一定要團結　同心合力

卡拉 OK 學粵語：參考擴充詞彙內的《獅子山下》歌詞，依據拼音將歌詞用粵語準確讀出。掌握發音及熟習歌詞後，一起跟以下曲譜唱出《獅子山下》這首演繹香港精神的經典名作。需要音樂伴唱的話，只要在互聯網上輸入「獅子山下」一詞，便有大量卡拉 OK 模式的影音片段，提供音樂及歌詞讓大家投入演唱。

獅 子 山 下

(羅文演唱)

1=F 4/4

黃霑詞
顧家輝曲

5 ‖: 3 - 3 2 1 3 | 2 - - 5 | 4 - 4 3 2 4 | 3 - - 1 7 1 |

人 生 中有歡喜， 難免 亦常有淚， 我地大
(人) 生 不免崎嶇， 難以 絕無掛慮， 既是同

6. 7 2 1 7 6 | 1. 3 5 5 | 4. 3 6 5 4 3 | 5 2 - 5 :‖

家 在獅子山下 相 遇上，總 算 是歡笑多於唏噓。 人
舟 在獅子山下 且 共濟，拋

4. 3 2 6 7 | 1 - - 1 | 2 - 2 4 3 2 | 3. 6 1. 1 | 2 - 2 6 5 4 | 5 - - 5 |

棄 區分求共 對。 放開 彼此心 中矛盾，理想 一起去追 同

1 - 2 2 3 4 | 5 - 1 1 2 3 | 4 - 1 6 1 | 7 - - 5 | 3 - 3 2 1 3 | 2 - - 5 |

舟 人 誓相 隨無 畏 更無 懼。 同處 海角天邊 攜

4 - 4 3 2 4 | 3 - - 1 7 1 | 6. 7 2 1 7 6 | 1. 3 5 5 | 4. 3 2 6 7 | 1 - - (5 |

手 踏平崎嶇， 我地大家用 艱辛努力寫下那不 朽 香江名 句。

六 粵讀解碼

粵語語音特色與傳統文化的學習與承傳

學習粵語除了有利在本地生活溝通之外，更由於粵語語音系統傳承久遠，對於瞭解傳統文化極有幫助，能加以掌握的話，便是獲得一件打開中華文化寶庫十分有用的工具。

一. 粵音與傳統文獻的解讀

1) 北方話語音體系的劇變

唐宋以後漢語語音從中古音發展到近古音，其間語音體系無論在聲、韻、調各方面都起了極為巨大的變化。元代時周德清在《中原音韻》內便指出，北方話語音體系發展成入聲漸次消失，在聲調方面變成上、去二聲不再分陰陽。[①] 這便是現時普通話的沒有入聲，僅有陰平、陽平、上聲和去聲的語音體系。故此若與粵語比較，普通話在語音系統上的變化，令它在演繹或重現傳統文化時，在聲調和字音上往往多有差距。

2) 粵語語音體系與中古語音的傳承

相對而言，粵語語音系統緊密承傳著中古語音，尤其聲調上對四聲與清濁的保存，在各種現存方言當中是較完整及理想的一種。現代粵音不但完全保留中古音聲調上平、上、去、入的區分，而且每類再按聲母清濁而分陰陽兩類。王力在《漢語音韻學》內便提出，現代粵音在聲調上與中古音緊密對應。[②]

3) 粵音與對傳統文獻的學習

粵音這種與中古音語音體系密切對應的特點，對於學習甚至進一步掌握傳統文化來說，事實上是一把很重要的鑰匙。舉例來說，《列子》內〈黃帝〉篇提到老子

---

① 詳見周德清：《中原音韻》（臺北：學海出版社影印明刻本，1996 年），〈中原音韻序〉，頁 9-10。

② 詳王力：《漢語音韻學》（北京：中華書局，1981 年），頁 653-654。

教誨楊朱說:「而睢睢,而盱盱,而誰與居?大白若辱,盛德若不足。」這段話用今日的普通話來說會是:

ér suī suī, ér xū xū, ér shéi yǔ jū?

而 睢 睢 , 而 盱 盱 , 而 誰 與 居 ?

dà bái ruò rǔ, shèng dé ruò bù zú。

大 白 若 辱 , 盛 德 若 不 足 。

從解讀文獻角度而言,這段話既以韻文形式寫成,故此原來每句末字都應押韻。但因普通話沒有了入聲,所以第四和五句末字「辱 rǔ」和「足 zú」,分別變成上聲和高平聲的不同聲調;又因普通話沒有了 ê 的元音,於是第一至三句末字「睢 suī」、「盱 xū」和「居 jū」,變成了分別用 uei 和 ü 兩種不同的韻。不過如果用粵語來讀的話,所有這些問題便不復存在,試看以下:

yi⁴ sêu¹ sêu¹, yi⁴ hêu¹ hêu¹, yi⁴ sêu⁴ yu⁵ gêu¹?

而 睢 睢 , 而 盱 盱 , 而 誰 與 居 ?

dai⁶ bag⁶ yêg⁶ yug⁶, xing⁶ deg¹ yêg⁶ bed¹ zug¹.

大 白 若 辱 , 盛 德 若 不 足 。

便清楚可見第一至三句同押 êu 韻,第四五句押入聲的 ug 韻,這種一致的押韻方式,便完全合乎先秦以來以韻語撰寫文獻的模式。這證明對於瞭解或研究傳統文化來說,掌握粵音的話事實上會有很大的幫助。

2. 粵語與詩詞的理解與欣賞

(1) 粵音有助於對詩詞格律的掌握

詩詞是傳統文化中的瑰寶,由於涉及聲韻格律,故此在理解和欣賞時便須講求聲音演繹上效果。粵語密切傳承中古以來語音體系,因而尤其有助古典詩詞的欣賞和學習。以下舉杜甫〈奉贈韋左丞丈二十二韻〉詩其中一段為例說明。這段若用普通話讀的話會是這樣的:

lǐ yōng qiú shí miàn,　　　wáng hàn yuàn bǔ lín。

李 邕 求 識 面,　　　　王 翰 願 卜 鄰。

zì wèi pō tǐng chū,　　　lì dēng yào lù jīn。

自 謂 頗 挺 出,　　　　立 登 要 路 津。

| zhì | jūn | yáo | shùn | shàng， | | zài | shǐ | fēng | sú | chún 。 |

zhì jūn yáo shùn shàng ，　　zài shǐ fēng sú chún 。

致　君　堯　舜　上，　　再　使　風　俗　淳 。

cǐ yì jìng xiāo tiáo ，　　xíng gē fēi yǐn lún 。

此　意　竟　蕭　條，　　行　歌　非　隱　淪 。

qí lú shí sān zǎi ，　　lǚ shí jīng huá chūn 。

騎　驢　十　三　載，　　旅　食　京　華　春 。

可見原本押詩韻真韻的二至十句末字的押韻部份，變成了押 in 和 uen 兩種韻。改用今天的粵語來讀的話，「鄰 lên⁴」、「津 zên¹」、「淳 sên⁴」、「淪 lên⁴」和「春 cên¹」等韻腳，便全都屬於 ên 韻。這足以證明倘能善用粵語，對詩詞格律形式等問題便可以掌握得更具體，更接近唐人下筆時聲律上的營構和設計。

(2) 粵音有助於對詩詞情韻旨趣的掌握

　　除了形式之外，用粵語去讀詩詞，往往又有助於對全篇內容主旨的瞭解。像杜甫〈鐵堂峽〉一詩中，便有五字全用入聲的「壁色立積鐵」一句。這句各字俱為入聲（big¹ xig¹ leb⁶ jig¹ tid³），是刻意藉入聲字發音急逼短促的特點，從聲音上表現地理環境的崎嶇惡劣，以抒行旅苦辛之情。由於普通話並無入聲，故此讀來便是「bì sè lì jī tiě」，無法從聲音上表達作者原先的情感設計安排。

　　上述這種刻意利用字詞聲音上的特色，來呈現作者情感與意念的藝術創作設計，在傳統詩詞中比比皆是。像杜甫的〈哀江頭〉，詩開首兩句是「少陵野老吞聲哭，春日潛行曲江曲」。兩句在聲調安排上高低清濁交替，更雜入大量入聲字，令人讀來音調上有跌宕不平之感。楊倫《杜詩鏡銓》引蔣弱六評語，便指出兩句是「苦音急調，千古魂消」。以普通話誦讀這兩句的話，聲調上的組合便變成如下：

少	陵	野	老	吞	聲	哭
去	陽平	上	上	陰平	陰平	陰平
shào	líng	yě	lǎo	tūn	shēng	kū

春	日	潛	行	曲	江	曲
陰平	去	陽平	陽平	上	陰平	陰平
chūn	rì	qián	xíng	qǔ	jiāng	qū

　　由於普通話受入派三聲的影響，結果令上下兩句都變成以多個陰平聲字收結，尤其下句有五個字都是平聲，令兩句在誦讀時變得語調平直呆板而無起伏跌宕變化。不過如果改用粵語誦讀的話，在聲調上便會如此：

少	陵	野	老	吞	聲	哭
陰去	陽平	陽上	陽上	陰平	陰平	陰入
xiu³	ling⁴	yé⁵	lou⁵	ten¹	xing¹	hug¹
春	日	潛	行	曲	江	曲
陰平	陽入	陽平	陽平	陰入	陰平	陰入
cên¹	yed⁶	qim⁴	heng⁴	kug¹	gong¹	kug¹

　　兩句用粵語讀出時，不但上下句內陰陽聲調遞換排列，體現聲音上跌宕起伏變化之妙；而且兩句內共出現四個入聲字，又刻意放在平聲字之間，使讀來時在平聲放聲長言之際，因雜入短促急收的入聲字而做成聲調上大起大落，產生聲音上高低跌宕的效果——這種聲調上的舒緩急逼相錯的急劇變化，加上入聲的發聲即急促收煞，令聲音上產生抑塞難舒，聽者如聞悲哽嗚咽之聲——正是前人評杜詩足使千古魂消的「苦音急調」的具體呈現。藉著粵語的語音特色，我們今天仍可將唐代作者這種透過聲律傳遞情感旨趣的苦心安排，在聲音演繹之間重現。故此說掌握粵語這一語言，對於傳承與學習中華文化來說，事實上有莫大的作用與意義。這是在學習粵語的路上，尤其值得提出來和大家分享與共勉的。

七 短文朗讀

　　香港文化博物館喺新界沙田文林路 1 號。博物館有 12 個展覽場館，共有 7500 平方米嘅陳列面積。常設嘅展館有 5 個，包括：金庸館、粵劇文物館、徐展堂中國藝術館、趙少昂藝術館，同埋兒童探知館，另外有專題展覽嘅場館。其中最深受大家歡迎嘅，係「武・藝・人生——李小龍」展覽。呢個展覽由 2013 年開幕以嚟，平均每年接待 60 萬個觀眾，係開館以嚟，展出時間最長嘅一個專題展覽。

　　展覽入面有超過 600 件同李小龍有關嘅珍貴藏品，例如佢寫詩嘅親筆手稿、構思電影《龍爭虎鬥》嘅親筆畫稿、佢戴過嘅眼鏡、喺《死亡遊戲》電影入面著過嘅戲服同用過嘅雙節棍等等，可以畀人多方面了解呢位一代巨星嘅傳奇人生，同埋佢對香港電影，甚至國際電影嘅貢獻。

附錄

課文練習答案

第二課　融入生活

四 常用詞語

「㗎」字的用法

✍ (1)佢下晝由武漢㗎。

(2)我啱啱嚟香港。

(3)你即刻埋嚟。

(4)你啱啱食乜嘢㗎？

五 常用句子

「係」字句和「喺」字句

✍ (1)我係何美玲，係由深圳嚟香港讀書嘅，今次係第一次嚟香港生活。

✍ (2)我屋企喺吉林，我喺上個月嚟香港讀書，依家住喺沙田。

打招呼常用句

✍ (1)這麼早上班了？

(2)這麼晚上學呢？

(3)吃過飯了吧？

(4)這麼晚下班呢？

(5)你坐什麼車呢？

第三課　走進校園

四 常用詞語

✍ (1)我吃了兩個麵包。

(2)你把手續辦好了嗎？

(3)雨下得很大。

(4)他在講電話。

✍ (1)我讀緊香港大學。

(2)我讀緊創意媒體學院。

(3)我讀緊電子工程學系。

(4)我依家去咗電腦中心，一陣會再去學生事務處。

(5)圖書館喺校務處側邊，校務處又喺保健處前面。

(6)你向左邊行，行到轉彎，就會見到飯堂。

五 常用句子

提問句子的用語：「點解」、「點去」和「點搵」

(1)請問你點稱呼？

(2)琴日佢點解冇上堂？

(3)點去校務處呢？

(4)點搵教學樓？

日常生活常用句

A(6)　B(5)　C(2)　D(4)　E(7)　F(3)　G(1)

第四課　電話聯絡

四 常用詞語

數目

✍ (1)我住喺八樓。

(2)我買咗兩張飛，想約你去睇戲。

(3)我打咗三次電話畀你，都冇人聽。

(4)你個電話係咪四五六七八九一二？

(5)搞錯喇，我個電話係四五六七八九一一。

時間

✍ (1)依家係六點一個字。

(2)電影係七點半開場。

(3)我約你七點四喺戲院大堂等。

(4)電影大約九點三散場。

(5)巴士半個鐘頭一班，開九點半同十點。

日期和星期

(1) 你係幾時大學畢業㗎？

(2) 你幾時得閒？想約你食飯。

(3) 我係上個月搬嚟呢度住嘅。

(4) 我想約佢週末去海洋公園，不過今日打電話搵唔到佢。

(5) 本來約星期三食飯，因為佢出差，所以改約星期五。

五 常用句子

提問句子的用語：「幾」、「幾多」、「幾點」、「幾耐」、「邊度」、「邊個」、「乜」和「乜嘢」

(1) 你屋企有幾多人？

(2) 你同佢識咗幾耐？

(3) 邊個打電話畀我？

(4) 聽日喺邊度見？

(5) 佢鍾意乜嘢電影？

打電話常用對答

(1)- d (2)- c (3)- a (4)- h

(5)- b (6)- e (7)- g (8)- f

第五課　去街問路

四 常用詞語

那一區 →嗰區　那裡→嗰度

那兒附近 →嗰左近　那地方→嗰處

五 常用句子

(1) 請問　西營盤　點去呢？

(2) 請問由呢度點去　山頂　呢？

(3) 請問點樣搭車去　香港仔　呢？

(4) 請問坐乜嘢車去　赤柱　最方便？

(5) 請問邊度有港鐵站去　東涌　呢？

(6) 請問點樣搭車去　西貢　呢？

(7) 請問　何文田　離呢度有幾遠呢？

(8) 請問去　鯉魚門　點行呢？

第六課　港飲港食

四 常用詞語

(1) 呢一杯咖啡好唔好飲？

呢一杯咖啡好飲。

呢一杯咖啡唔好飲。

(2) 呢一碗紅豆沙好唔好食？

呢一碗紅豆沙好食。

呢一碗紅豆沙唔好食。

(3) 呢一個蛋撻好唔好味？

呢一個蛋撻好味。

呢一個蛋撻唔好味。

(4) 呢一碟揚州炒飯好唔好食？

呢一碟揚州炒飯好食。

呢一碟揚州炒飯唔好食。

(5) 呢度收唔收支付寶呢？

呢度收支付寶。

呢度唔收支付寶。

五 常用句子

(1) 兩餸飯平過套餐。

(2) 呢度嘅菠蘿包出名過格仔餅。

(3) 呢度嘅營業時間長過嗰度嘅。

(4) 我鍾意食飯多過食麵。

「有」的複句

(1) 唔止有雞蛋仔，連格仔餅都有。

(2) 雲吞麵之外，仲有牛肉粥同燒鵝瀨。

(3) 蝦餃、燒賣、排骨樣樣都有。

第七課　生活用品

四 常用詞語

(1) 這一件牛仔外套還有我的尺碼嗎？

(2) 給我試試那個奶酪餅。

(3) 人們最愛在那輛公共汽車前面擺姿勢。

(4) 記得多兌款到超市買奶油雞肉餡餅。

(5) 要到茶餐廳去多吃點西式蛋餅。

五 常用句子

購物常用句 (二)

✎ (1) 問：我想買鞋，請問去邊層樓呢？

答：去 6 樓。

(2) 問：唔知邊層有女洗手間呢？

答：呢度 1 樓同上一層 2 樓都有。

(3) 問：唔知買手錶要去邊一層呢？

答：喺地庫 1 樓。

(4) 問：請問點樣去嬰兒部呢？

答：嬰兒部喺 7 樓，可以搭電梯上去。

(5) 問：請問邊度有升降機呢？

答：向前行，望左面，就會見。

(6) 問：我買生果、汽水應該去幾多樓呢？

答：去地庫 2 樓，嗰度係超級市場。

(7) 問：呢度啲化妝品唔啱，請問邊一層仲有呢？

答：呢度係地庫 1 樓，上一層地下仲有化妝品嘅。

第八課　商舖購物

四 常用詞語

✎ (1) 你喜歡逛先施還是永安？

(2) 太古廣場還是置地廣場有戲院呢？

(3) 你選什麼顏色？

(4) 特賣場有什麼東西賣呢？

(5) 怎麼那麼多人排隊？

(6) 這個手袋那麼漂亮也是一千塊而已！

五 常用句子

✎ (1) 乜咁鬼貴㗎！

(2) 平啲啦。

(3) 打多個八折畀我。

第九課　交通往來

五 常用句子

「去」字句式

✎ (1) 點轉車去　迪士尼　呢？

(2) 我想坐火車去　馬場　。

(3) 我想去　上水　搭　東鐵　返屋企。

(4) 恆安去　烏溪沙　有兩個站。

(5) 你坐　小巴　去邊呢？

乘坐交通工具其他常用句式

✎ (1) 請問到　海洋公園　去，應該怎麼坐車呢？

(2) 請問到　青衣　去，應該坐哪一號公共汽車呢？

(3) 請問轉　荃灣線　，要去哪一號月台呢？

(4) 打擾一下，這輛車會到　中央圖書館　嗎？

(5) 請問出閘後是否有　洗手間　呢？

(6) 請問　票務站　在哪裡呢？

(7) 這票不能出閘，請幫我看看。

(8) 請幫我充值　兩百元　。

第十課　天氣季節

五 常用句子

✎ (1) 天氣報告話呢日平均溫度係 17.3 度。

(2) 天氣報告話呢日濕度係百份之 97 。

(3) 天氣報告話呢日一小時雨量係 30 毫米。

(4) 天氣報告話呢日風速係每個鐘 12 公里。

(5) 天氣報告話呢日發出咗 雷暴 警告。

下編

第一課　香港粵語

四 常用詞語

香港粵語音譯外來詞

(1) Tips 貼士

(2) Fail 肥佬

(3) File 快勞

(4) Film 菲林

(5) Cream 忌廉

(6) Vanilla 雲呢拿

(7) Chocolate 朱古力

(8) Sandwich 三文治

香港粵語與廣州話用詞對比

1	zeng[1] zig[6] 增 值
2	ca[1] din[6] 叉 電
3	to[1] ban[2] 拖 板
4	fan[1] gung[1] 返 工
5	fung[3] gung[1] / seo[1] gung[1] 放 工 / 收 工
6	niu[6] doi[2] 尿 袋
7	ying[2] yen[3] 影 印
8	xud[3] guei[6] 雪 櫃
9	gêng[2] gen[1] 頸 巾
10	yem[2] tung[2] 飲 筒
11	man[6] ji[6] gib[6] 萬 字 夾
12	xi[6] ba[1] na[2] 士 巴 拿

五 常用句子

中英夾雜句式

(1) 依家忙緊，等一陣轉頭再 call 你。

(2) 呢間機構高層入面，邊個係揸 fit 人？

(3) 我對佢專業能力冇信心，覺得佢唔夠 Pro 。

(4) 今晚唔得閒開 P，因為放工仲要開 OT。

(5) 佢咁自私功利，冇 jetso 嘅嘢梗係唔做。

(6) 佢眼角咁高，咁有要求，咁 cheap 嘅嘢梗係唔要。

(1) 幫我把報告打印出來。

(2) 他是否夠資格呢？

(3) 你讀哪一間大學呀？

(4) 你介意坐近窗子旁嗎？

(5) 你把數目給我來核對一下。

(6) 明天碰碰面才說。

英語粵語化句式

(1) 你吃過了午餐嗎？

(2) 這個應用程式真的很好用。

(3) 你申索到賠償嗎？

(4) 不知他又喜歡不喜歡？

(5) 這一次你們覺得開心嗎？

(6) 你完成了課堂報告吧？

第二課　節慶習俗

四 常用詞語

從「揼」說粵語的活潑生動

(1) 掟　(2) 搣　(3) 揞

(4) 摸　(5) 揸

粵語的動詞

(1) 揼利是　(5) 上頭炷香

(2) 行花市　(6) 玩燈籠

(3) 食團年飯　(7) 賞月

(4) 捉寶牒　　　　(8) 舞火龍

✍ (1) 恭喜發財，祝你新一年　大吉大利　！

(2) 今日係　冬至　，我哋約好一齊去　食湯丸　。

五 常用句子

✍ (1) 你話執咗屋，點解　仲　咁亂？

(2) 芝麻糊好甜，蕃薯糖水　仲　甜。

(3) 南瓜　除咗　好食，　仲　好有營養。

(4) 你話趕時間，點解　仲　唔行？

(5) 端午節　除咗　睇龍舟，仲有　糭食。

第三課　街市買餸

四 常用詞語

百搭的「靚」

✍ (1) 西洋菜夠晒新鮮。

(2) 豬頸肉認真爽滑。

(3) 牛脹煲湯仲鮮甜。

(4) 牛脹冇肥膏至正　。

詞尾音節重疊的形容詞

✍ (1) 飯菜要　熱辣辣　。

(2) 薯片要　脆卜卜　。

(3) 糖水唔可以　淡茂茂　。

(4) 佢成身　紅當當　，著到好似個利是封。

(5) 牙齒　黃黚黚　，要早晚刷牙呀！

(6) 手腳　凍冰冰　，快啲著返件衫。

五 常用句子

買餸常用句

✍ (1) 啲車厘子點賣？

(2) 呢嚿西施骨幾多錢？

(3) 今日邊啲生果靚？

(4) 今日啲蝦蟹靚唔靚？

(5) 咁熟，提子計平啲啦！

(6) 唔使咁多，我要一磅就夠！

第四課　醫療求診

四 常用詞語

一詞多義的「辛苦」

✍ (1) 肚餓得好辛苦。

(2) 成日氣喘，辛苦到極。

(3) 我唔怕辛苦，只想完成任務。

(4) 依家年紀大，返夜更覺得好辛苦。

(5) 佢喺戶外工作，日灑雨淋，辛苦到極。

「疼」、「痛」不分

✍ 護士：你掛咗號未？想睇乜嘢科？

病人：我電話登記咗，想睇專科。

醫生：你邊度唔舒服？

病人：我肚屙同手軟腳軟，覺得好辛苦。

醫生：幾時開始嘅？

病人：由琴晚開始　到依家都痛。

醫生：點樣痛法呢？

病人：痛到死死下，又瞓唔著覺。

病人：醫生我個病點樣呀？

醫生：你係感冒，食藥唞下　好快會冇事。

第五課　意外事故

四 常用詞語

「到」的不同意思

✍ (1) 食到咁好食嘅芝士蛋糕。

(2) 撞到咁靚嘅女仔。

(3) 笑到肚痛。

(4) 凍到死。

「畀」的不同用法

✍ (1) 唔好隨便畀陌生人入嚟。

(2) 快幫手叫救護車。

(3) 快幫手搵醫護人員。

(4) 唔好畀佢哋再黐交。

(5) 先畀錢，再攞貨。

(6) 呢條馬路臨時封閉，唔畀人過。

五 常用句子

「極」+「都唔」的句式

(1) 我怎麼吃都不胖。

(2) 她怎麼打扮都不漂亮。

(3) 怎麼說他們都不明白。

(4) 你真是怎麼說都聽不進去。

第六課　求職面試

四 常用詞語

「搵」的特殊意思

(1) 搵清楚啲好唔好？

(2) 日日都要忙搵食。

(3) 呢個嘢最鍾意搵笨。

(4) 搵手指撳一下。

助詞「嘅」

(1) 第 (1) 種　　(2) 第 (3) 種

(3) 第 (2) 種　　(4) 第 (2) 種

(5) 第 (1) 種　　(6) 第 (3) 種。

(1)、(2)、(3) 三句內 (B) 比 (A) 的語氣緩
和，表達較為婉轉。

第七課　戶外活動

四 常用詞語

「下」和「下下」

(1) 我玩下啫，唔好咁緊張。

(2) 做嘢唔好玩玩下，認真啲啦。

(3) 唔好下下要人幫手，自己試下做先啦。

(4) 做嘢小心啲啦，唔好下下要人提醒。

(5) 由唔識到識梗要啲時間，你試試下就冇
問題㗎喇。

副詞：「咁」

(1) 他這樣天天問人借錢，誰都怕了他。

(2) 他年齡不小了，應該認真地找工作吧。

(3) 我這樣漂亮，難怪他把我目不轉睛地看
了這麼久。

五 常用句子

「……嘅話，可以……」

(1) 你鍾意嘅話，可以約埋行山。

(2) 你唔滿意嘅話，可以去投訴。

(3) 時間早嘅話，你可以去公園晨運。

(4) 得閒嘅話，你可以一齊打太極。

第八課　港式美食

四 常用詞語

「埋」的不同用法

(1) 融入某一個群體。

(2) 入手。

(3) 與敵人面對面，準備戰鬥。

(4) 完成。

第九課　景點盛事

四 常用詞語

「勻」和「晒」的分別

(1) 詞意：「睇晒」：看完。

句意：這本書看完了嗎？

(2) 詞意：「睇勻」：看遍了。

句意：刀子放到哪兒呢？我看遍了廚房
都沒見到。

(3) 詞意：「睇勻」：看遍了。

句意：我看遍這些照片，選出最漂亮的
就是這一張。

「住」的不同意思

(1) 防煙門唔應該開住。

(2) 一路睇住電視，一路食飯。

(3) 佢出門嘅時候係扙住遮嘅。

(4) 我趕住搵你，唔記得帶手機。

(5) 人工唔錯就做住先啦。

副詞：「梗」

 (1) 你問佢，佢梗知。

(2) 佢出糧，梗去買衫嘅。

(3) 打風之後，買餸梗貴。

(4) 佢話嚟，梗嚟嘅。

(5) 你請食飯，梗好啦。

五 常用句子

「唔止……仲……」

 (1) 佢唔止好靚，仲人品好好。

(2) 我唔止頭痛，仲發燒。

(3) 呢條街唔止有科學館，仲有歷史博物館。

(4) 我今日唔止搭巴士遊車河，仲去離島遊船河。

(5) 昂坪唔止有心經簡林，仲有天壇大佛。

第十課　文化香港

一 常用詞語

用作副詞或連詞的「一路」

 (1) 唔好一路過馬路，一路聽電話。

(2) 唔好一路開車，一路傾偈。

(3) 佢一路冇還錢。

(4) 我一路冇佢嘅消息。

(5) 佢一路唔鍾意睇報紙。

粵音系統對照表

說 明 ：對照表選取現時流行於香港及廣州粵語注音系統，與本書粵音系統對照。
有關系統依據如下：

- 本書採用廣州話拼音方案，依饒秉才《廣州音字典》(廣州：廣東人民出版社，1983 年 5 月) 修訂系統。
- 黃錫凌《粵音韻彙 (修訂重排本)》(香港：中華書局，1979 年)
- 黃港生《商務新詞典》(香港：商務印書館，2015 年)
- 香港教育署語文教育學院中文系編《常用字廣州話讀音表 (一九九二年修訂本)》(香港：香港教育署語文教育學院，1992 年)
- 香港語言學學會《粵語拼音方案》(香港：香港語言學學會，1993 年)
- 詹伯慧主編《廣州話正音字典》(廣州：廣東人民出版社，2004 年第 2 版)
- 何文匯等編《粵音正讀字彙》(香港：香港教育圖書公司，2016 年第 4 版)

聲 母

本書	國際音標	粵音韻彙	商務新詞典	香港語文教育學院	香港語言學學會	廣州話正音字典	粵音正讀字彙
b	p	b	b	b	b	b	b
p	P'	p	p	p	p	p	p
m	m	m	m	m	m	m	m
f	f	f	f	f	f	f	f
d	t	d	d	d	d	d	d
t	t'	t	t	t	t	t	t
n	n	n	n	n	n	n	n
l	l	l	l	l	l	l	l
g	k	g	g	g	g	g	g
k	k'	k	k	k	k	k	k
h	h	h	h	h	h	h	h

續上表

本書	國際音標	粵音韻彙	商務新詞典	香港語文教育學院	香港語言學學會	廣州話正音字典	粵音正讀字彙
ng	ŋ	ŋ	ŋ	ng	ng	ng	ŋ
gu	kw	gw	gw	gw	gw	gw	gw
ku	kʻw	kw	kw	kw	kw	kw	kw
z、j	tʃ	dz	dz	dz	z	dz	dz
c、q	tʃʻ	ts	ts	ts	c	ts	ts
s、x	ʃ	s	s	s	s	s	s
y	j	j	j	j	j	j	j
w	w	w	w	w	w	w	w

韻 母

本書	國際音標	粵音韻彙	商務新詞典	香港語文教育學院	香港語言學學會	廣州話正音字典	粵音正讀字彙
a	a	a	a	aa	aa	aa	a
ai	ai	ai	ai	aai	aai	aai	ai
ao	au	au	au	aau	aau	aau	au
am	am	am	am	aam	aam	aam	am
an	an	an	an	aan	aan	aan	an
ang	aŋ	aŋ	aŋ	aang	aang	aang	aŋ
ab	ap	ap	ap	aap	aap	aap	ap
ad	at	at	at	aat	aat	aat	at
ag	ak	ak	ak	aak	aak	aak	ak
ei	ɐi	ɐi	ɐi	ai	ai	ai	ɐi
eo	ɐu	ɐu	ɐu	au	au	au	ɐu
em	ɐm	ɐm	ɐm	am	am	am	ɐm
en	ɐn	ɐn	ɐn	an	an	an	ɐn
eng	ɐŋ	ɐŋ	ɐŋ	ang	ang	ang	ɐŋ
eb	ɐp	ɐp	ɐp	ap	ap	ap	ɐp
ed	ɐt	ɐt	ɐt	at	at	at	ɐt

本書	國際音標	粵音韻彙	商務新詞典	香港語文教育學院	香港語言學學會	廣州話正音字典	粵音正讀字彙
eg	ɐk	ɐk	ɐk	ak	ak	ak	ɐk
é	ɛ	ɛ	ɛ	e	e	e	ɛ
éi	ei	ei	ei	ei	ei	ei	ei
éng	ɛŋ	ɛŋ	ɛŋ	eng	eng	eng	ɛŋ
ég	ɛk	ɛk	ɛk	ek	ek	ek	ɛk
i	i	i	i	i	i	i	i
iu	iu	iu	iu	iu	iu	iu	iu
im	im	im	im	im	im	im	im
in	in	in	in	in	in	in	in
ing	Iŋ	iŋ	iŋ	ing	ing	ing	iŋ
ib	ip	ip	ip	ip	ip	ip	ip
id	it	it	it	it	it	it	it
ig	Ik	ik	ik	ik	ik	ik	ik
o	ɔ	ɔ	ɔ	o	o	o	ɔ
oi	ɔi	ɔi	ɔi	oi	oi	oi	ɔi
ou	ou	ou	ou	ou	ou	ou	ou
on	ɔn	ɔn	ɔn	on	on	on	ɔn
ong	ɔŋ	ɔŋ	ɔŋ	ong	ong	ong	ɔŋ
od	ɔt	ɔt	ɔt	ot	ot	ot	ɔt
og	ɔk	ɔk	ɔk	ok	ok	ok	ɔk
ê	œ	œ	œ	oe	oe	oe	œ
êu	øy	œy	œy	oey	eoi	oey	œy
ên	øn	œn	œn	oen	eon	oen	œn
êng	œŋ	œŋ	œŋ	oeng	oeng	oeng	œŋ
êd	øt	œt	œt	oet	eot	oet	œt
êg	œk	œk	œk	oek	oek	oek	œk
u	u	u	u	u	u	u	u
ui	ui	ui	ui	ui	ui	ui	ui
un	un	un	un	un	un	un	un
ung	ʊŋ	uŋ	uŋ	ung	ung	ung	uŋ

續上表

本書	國際音標	粵音韻彙	商務新詞典	香港語文教育學院	香港語言學學會	廣州話正音字典	粵音正讀字彙
ud	ut	ut	ut	ut	ut	ut	ut
ug	ʊk	uk	uk	uk	uk	uk	uk
ü	y	y	y	y	yu	y	y
ün	yn	yn	yn	yn	yun	yn	yn
üd	yt	yt	yt	yt	yut	yt	yt
m	m̩	m̩	m	m	m	m	m̩
ng	ŋ̩	ŋ̩	ŋ	ng	ng	ng	ŋ̩

聲　調

	本書	國際音標	粵音韻彙	商務新詞典	香港語文教育學院	香港語言學學會	廣州話正音字典	粵音正讀字彙
陰平	1	1	ˈ□	1	1	1	1	ˈ□
陰上	2	2	´□	2	2	2	2	✓□
陰去	3	3	ˉ□	3	3	3	3	ˉ□
陽平	4	4	ˌ□	4	4	4	4	ˌ□
陽上	5	5	ˎ□	5	5	5	5	✓□
陽去	6	6	˗□	6	6	6	6	˗□
陰入	1	1	ˈ□	7	7	1	7	ˈ□
中入	3	3	ˉ□	8	8	3	8	ˉ□
陽入	6	6	ˍ□	9	9	6	9	ˍ□

香港粵語與普通話調值對照表

	粵語聲調	調值	普通話聲調	調值
舒聲調	陰平聲	˥ 55	陰平聲	˥ 55
	陽平聲	˩ 11	陽平聲	˧˥ 35
	陰上聲	˧˥ 35	上聲	˨˩˦ 214
	陽上聲	˩˧ 13		
	陰去聲	˧ 33	去聲	˥˩ 51
	陽去聲	˨ 22		
促聲調	陰入聲	˥ 55/5	陰平聲 陽平聲 上聲 去聲	˥ 55 ˧˥ 35 ˨˩˦ 214 ˥˩ 51
	中入聲	˧ 33/3		
	陽入聲	˨ 22/2